谨以此书献给我最爱的母亲，

感谢您为我生命筑造的一切美好。

——魏一言

魏一言 著

且随风

QIE
SUI FENG

漓江出版社
·桂林·

图书在版编目（CIP）数据

且随风 / 魏一言著 . -- 桂林 : 漓江出版社，
2023.8
ISBN 978-7-5407-9481-1

Ⅰ.①且… Ⅱ.①魏… Ⅲ.①长篇小说－中国－当代
Ⅳ.① I247.5

中国国家版本馆 CIP 数据核字（2023）第 126320 号

且随风
QIE SUI FENG

作　　者　魏一言

出 版 人　刘迪才
出版统筹　文龙玉
责任编辑　章勤璐
助理编辑　唐子涵
营销编辑　俞方远
装帧设计　周泽云
责任监印　黄菲菲

出版发行　漓江出版社有限公司
社址　广西桂林市南环路 22 号
邮编　541002
发行电话　010-85891290　0773-2582200
邮购热线　0773-2582200
网址　www.lijiangbooks.com
微信公众号　lijiangpress

印制　天津嘉恒印务有限公司
开本　710 mm×960 mm　1/16
印张　16.25
字数　266 千字
版次　2023 年 8 月第 1 版
印次　2023 年 8 月第 1 次印刷
书号　ISBN 978-7-5407-9481-1
定价　58.00 元

前言

　　本书第一稿完成的时候，我还是个大三的学生，在冬日，在狭隘的十三平米的小宿舍，伴随着忽冷忽热的暖气，于一两个月的假期内足不出户，以沸腾的心和热情把这本从高中毕业就开始酝酿的小说一气呵成。几年匆匆而过，当我再次读这本小说的时候，看着那些再也写不出的，和现在风格迥异的烂漫文字，我知道有些东西永远留在了大学的那个冬天。我也不再是那个冬天的自己。

　　主人公傅丫格也是一个不断成长的女孩，每个阶段都有不同的模样。她远远不完美，缺点多多，做了很多傻事。可贵的是她一直在进步，即使一次次被生活撞得头破血流，也会一次次安抚好自己的灵魂重新出发。

　　是什么指引着她，又是什么赋予她这种能量？是她在原生家庭、在与世界的冲突中逐渐形成并确立的价值观：要有干净善良的灵魂，要独立，要向上，要有自己的核心能力，这些和我是谁的儿女，又是谁的另一半没有关系。

　　太多的娱乐小说让青春期的孩子在潜意识里把希望寄托在他人的身上，即便那些书的初衷只是提供情绪价值。我想传达的是一种自己在阅读和生活中领悟到的并不那么讨喜的真相。在这个易变的快餐式爱情的时代，在这个人与人之间的关系褪去淳朴、遍布利益牵扯的时代，能够稳定的、不背叛的只有自己。守住自己的内心，修炼自己的能力，创造自己的价值，这样才能使我们成为一个自由且独立的人，也才能使我们于各种社会关系中得以从容，而不是活在别人的眼光里，患得患失。

　　傅丫格从小生长在安宁快乐的"伊甸园"里。当她走进大学，离开了庇护，真实的生活画卷才缓缓展开。她看到了嫉妒、权力、欲望，看到了人性的卑微——那些潜藏在善与恶背后的无助、恐惧、不安全感，也看到了人性的光亮——逆境中的隐忍、平凡中的崇高、关键时刻的挺身而出……

在这一过程中，有温馨的小夜曲，也有血淋淋的真相；有天才的痛苦，也有凡人的小确幸；有公主病，也有王子梦——种种不切实际的梦想，看似平静却隐含着成长的波澜起伏。

我本人和傅丫格有着截然不同的故事，也不像她一般在安稳的环境中长大。在跟随父母的颠沛流离中，我换了十几所学校，走过数座城市。但我并不比她成熟。成人世界的诸多不容易，得长大以后才知道。在我第一次走出自己生活的童话，开始新一轮脱胎换骨之时，这本书在我心中发芽。

不切实际的梦想破碎了吗？那又怎样呢？且铸造新的理想。被生活虐待时崩溃了吗？请理解，接纳，做能做的，剩下的交给命运。有过无力到绝望的时刻吗？没事，睡一觉起来又是新的一天。就像那首《大雪》写的：

天地初寒，大雪为章；
恰逢其时，纷至人间；
冬来无恙，雪坠为念；
不惧流年，不慌不忙；
且听、且看、且从容；
且停、且忘、且随风。

这本书也深藏着我个人的写作愿景——希望能摸索到这个时代的痛点，在写出人性的复杂与深刻的同时，带来一些温暖与力量。当然，愿景只是愿景，这种种故事都是一个没有生活阅历、同样被保护得很好的女孩在二十岁时的想象，本质上还是童话世界的延伸，难免有天真与梦幻。因此，我要格外谢谢翻开这本书的你，愿意见证一个不算成熟的作者出发的时刻，陪伴我一起成长。希望你现在或是未来也仍愿听我讲动人或不动人的故事。

目 录 / contents

上篇

杏花枝头

第一章　冉冉杏花白

直到多年以后，傅丫格还能画出那时候的天空，和母亲的回眸。

那是八月末的云天，天空如泼墨般晕染开大片大片的昏黄阴郁，朵朵尘云迸溅而出，深沉而宁静的色泽笼罩在人们头顶。然而此时的大地，却并不平静。

这是傅丫格大学开学的日子。

地面之上——那头是地平线和城市重叠交织的线条，这头是熙熙攘攘而后各奔东西的芸芸众生，还有她眼前，附着了几缕浅浅纹路的父母的额头。一幕幕纷繁错乱，明暗交织，仿佛以散点透视画出的长长卷轴，铺陈于大地之上。在走进大学前的这一刻，吞没了她格外漫长的少年时代。

熙熙攘攘告别的人群中，父母已经算是很克制的了。当然，这可能同她没心没肺的喜笑颜开有些关系。

街的对面，错落散漫的商贩中，陌生的短发女孩正抱着母亲的手臂，低声啜泣。泪水沾染在母亲深棕色的衣袖上，留下更深的痕迹。身边不远处，一个男生从黑色的轿车里走下来，眉目清隽，神情微冷，驾驶座坐着的大抵是他的父亲，父亲没下车，副座上男生的母亲走下来，站在比自己高一头的儿子身边，说道："程城，你是妈妈唯一的孩子，这些年从没让你做过家务，以后自己住，如果不会洗衣服……"

"噗嗤！"傅丫格忍不住笑出了声，都 21 世纪了，一个孩子不是很正常吗？男生听到傅丫格清脆的笑声，转头一看，扎着马尾辫的女孩正盯着自己，他白净的皮肤不觉爬上微红，把母亲直往车上推："我什么时候让你担心过？"

见傅丫格盯着别人笑，母亲捏捏她的脸颊："你笑什么，你也什么都不会干，还傻得不得了。"

"傻人有傻福，你就别担心啦。"母亲长篇大论的叮咛她没放在心上，父亲损她的话，她却耳尖地注意到了。

"你才傻，咱们家就你最傻！"小手轻轻捶着父亲的肚子。

"好好好，你不傻，就是有些像……"

"有些像你！"傅丫格知道父亲说不出什么好话来，多次的斗争经验让她越发机智，赶紧堵住他的嘴。父亲哈哈大笑。

看着母亲眼里的忧虑，傅丫格不由得搂住母亲，说："我同学说了，傅丫格要长大，得赶紧离开妈妈。"她做了个鬼脸，妈妈也忍不住笑了。

一边出租车的门敞开着，往日恐怕早已不耐烦的司机，现在也格外安静地候在一旁。陪伴她整整一天的母亲，早已叮嘱得不知还能再叮嘱些什么，他们终于坐上了车。傅丫格沉浸在自己的世界里，母亲的话一个字也没听进去，看着周围的离愁别绪，她的眼睛里有些懵懵懂懂的困惑。难道上大学不是一件令人开心的事情？就像头顶这片广袤的天空之上，一定还有另外的世界。

直到父母上了车，渐行渐远的时候，傅丫格心头突然莫名其妙地一酸，几乎要流出泪来，随之便笑着摇了摇头，暗笑自己的矫情。她晃着马尾辫，无所畏惧地走进了大学的校门。

迎面而来的一幕幕，都是傅丫格早已熟悉的景象。

杏树布满了整个校园，错落于建筑的夹缝之中，串联起整个校园的魂魄。这于大多人而言是风景，于傅丫格而言，却是幼年的城堡，少年的港湾，是她整个童年的背景色。

这是东林市最好的大学。往年每个春天，借着舅舅穆明海在这里当校长的光，傅丫格总缠着他来这个让孩提时的她眼里有光的地方。

河流潺潺、假山玲珑、林苑繁茂，而这一切在傅丫格的眼里，却远不如那春日里遍地的杏花来得曼妙。在那枝梢上爬上最多杏花的日子里，她和表妹穆菲菲总会一起拼命地摇晃着杏树的树干。阳光在姐妹俩的脸上小憩，素白的花瓣铺满肩头，留下深深浅浅的清香。她们便不顾穆明海责备的目光，在树下咯咯地笑，快乐得不知所以。

她从小就想要进入这所国内顶尖的大学。但从来没想过的是，有朝一日，这一直渴望来读书的地方真的会接纳她。她幸运地以美术系专业第二名的成绩考了进来。以她对语数英（尤其是数学）一贯的畏惧，文化课分数能过录取线，她已欢欣鼓舞。

从她被录取的那一刻起，不少亲戚朋友来家里时都会贺喜，贺喜中永远夹杂着一股耐人寻味的味道。譬如"艺考的可操作性大"，又如"福气好，有一个在名校当校长的舅舅"。想来是因为傅丫格从小除了画画，哪里都说不上优秀，却考上了这个舅舅恰好是校长的顶尖大学。

起初傅丫格心里还有那么些苦涩，这些人不了解公正严明的穆明海。要知道，他自己的亲生女儿穆菲菲中考发挥失常，他都无动于衷地看着女儿去了二流高中。穆菲菲哭闹不休却并没用，穆明海虽然宠她，原则却不会因她动摇。可怜穆菲菲不可置信地在二流高中傻愣了一个月，才认清了真相，从此生存危机感骤增，在学校发奋图强，唯恐高考失常，穆明海见死不救，她当不是要彻底完蛋？所幸，穆菲菲也挨着录取线幸运地考上了这所大学。

要说穆明海没能耐把穆菲菲塞进东林市好的高中，傅丫格绝不相信。东林市学校的高层之间，利益盘根错节，再说，穆明海在这里扎根十几年，谁敢不给这位在学术界和政界都颇具地位的高校校长几分薄面。可他愣是眼睁睁看女儿去了所二流高中，傅丫格十分佩服，穆明海绝对是身居高位者中为数不多的公正之人。

亲戚朋友难道是不知道舅舅的为人？不会的，小心思小嫉妒作祟罢了。傅丫格也学不来穆菲菲每次被人内涵后直截了当激烈反击的方式，她没有穆菲菲那样反击的脾气和底气，毕竟她的父母只是普通人。每次，她只管沉默。逐渐地，他们内涵她的话，她不知不觉地学会了左耳进右耳出。

她承认她是个很普通的女孩子，是个普通到甚至有些不自信的女孩子，可她天生擅长追逐快乐。

仅仅是那年少时的快乐，把她的脚步留了下来。

仅仅她自己明白，就好。

场外的大一新生们带着一波一波的热气一起涌入了报告厅里，人头攒动，不再是高中时清一色的着装和规规矩矩的队列及脚步了，也少了些清素的容颜，取而代之的是许多女孩身上时髦的衣服和脸上的妆容，报告厅内人声鼎沸。

这是军训前学校的开学典礼暨军训动员大会。

也是傅丫格和林南乔第一次相遇。

也说不上相遇，林南乔压根没看到傅丫格，而傅丫格，也只是和所有报告厅里的新生一样被林南乔吸引——那个穿着最简单不过的白衬衫和浅蓝色牛仔裤的女孩。

女孩有种冷冽的美。黑色的直发长长地披在肩上，她身材修长，腿和脖颈都挺得笔直，气质清雅又有着拒人于千里之外的冷冽。周遭的打量和窃窃私语，这个天生丽质的女孩显然习以为常。她在报告厅最右侧角落的座位坐了下来。

"好美！"傅丫格感叹。

"什么美不美的，谁知道是不是白莲花。"坐在傅丫格身边的穆菲菲不知为何声音有些尖锐，惹得前面几个同学回头看了看。

突兀的声音并没有打断傅丫格的思绪，她忍不住地朝着林南乔的方向又看了几眼。林南乔精致得如同艺术品一般的侧颜，让一向不在意形象的傅丫格有些自惭形秽。直到穆校长上台发言，傅丫格才回过神来。

校长讲话，教官讲话，学生代表讲话……新生开学典礼进行到现在，已经到了晚饭的时间。台上的主持人也面露疲色，有气无力地宣布着下一个教授的发言。整个会场都喧哗了起来，主持人话筒里传来的声音也压不住底下的窃窃私语声，穆菲菲拉着傅丫格的胳膊早已喊了无数声"饿死了"，不知为何，学校仍未让他们解散。

直到十几分钟后，当他们又听完一个临时被拉上去的教授的发言，穆明海陪着一个西装革履的年轻人从报告厅的侧门走了进来。工作人员拿了两个话筒递给二人，并将他们领上了舞台。

欢呼声此起彼伏地响起，会场的饥饿感和疲惫感瞬间消失。傅丫格一头雾水地看着激动的人群和台上那个陌生的年轻人。

"想不到上大学第一天就见到我的偶像，天，我要晕了！"穆菲菲激动地摇晃着傅丫格的手。

"谁啊？"傅丫格不知所以。

"赵樾！"穆菲菲一脸不可思议地看着傅丫格，"你认不出他?!"

赵樾？那个赵樾？傅丫格一惊，再抬头望向台上的年轻人。

他皮肤很白，却无一丝羸弱之感，笑起来露出白色的牙齿，嘴角微微上翘，眼底眉梢皆是不羁与骄傲。

穆明海拿着话筒，含笑道："赵樾先生的经历大家应该也有所耳闻，他高三暑假编写出的程序，至今还有企业不断买入使用权。他的团队研发出的那款火爆的叫 ASG 的效率办公 APP，你们中许多人的手机或电脑上应该都下载过。在我刚决定请赵樾先生的时候，林书记问了我一个大家或许也同样困惑的问题。她说，成功人士那么多，为什么要请一个大学辍学的人来参加咱们大学的开学典礼，不怕榜样的力量让学生都跟着辍学吗？"

底下哄堂大笑，赵樾也笑了起来。

穆明海笑着继续说："我告诉林书记，我请赵樾先生来，首先是因为他只比你们中的大多数人大了一两岁，你们年轻人之间的话或许更容易听进去。当然，更重要的是，在没有老师指导的前提下，他在计算机领域乃至如今的互联网行业，获得了卓然的成就。是的，他大学读了一半就辍学了，这恰好说明他的成就不归功于老师、学校。大学和中学不同，没有老师会再手把手地教大家，督促大家学习。在大学里，大家要像赵樾一样显示出强大的自驱力和自学能力。我也鼓励大家，在未来的四年大学时光中，享受自由，找到热爱，像赵樾先生一样，勇敢地在自己热爱的领域里扎根、成长，破土而出！下面的时间，就留给赵樾先生吧。"

一波又一波的掌声传来。

"大家好，我是赵樾。刚从母校赶过来，很抱歉让大家等了这么久。"赵樾拿起话筒。

"没关系，我们爱你！"穆菲菲朝着台上大喊一声，周围许多人都大笑着转过来看她。已经走到台下的穆明海瞪了一眼穆菲菲，她浑然不觉，仍一脸崇拜地看着赵樾。赵樾报以微笑："谢谢你们！"

在台上不徐不疾地讲述着自己故事的赵樾，即便今天穆明海不介绍，傅丫格也早有耳闻。这是个一点点风吹草动都能引起人们注意的流量时代，也是一个互联网产业四处蔓延生长的网络时代。刚刚成年的赵樾，搭着这两趟时代的顺风车，凭着自身的卓越与天赋，凭借着大量话题和争议，迅速出圈。

　　高考结束后，赵樾成立了自己的互联网公司。因为年纪轻轻形象又好，他在网络很快有了曝光度，公司不过做了几个月，便被他利用各种资源以及自身流量，不断强化效应、吸引融资、宣传扩张……公司的产品也在紧锣密鼓地一个个推出。当公司开始积极地运转起来的时候，这个雄心勃勃的天才少年宣布了从大学退学的决定。尽管因为严重偏科录取他的那所大学并非名校，在粉丝心里和他格格不入；尽管大家心知肚明大学或许教不了他什么，他已有了自己的能力和立足之地，他的这个决定还是让他一度身处争议的旋涡之中。各路媒体人对他的评价极其不一致，很多人对他佩服得五体投地，也有人认为他不踏踏实实学习，之前的成功全靠机遇和运气。正是这种褒贬不一让他的热度居高不下。

　　说实话，赵樾的种种行径，在她听来大有离经叛道的嫌疑，反正傅丫格只能用"神人"两字来形容，自己是打死都做不出来的。"赵樾"这个名字原本也只是她和穆菲菲茶余饭后的消遣品而已，她从没想过会和这种神人有什么交集。想不到，开学典礼上，她们居然见到了这个传说中的人物。

　　台上的赵樾言语很谦逊，可不知为何，傅丫格总能感觉到他的骄傲。

　　不是浅薄的、张扬的骄傲。是谦卑有礼的皮肤下，渗入他每一寸毛发的，从骨子里散发出的骄傲。

　　"他的眼底眉梢好像都写满了故事。"傅丫格附在穆菲菲耳边悄悄地说。这光鲜亮丽的背后，不知又藏了些什么。

　　"那当然了，他本来就是个传奇嘛！"穆菲菲得意地仰头，一激动声音又有些高。

　　"居然有那么多人支持他！我也不想上大学，可我要是不来上学，我爸跟我哥非把我灭了不可！"穆菲菲叹气，大大的眼睛里充满羡慕，"为什么才比我们大两岁的赵樾都已经跑到名利双收的终点了，我们这群小透明还在起点做着热身运动？"

　　"名利双收就是终点了吗？"傅丫格随口一问。

　　"我也不知道，可那不就是大多数人向往的吗？"

　　"你怎么这么庸俗，他要是真有你说得那么厉害的话，能是大多数人吗？"傅丫格不以为然。

　　穆菲菲把两只手放在嘴巴前呵了呵气，对准傅丫格腰部两侧下手。"叫你说我俗，叫你说我俗！”

"不要……痒……啊！”

众人侧目。

新上任的负责管理大一新生的彭主任立马盯上了两人。

"你们俩，结束之后跟我去一趟办公室。”

傅丫格立马规规矩矩了起来，她紧张地点点头。穆菲菲虽然暂时噤了声，却难以自制地朝着彭主任翻了个白眼。

一直到演讲结束前，傅丫格都感觉彭主任仿佛始终盯着她们两人，那目光让她如坐针毡。而穆菲菲毫不在意，在赵樾讲到某些地方时还兴奋地大声叫好。看着彭主任越来越沉的脸色，傅丫格心中暗暗叫苦。

果然，刚结束，两人就被彭主任一路"押送"到他的办公室里。

"知不知道你们刚才严重违纪！”

傅丫格点头如捣蒜。"我们下次会注意的。”

"你呢？”彭主任冷冷的眼神扫向穆菲菲。

傅丫格揪了揪穆菲菲的袖子，没回应，又悄悄戳了她两下，可穆菲菲头一转，又一个白眼甩过去。"不知道！”

"你这是什么态度？”本来只想警告，没想到穆菲菲是这种态度，彭主任越发生气，"是想记过处分吗？”

"您干脆把我开除。”穆菲菲嘴角微扬。

穆菲菲对这彭主任没好感也有她自己的理由。之前在父亲公寓，隔着卧室的门，她听到过几次彭主任和父亲的谈话。谈话没什么主题，重点都是彭主任对穆明海变着花样的褒奖，还有表达事事追随的决心。后来父亲跟她说了她才知道，这是她大一的主任。

真不知这彭主任是怎么上位的，穆菲菲思忖着，看他别的也都不会，唯有溜须拍马的功夫一等一的强，父亲又颇有些爱听好话，或许就是因为这个吧。她一贯性情直爽，爱也好恨也罢，从不遮掩。彭主任这样的人，她最看不上。

"你再这样目无尊长下去，我只能带你去隔壁校长办公室了。你真有本事，就当着校长的面，把刚才的话再说一遍。”开学第一天就碰到这样的学生，彭主任也分外生气，索性搬出校长。

"去就去。"穆菲菲径直出门朝校长室走去。

"你真是反了天了！"彭主任一股火冲到头上，回头看了眼往后直缩只希望自己可以隐形的傅丫格，"你也来！"

傅丫格欲哭无泪。自从以学生的身份进入这所大学，这还是她第一次见舅舅，想不到是以这样的方式。她向来骨子里乖巧，不似穆菲菲大大咧咧脸皮厚又那般豁得出去，舅舅是她从小就敬重的人，此刻只觉得丢脸极了。

彭主任小心翼翼地敲了敲校长室的门。

"请进。"穆明海温和的声音隔着门透了出来。

傅丫格心中窘迫，一看穆菲菲，已然大摇大摆地走了进去。

硬着头皮，傅丫格也跟在两人身后走了进去。

看到彭主任面色不善地押着两个姑娘进来，穆明海神色一变，猜到了七八分。

"他要开除我。"穆菲菲声音中有些撒娇的意味，穆明海低头，扶额，略略叹了口气。

"穆校，这个女生在会场严重违纪、目无尊长、无法无天，真是被惯坏了！"

穆明海神情尴尬。

"你把我惯坏了，都是你的错！"穆菲菲看着穆明海笑。

彭主任愣了一下，目光在穆菲菲和穆明海脸上来回打转，额头沁出了薄薄的冷汗。

"确实惯坏了，简直胡闹！"穆明海瞪了穆菲菲一眼，转头对一脸震惊的彭主任说道，"我女儿不懂事，很抱歉！"

"怎么会不懂事，是真性情，挺好的，哈哈哈……"惊愕下，彭主任有些语无伦次了。

傅丫格还在震惊于彭主任变脸之快时，却见他转头对着自己训斥道："你为什么在会场打闹，影响身边人！"

三个问号浮过傅丫格的大脑，她一时间哑口无言。

"彭老师，我跟她们两个单独说几句。"

"是是是。"彭主任点头哈腰，临走前还不忘拍了拍傅丫格的肩，一副语重心长的样子，"不要再有下次了。"

穆菲菲看到傅丫格脸色不好，噗嗤一笑。等彭主任出去后，穆菲菲也拍了拍傅丫格的肩。"你看他那嘴脸！"

傅丫格沉默，心里是难解的疑惑。明明彭主任比她们大二十多岁，怎么说话做事这样前后颠倒，像是个笑话一样，可他自己浑然不觉。

"这才第一天，军训都还没开始，你们俩很嚣张啊。"穆明海放下手中的文件，起身走到她们面前。

"爸爸，你不把我跟丫丫分在一个宿舍已经很过分了，请我偶像来居然也不告诉我！"穆菲菲走近办公桌旁，拉着穆明海的胳膊不停摇晃。"赵樾现在在哪，快告诉我，我找他要签名！"

穆明海白了她一眼，要是告诉她那还了得。

"在学校叫我穆校长。学校隔壁公寓的空房子你姑姑都收拾好了，你们非要住宿舍。宿舍学校有分配的规定，必须遵守。"

十几年前舅舅刚来这里当校长的时候，傅丫格的外公外婆在学校旁边买过一套房子自己住，那时候房子还不太贵。几年后，舅舅在郊区买了栋别墅给外公外婆，他们便搬走了，这里的房子也就空了下来，只有傅丫格一家偶尔来这所大学的时候才会住几天。原本想着上大学之后让两个姑娘申请走读住在那里，可没想到穆菲菲和傅丫格两个爱热闹的都觉得宿舍人多有意思，不愿住校外。

"行行行，不跟你多说了，我们得赶紧吃个饭回宿舍收拾东西，校长……爸爸！"穆菲菲说着，拉着傅丫格的手跑了出去，两个姑娘相视大笑。听到清脆的笑声，穆明海摇摇头叹了口气，头疼又无奈。

第二章 南有乔木思

舒瑶和沈安疏都在宿舍里低头收着东西，宿舍里堆满了行李和袋子。早上来报到的时候，傅丫格已经见过了这两个室友。舒瑶一头黑色的短发，黑短袖下的工装裤和马丁靴更是让她看起来大大咧咧。

"你回来啦？"舒瑶把放在过道上的两个袋子踢开了些，留出走路的空隙来。

沈安疏也朝傅丫格笑了笑，她名字文静，人却生得明艳动人。穿着一身抹茶绿色的裙子，裙子有些旧，许是做旧的款式，在她身上倒也十分好看。栗色的鬈发披在她肩上，笑起来分外明媚。

"我是美术系的。"傅丫格一边收拾东西，一边和两人聊天。

"我也是，安疏呢？"

"估计我们都是一个院系的，所以才会被分到同宿舍吧。"沈安疏道。

"但我今天听金融系的朋友说，咱们另一个室友是金融系的，你们有谁见过她吗？"舒瑶好奇。

"没有哎。"沈安疏看了看门口，压低声音对两人说，"金融可是咱们学校录取分数线最高的专业，比咱们这些艺术生的录取线高至少一百二十分。"

傅丫格倒吸一口气，一百二十分？那高考得考……掐指一算，再复读三年她恐怕也考不到那个分数，素未谋面的室友竟是个学霸。

舒瑶惊讶地问："金融系为什么不跟他们自己院系的住，反而跟我们分在一起呀？"

"那我就不知道了，可能是院系之间人数不均，或者是别的什么原因吧。"沈安疏的话似乎意有所指，"要不我们三个人建个群？咱们都是美术系的，肯定有很多专业上的事需要沟通。"

傅丫格的微信被沈安疏要去，稀里糊涂被拉进了三人小群。

"你们怎么动作这么快！"看着沈安疏和舒瑶行李已经快收完了，再看看自己光秃秃的床和床下面干干净净的书桌和空荡荡的小衣柜，傅丫格有些头疼，"可能你们行李少吧，我带了三个大箱子！"

"我只带了必需品。"舒瑶说。

"我也只带了必需品啊！"傅丫格无辜至极。

看着她行李箱里翻出的大包大包的零食，舒瑶对着这些"必需品"，哈哈大笑。

沈安疏和舒瑶把东西彻底收拾好之后相约去参观画室，傅丫格一人在宿舍里继续整理。她的床铺靠着窗户，窗外的校园景色和满校园的杏树一览无余。一边整理，她一边看着窗外的太阳逐渐落下，看着校园从明亮一点点陷入黑夜里。

当视线逐渐模糊，校园也被仿佛氤氲雾气一般的黑夜一点点笼罩、吞噬的时候，突然间，所有的路灯都亮了起来。

视线倏然变得清晰，路灯下站着的两个人，也立即吸引了傅丫格的注意。

楼下的人俨然是赵樾。还有一个背对着她的女孩，披肩的长发和白色的衬衫，傅丫格觉得有些眼熟，对了，是白天大会时那个让人印象深刻的美女！林南乔手里提着一个很大的、和她纤瘦身躯格格不入的米色布袋，是刚买完东西回来的样子。

路灯下，赵樾的脸正对着傅丫格的方向，虽然听不清他的话，却见他的脸色冷峻，嘴角有淡淡的冷笑，嘴巴在不断地一张一合，正说着什么。

他的脸上全然没有半分白日的谦逊与笑意，手插在裤兜里，一副桀骜不驯又冷漠的样子。

傅丫格正好奇这是怎么回事儿，只见赵樾拿出一个厚厚的纸袋，动作十分优雅地从林南乔的头上撒下。许多粉红色的纸片，不，好像是钞票，从她的头上飘了下来。

林南乔的肩膀微微颤抖。

傅丫格吃惊地捂住了嘴。这算什么？这样羞辱一个女孩子？

她开门，大步跑下楼。

"你想干什么！有几个臭钱就可以随便欺负女孩子了？还在台上演讲充当榜样，想不到你是这样的人！怪不得我爸说世上的男人有时越光鲜就越不堪。"

赵樾和林南乔都吃了一惊，同时转过头来。

傅丫格穿着拖鞋和睡衣，气势汹汹地站在马路上，手上还抓着一条粉色的毛巾，正一副恨不得扔到赵樾脸上的样子。

赵樾一反白日的阳光，表情阴冷，他没搭理傅丫格，只是狠狠瞪了林南乔一眼，转身离去。

"等等。"林南乔声音很轻。

赵樾脚步顿住，转头看她。

　　林南乔把东西放在脚边，俯身把地上散落的钞票一张张捡起来。暖黄色的灯光洒在她单薄的背上，这几分钟对三个人来说仿佛都格外漫长，赵樾抿着嘴，眼里闪过一丝不易察觉的失落。

　　他没有接南乔拾起递过来的纸币。

　　"你不是缺钱吗？"声音中带着几分奚落。

　　林南乔尚未开口，傅丫格却气得冒火，直接从林南乔手里拿过钱，"砸"进赵樾的口袋里。

　　"我看是你缺脑子，要不要我送点给你？赶紧麻溜地走！不送！"

　　他没有理会傅丫格，眼神仍围绕在林南乔身上，仿佛想看出点什么，可是，林南乔不羞、不恼，始终什么表情都没有。

　　赵樾走了。

　　他离开后，傅丫格转头看向林南乔，只见她仍旧冷若冰霜，在夜色中，面色却比白日更白了几分。拎起袋子，林南乔看也不看地从傅丫格身边走过。

　　"哎，我帮你……"傅丫格伸出的手随着她没有说完的话愣在了半空中。看着林南乔因为手中沉重的袋子而略微沉下去的纤细的右肩，以及从初见起就始终挺得笔直的背，她突然意识到，不只是赵樾将她当成空气，这个女生似乎也并不感激她的帮助。

　　傅丫格看着林南乔的背影不知所措了几秒，张了张嘴，却什么也没说，只耷拉着脑袋往回走。

　　奇怪。前面，那个女生竟然在拿钥匙开自己宿舍的门。

　　哦，原来。

　　"哎，哎，我来给你开门，原来你是我的室友！"傅丫格喜形于色，眼巴巴地跑上来，打开门。

　　"来，我帮你！"傅丫格伸出手想去帮她拿东西。

　　林南乔却将身一侧，脸上挂满寒霜。傅丫格悬在半空的手尴尬地收了回去。

　　不过，她很快就识趣地忙自己的事情了，边收拾东西，边自言自语似的说："我今天就看到你了，在那个赵某演讲之前，真没有想到竟和你住一个宿舍。"

　　"你不要理那个赵某，他就是个变态，看你漂亮，肯定演讲时就盯上你了！"

"不要对别人的事这么热情可以吗？"一直在默默收拾东西的林南乔突然冷冷地来了一句。

傅丫格的话被堵在了嗓子眼。

"怎么了，谁对谁的事热情了？"傅丫格回头一看，穆菲菲站在她们宿舍门口，一副挑衅的样子。

"怎么一点礼貌都没有。"穆菲菲走了进来，站到了正在收拾东西的林南乔面前，大有一副兴师问罪的模样，"第一天就这么欺负人！"

傅丫格连忙拉住穆菲菲，说："不是的。"

"傻子，被人欺负都不知道。你们住一个宿舍，以后时间长着呢，你打算整天忍气吞声？"穆菲菲站在傅丫格身前，凶巴巴地瞅着林南乔，一副母鸡护小鸡的模样。

"知道你是好心，但真没有，快回去早点睡，我还在收拾东西呢。"傅丫格边说边把穆菲菲往门口推，生怕她再说出什么难听的话来。

林南乔一直收拾着自己的东西，看都不看穆菲菲一眼。穆菲菲见她无视自己，更生气了，怒道："拽什么啊，丫丫，以后谁敢欺负你，我让她好看！"

费了九牛二虎之力，傅丫格终于把穆菲菲推出了自己的宿舍。

气氛更加沉闷了，傅丫格不知道说什么。虽然她不知道自己做错了什么，但心里还是有些惭愧。穆菲菲这样一闹，再加上之前赵樾的事情，林南乔心里一定不好受。

门被打开，沈安疏和舒瑶参观完画室回来了。

"哇，没有想到和你住一起！我听我们系的男生说了，你叫林南乔！"舒瑶热情地握住林南乔的手。

林南乔有些不自然地抽出了手。

见林南乔疏远的模样，沈安疏只客客气气朝她笑了笑，并未自讨没趣地去和林南乔打招呼。绕了过去，沉默地坐到自己的书桌前。

"林南乔，原来你叫林南乔，我以后叫你南乔好不好？'南有乔木，不可休思；汉有游女，不可求思'。我在我爸的一幅画上看到过这样的句子，这么巧呀！"傅丫格却是欢快地拍着手叫起来，仿佛适才的尴尬一扫而光。

整整几天的时间，傅丫格也没跟林南乔变得更熟一点，甚至几句话都没说上。向来狐朋狗友遍天下的傅丫格第一次在交朋友上感到挫败，自己千错万错也没有那么严重吧，还是说美女交朋友也要看脸啊？傅丫格百思不得其解。

舒瑶知趣地在碰了几次钉子之后不再主动找南乔说话，对她有些敬而远之。沈安疏更是尽管脸上笑容可掬，却非必要绝不跟南乔说一句话。

唯傅丫格毫不知趣。

想起那个晚上，想起她的冷淡，南乔身上有种让傅丫格想一探究竟的神秘感。

林南乔的确是个学霸。不似傅丫格一闲下来就到处找乐子或钻到画室里，也不似学校里其他外表出众的女生一样喜欢出入许多活动。不管在图书馆还是宿舍，她只知道看书、学习。难道是因为金融很难吗？傅丫格每次一跟南乔说话，南乔都会不动声色地瞥上她一眼。南乔的眼神其实并不凶，却总能吓得傅丫格委委屈屈地躲到一边不敢说话。

她虽然不爱搭理人，军训前后也几乎只出现在图书馆和宿舍两个地方，但还是因为出众的容貌和气质迅速地成了话题中心。

不过在这个大学里，校长女儿这个身份，让穆菲菲比南乔更具话题性。

且不论穆菲菲的高调，仅仅是一向苛刻的彭主任对穆菲菲的"特殊化对待"，便足以让全校在军训尚未结束的时候都认识了穆菲菲，明里暗里地知道了她是校长的宝贝女儿。

这件事情成了公开的秘密之后，傅丫格每次和穆菲菲走在路上都有一种背后凉飕飕的感觉，不用回头也知道，又有人在议论穆菲菲了。和傅丫格的局促不同，穆菲菲对此却从来不以为意，甚至有些自得其乐。

当然，相比起军训最后一天的篝火晚会上穆菲菲的"演出"，这些都是小巫见大巫。

那天晚上，所有人牵着手围着巨大的篝火堆转圈跳舞，火堆发出噼里啪啦的声响，夹杂着同学们唱着的《后来》。话筒在学生之间传递着，传到穆菲菲手里的时候，在全年级的注目下，她对着一个在篝火与夜色的掩护下傅丫格没曾看清面容的男生大声地喊道："林北乔，我喜欢你！"说罢便冲过去要抱那个男生。

仿佛平地一声雷，人群中炸出了剧烈的笑声和吹口哨的声音。

"林北乔，你还愣着干吗？""上啊！"有男生起哄道。篝火后的身影狼狈地躲开了穆菲菲的拥抱。

人群突然安静了下来。

穆明海那张阴沉到不能再阴沉的脸出现在刚刚扑了个空，还有些失落的穆菲菲的身后。"你不要害羞啊……"穆菲菲对林北乔说道，话还没说完，穆明海已经揪起穆菲菲的衣领，一脸铁青地把她拎出了哄闹的现场。

舅舅那么顾及颜面的人，肯定气坏了，傅丫格不由担忧穆菲菲的安危。可前一刻，穆菲菲那写满了让人不忍伤害的天真与憧憬的神采飞扬的脸，也深深地冲击了她的心。

林北乔这个名字好熟悉。南乔，林南乔？不可能这么巧啊。

傅丫格嘴里念叨着，不过很快把这件事抛在了脑后。

那个晚上很混乱，在一片喧嚣中，傅丫格并没有听清具体的故事和对话。只是她知道，从那个篝火晚会起，林北乔和穆菲菲两个人也再没能绕开。

怎么都没想到，军训结束后，第一天的第一节课上，她便碰上了林北乔。

那天早晨，傅丫格一觉睡到了自然醒，迷迷糊糊地摸索着拿起手机，看了一眼时间，九点，这不是上课的时间吗？瞬间清醒过来。这可是大学第一天的第一节课！傅丫格用水抹了把脸，把头发胡乱一扎，拔腿就跑，临走前从柜子里翻出一个面包，匆忙地塞进了嘴里。

等气喘吁吁地跑到教室时，放眼望去，台上刘教授不满的脸和台下同学们看戏的神色令她本就虚浮的腿有些微抖。她心里有些不知所措的恐惧，可仍然挺了挺腰板儿，摆出一副不那么没有底气的样子，喊了声"报告"，挑个角落坐下。

半晌，刘教授只踱步在教室里，并没有说话。环顾一周，傅丫格才发现大家都在低头画画。开学第一节课，不都应该先讲讲理论知识吗？难道就像高中的摸底考试一样，教授是想看看大家的水平？可她匆忙出门之时，除了日常背包里永远放着的素材书与一支铅笔，什么画具颜料都没带。

是她一贯的马虎了。

傅丫格佯装镇定，翻着素材书，眼角偷瞄越走越近的刘教授，心里紧张得直打鼓。

"你怎么连画具也不带？刚才迟到的也是你吧，是不是不想上我的课？"刘教授的声音从她的头顶传来，傅丫格手一抖，整个教室的目光都聚焦到了她的身上。

"老师我带了一支铅笔！不过，没带画纸……"傅丫格的声音越来越低，她扬了扬手上一支有些秃了的其貌不扬的铅笔，脸不由自主地变得通红。

教室里传来了低低的笑声。

"只带了一支铅笔？你看看今天的主题！"刘教授扶了扶眼镜，指了一下教室前面ppt上的两个大字——色彩。进教室后一直没注意前面的傅丫格，感到一阵晕眩，天哪，她要昏过去了！又是一阵笑。刘教授摇头叹息，现在的学生，真是一届不如一届。

傅丫格低着头不说话，她气息有些不稳，咬着嘴唇，眼泪在眼眶里打转。感觉到周围形形色色打量的眼光，她真希望下一秒行星能撞一撞地球，或者飞来一个宇宙飞船转移掉大家的注意力，替她解了这样的窘迫。

但解了她燃眉之急的不是小行星也不是宇宙飞船，而是邻座一只好看的手。说实话，傅丫格也记不得那只手是不是好看的，可是这雪中送炭的时刻，总能让人一想起便蒙上一层光辉。

"同学，我有多余的纸，"看着她秃了的铅笔，少年抑制不住眼底的笑意，"还有……削笔器。如果你不介意，也……"少年正想将自己的水彩颜料也同她分享，她却早已如同抓住了救命稻草，顾不得别的，一把抢过纸和削笔器，削完笔就埋头盯着画纸，仿佛陷入了思索。少年的话噎在了唇边。刘教授摇着头叹着气离开了她的桌边，同学们的眼神也转移到了各自的画纸上。

感受到刘教授灼灼的视线终于挪开，傅丫格长舒了一口气，她这才侧过头去，朝刚才递给她画纸的男生一笑："谢谢你呀！"

"不用客气。"

林北乔看着傅丫格。普普通通，算不上漂亮。她穿着简单的T恤牛仔裤和帆布鞋，扎着马尾，平凡无奇的打扮让她显得更加平凡无奇。若一定要说出什么特别之处，便是浅浅的眉毛下，一双虽然不大却仿佛会说话一般的眼睛。那双略显狭长的眼睛眼尾微翘，笑起来眼睛就会变得有些小，如同月牙一般，掬满月光似的澄亮。细看才能看出她有极浅极窄的双眼皮，同样弧度流畅地向着两边延展。她的脸很小，下巴却并不尖，是好看的鹅蛋脸，两边脸颊丰盈又泛着健康的红晕。或许是皮肤白又素颜的缘故，傅丫格虽然相貌普通，看着却是格外清新自然。

傅丫格自顾自地画着画，前排有女孩频频回首。起先，傅丫格以为她们还在看自己，半晌才后知后觉，她们看的是邻座的男生。

她侧头仔细看了看。身旁的男生穿着简单的白色短袖，五官秀气，眼睛大且充盈着柔和的光泽。他的睫毛比大多女孩子的睫毛还要长，睫毛之下目光甚是有神，黑色的刘海遮住了他部分的额头，气质温文尔雅。果然是一张吸引女孩子的脸庞，只是不知怎么，傅丫格觉得这张脸说不出的眼熟。

感觉到傅丫格盯着他瞧，林北乔以为她要借颜料，正抬头想再问她要不要和他一起用时，傅丫格低下头又开始看画纸。看着名为"色彩"的主题，再看看自己手中的铅笔，她眉心先是紧蹙，而后一点点地舒展开来。

铅笔看似随意地被她握在手里，她熟练而细致地作画。

刘教授再次走过傅丫格身边时，脚步顿了一下，随即继续在教室里转圈。第三次走过她身边时，又顿了一下。这次，他停在了傅丫格的身旁。林北乔也停下了手里的画笔，眼睛被轻轻搭在她指弯的铅笔带入了她的画里。

傅丫格毫无察觉。

春夏秋冬，她在小小的画纸上熟练地素描，黑色的铅笔一深一浅、一深一浅地勾勒着，融合得毫无违和感，以黑白开出了一片灿烂，四季的轮廓便逐渐被勾勒出来了。一个花季的女孩，踮着脚尖，仰着脸，在四季之间，似在清歌。

刘教授眼睛瞪得越来越大，一直看着她画完了最后一笔。当傅丫格画完纸上的少女时，他几乎忍不住想要喝彩，这样美的一个收梢！

四季的色彩，青春的色彩，世界的色彩，她用一支铅笔，以黑白灰三色，在短短一节课内画出了这样别致的五彩斑斓。她的笔法仍显稚嫩，尚不及许多技法纯熟的素描高手，可是这样的创造力以及她诠释色彩的方法让刘教授感受到了她身体里的天赋。

下课时，呼呼的吹纸声、窸窸窣窣抖动纸张的声音在教室里接连响起。刘教授站在讲台上，指着傅丫格："同学，对，就是你，名字报上来！"

又怎么了？傅丫格手攥着自己的衣角，有些紧张，特意摆出了一副可怜的表情，想着这副讨巧卖乖的模样能不能助自己再逃过一劫。

"我叫……叫傅……傅丫格！"傅丫格一张嘴不自觉结结巴巴，这下连邻座的男生也忍不住笑了，不少人抬头戏谑地盯着她。

一定傻极了吧……她想落荒而逃。

"你的画拿给我，我要裱起来挂在咱们学院展厅！"

看着她先是目瞪口呆，然后小脸一下子阳光明媚了起来，刘教授咳了咳，险些没掩饰住嘴边的笑。这个小姑娘脸上的表情好丰富，心思在表达之前早已经全都写在了脸上，这副模样倒是十分可爱。

而刚才还笑着她的同学，眼里的戏谑也凝滞在那里，取而代之的，是纷纷惊异的神情。

后来，傅丫格的作品便出现在了艺术系的展厅里。看着自己那幅铅笔画，她自己也没能明白好在哪里。偷偷庆幸教授口味独特的同时，教授对她绘画水平的过分看重也使她内心有些不安。

"你叫什么名字啊？今天真是太谢谢你啦，这可是救命之恩，我刚才都不知道该怎么办才好了。"下课后，傅丫格朝着林北乔笑嘻嘻地说。

"不客气。"林北乔眼中充满笑意，"我叫林北乔。"

林北乔，这个名字好耳熟啊。

……

是他？

原来他就是穆菲菲放在心尖尖上的那个人。

第三章　知心有何人

傅丫格常常能听到沈安疏越来越不收敛地甜腻腻讲电话的声音。对于一直天真烂漫的傅丫格来说，"男朋友"三个字，简直有些微妙的禁忌感。尤其当她听到沈安疏"老公、老公"叫个不停的时候，沈安疏自己的脸色倒是丝毫不变，傅丫格的脸却宛若熟透的番茄。光是听着，她都觉得不好意思。有时，她也会偷偷想，自己什么时候也会有男朋友呢，那个他又是什么样子呢，想着想着越发不好意思起来，仿佛是很遥远的事情，总觉得自己现在还是个孩子呢。

每每撞到安疏打电话，她都落荒而逃，跑到画室或是图书馆去。

周五下午上完课，傅丫格回到宿舍，又见沈安疏正趴在床上，脸埋在被窝里，咯咯咯笑个不停。想来沈安疏的男朋友大概率是她高中而非大学同学。若他们在同一个大学，必得天天腻在一起，何必打电话。况且，每到周末，宿舍总不见家分明在外省的沈安疏的人影。至于她去了哪里，傅丫格晃晃脑袋，不敢细想。

沈安疏瞅了傅丫格一眼，朝她笑了笑，嘴上却没停。

"那我周六去找你好不好？"

"我要你陪我逛街嘛，不管，你要抽时间……"

"老公！"

傅丫格迅速把课本放下，抱着自己的画具，仓皇离开了宿舍，隔了一扇门还能听到沈安疏的笑声。快到晚饭时间了，她打算吃个晚饭，然后直奔画室。

在楼道，迎面撞上了穆菲菲。

"哎，你这么急去哪儿，我正打算找你。"穆菲菲拦着她。

"去吃饭。"

"学校隔壁那个西餐厅昨天开了，一起去，我请客！"这些天来，眼见着学校旁边的雅致气派的餐厅一天天装修好，穆菲菲左盼右盼，终于盼到餐厅开张。她花钱素来大手大脚，朋友圈也挂着层出不穷的美食照片。傅丫格对这种餐厅却并没有什么兴趣。

在她看来，穆菲菲去这些地方吃饭都不是吃给自己肚子的，而是吃给别人看的。傅丫格每次必得被迫充当摄影师，等她不断变换造型位置，一拍便是上百张。穆菲菲再精挑细选两张出来，修一修，假装十分随意地发个朋友圈，逼着她点赞。

这一系列操作每次都让傅丫格痛苦万分。

走进餐厅后，傅丫格基本都在低头看手机，并未注意餐厅里的人。直到坐在桌边的时候，傅丫格处理好手机上的几条信息，抬头，只见穆菲菲的表情有一些奇异。

"怎么了？"傅丫格问。

"白莲花！"穆菲菲拨弄着手里的纸巾，蹦出三个字来。

"白莲花到底是什么意思啊？"

"你活在哪个年代？"穆菲菲翻了个白眼，"这都不知道。就是外表清高纯洁，内心阴暗有心机的人。比如你那个室友。"

知道穆菲菲在说林南乔，傅丫格皱眉："她哪里内心阴暗有心机了？"

"她那天故意迟到一会儿，不就是想让全场都看着她嘛！她还欺负你，你忘了她对你什么态度了？我是在替你抱不平，怎么这么没良心！她这不是白莲花是什么？"穆菲菲愤愤道。

傅丫格被她吵得头疼，无可奈何地说道："是是是，你说的都对……"

熟悉的声音从身后响起："您好，这是你们的菜单。"

傅丫格惊诧地抬头，却见南乔来到了她们桌旁。她穿着服务生的衣服，大抵是工作需要的缘故，今天难得化了淡淡的妆，好看得叫人挪不开眼，只是精致的脸上是一贯的清冷。

"南乔。"傅丫格小声地喊。南乔没理她。

看到穆菲菲一脸得意的样子，傅丫格就知道，她肯定早就看到了林南乔。刚才，也是故意说那些话的吧。想不到南乔竟然在这里打工，也不知她是完整地听完了她们的对话，还是只听到最后几句。傅丫格有点担心南乔误会自己背后说她坏话。

南乔放下菜单，转身正要离开，穆菲菲叫住了她。

"等我点完菜啊，你这是什么服务态度！"

林南乔脚步顿在了桌边。

"请问你们要点什么菜？"

穆菲菲翻着菜单，报了五六个菜名。

傅丫格无语："点这么多干吗，我们又吃不完。"

"谁说要吃完，每个尝一点呗。又不是吃不起。"穆菲菲瞥了林南乔一眼。

"菲菲！"傅丫格看了看林南乔，还是那副无动于衷的样子。这下，傅丫格不由有些佩服林南乔了。在她面前，咋咋呼呼的穆菲菲仿佛不过是一只乱跳的蚂蚱，对她没任何杀伤力。反倒是林南乔这副无动于衷的模样怪气人的。

"那请问你们要喝什么呢？我们餐厅有鲜榨的果汁，汽水，还有红酒，只是我们的红酒价位……"

傅丫格正想说开水就行，却听穆菲菲道："就要红酒，这款。"穆菲菲将菜单翻到酒水页，一脸优越地指向一款价格不菲的红酒。

林南乔垂眸轻轻笑了笑，说了声"好的"，收好菜单便离开了。

穆菲菲和傅丫格一边吃饭，一边聊天。穆菲菲兴高采烈，傅丫格却有些如坐针毡。她不断地用余光看着南乔，只见南乔娴熟地擦桌子，招呼客人，为客人引路、点单。这些事情，她仿佛已经做了千百万遍。可即便她的服务无可挑剔，出众的形象和冷清的气质仍让人觉得不大自然。

又隐约回忆起那晚赵樾奚落的声音——"你不是缺钱吗？"

"你和她熟吗？"穆菲菲打断了她的思绪。

想想南乔几乎都没有搭理过自己，傅丫格灰心地摇了摇头。

"想不到她在这里打工。经济基础决定上层建筑，她这么穷，怪不得没教养。"

傅丫格白她一眼："别点评别人了。她有没有教养我不知道，可我现在觉得你不太有教养。"

穆菲菲瞪着她，正要生气，仔细一想，自己的姑姑姑父，傅丫格的爸爸妈妈，经济情况也一般般。或许是这句话刺痛了表姐的神经？想到这里，穆菲菲觉得自己讲话是有点冒失，她大咧咧地挥了挥手："好啦好啦，我们可是亲姐妹，别整起内讧了。"

菜陆续上来了，南乔送来了红酒和两个高脚杯。滴酒不沾的傅丫格阻止了正要给她倒酒的南乔。穆菲菲只好一个人一边喝着红酒，一边继续和傅丫格聊天。

恰巧另一位服务员走过，经过南乔的时候，低声赞叹："才上班第二天就卖出了一瓶这么贵的红酒。南乔，厉害啊！"

穆菲菲听到这话，才后知后觉地意识到，自己买这瓶红酒给南乔提升了业绩。她怒气冲冲起身："你算计我！"

"我怎么算计您？"

还是第一次在南乔眼里看到了并不属于她的气质的狡黠，傅丫格哑然失笑。

"你！"明知道南乔激自己买了一瓶并不需要的昂贵红酒，可是，这毕竟是她自己选择的。穆菲菲气急败坏却无可奈何地说："反正本姑娘不缺钱，买了就买了，就当是施舍你。"

南乔不理她，转身便走。

"好好吃饭。"傅丫格拉住想冲过去追上南乔的穆菲菲。

"你就是傻，活该受气！"穆菲菲气馁地坐在那里，脸上皆是委屈与失落，"都怪你，今天和白莲花的战斗完败！"

"你是十八岁，不是八岁，怎么还这么小孩子气啊，她又没想跟你战斗，别总把别人当成你的假想敌好不好？"傅丫格无语，不仅是觉得穆菲菲不该总找林南乔的碴，也担忧总是战斗状态的穆菲菲。毕竟，攻击别人的时候，难免会伤害自己。

看到林南乔，穆菲菲这顿饭便吃得不大开心了，胡乱塞了几口，酒也没喝完，拍照也没拍。早早地，两人一起回去了。想到刚才穆菲菲说南乔是白莲花，又一直出言不逊，傅丫格原本想跟南乔说几句道歉的话，也始终没有找到机会。

吃完饭，傅丫格去了画室，她从画室里翻出一张白纸，灵机一动，拿一支黑色的圆珠笔，认认真真地开始画画。两个多小时后，笔下的卡通人物渐渐丰满成型，俨然是长发飘飘的林南乔，可爱至极。

晚上，南乔回到宿舍的时候，看到傅丫格笑嘻嘻地拿着这张纸，献宝似的递给自己。

"南乔，今天的事情真的太不好意思了，你别跟穆菲菲计较好不好。她只是有点骄纵有点任性，其实心眼儿不坏。还有……哪，这是我给你画的，替她赔罪。"

看到傅丫格一脸可怜兮兮瞅着自己的模样，南乔破天荒地接过了画，说了声"谢谢"。纸上的卡通人物一笔一线都勾勒得恰到好处，难得的是组合起来还有那么几分林南乔特有的孤傲。又因为是Q版，看着也格外可爱。

画得倒是极好。林南乔难得嘴角上扬，看来傅丫格也不是什么都不会。

"南乔南乔，你不生气了吧？"

傅丫格摇着南乔的袖子，脸上露出讨好的微笑。

"我没有生气。穆菲菲直来直去的性格也挺好，坦坦荡荡都在脸上，不虚伪。总比一些女生，表面和和气气，背地里来阴的好。"南乔似有所指。半晌没听到傅丫格的声音，南乔抬头一看，只见傅丫格急得眼泪都在眼眶里开始打转了。

"南乔你想多了，我从来没有表面一套背后一套。"傅丫格拉着南乔的衣袖，慌慌张张地解释。

南乔破天荒地笑了："是你想多了。"

"那……"

南乔瞥了一眼自己的杯子，说："最近好几次喝水的时候，都发现杯子里面有虫子。"

何止是虫子。前两天上课的时候，打开手里的保温杯，正打算喝水，只见杯子里面影影绰绰仿佛有什么东西，倒出来一看，是半条蜥蜴残尸，林南乔差点吓晕过去，胃里翻江倒海地恶心。任傅丫格再追问，她却未再多说一个字。

那幅画，南乔没有收进桌子，她放到了桌子角落的相框里，覆盖了原本的那张照片。她自己也没能想到，很多年后，直到她有了自己的办公室的时候，这个卡通角色的她，虽然换了好多相框，却一直在她桌上的一角。

那是傅丫格为她画的第一幅画。

傅丫格的手机上还是会时常跳出她、沈安疏和舒瑶宿舍三人小群的消息。她们三个有很多课是重的，聊起这些课，傅丫格倒也偶尔会接几句话。

只是——

"我在食堂，要不要给你们占座呀？"

"一起去参观社团吗？"

"门口有卖糖葫芦的，给你们带两串回来？"

……

这些话题，傅丫格接不上，也不知该如何接。

她无法贸然把南乔拉进这个小群，这两个室友和南乔都不熟悉，哪怕是她自己，其实也是被南乔隔开的。可即便如此，她也难以心安理得地在这个小群里和沈安疏、舒瑶嬉皮笑脸。明明是四个人的宿舍，偏偏有个三人小群。

这让她总有一种负罪感，好像她在和另外两位室友一起排挤南乔。

周六清晨，傅丫格还在睡梦中的时候，突然被水壶打翻的声音惊醒。随即传来南乔的叫声。南乔向来不是一个喜欢大惊小怪的人，发出如此尖叫，实属异常。

舒瑶也被惊得爬了起来，沈安疏周末不在宿舍，宿舍里只有她们三人。只见南乔从洗手间里走出，她左手覆在脸颊左侧，手和脸似乎粘在了一起，手脸连接的部分，已经因强行撕拉而渗出了血迹，南乔脸色惨白："我的爽肤水里被混进了502胶水。"

早上洗脸的时候没有注意，南乔也不知道自己的爽肤水中混进了胶水。情急之下，她下意识地将手扯离面颊，拉扯的力道较大，她的脸上硬是被扯裂了一个小口，所以痛得叫了出来。

舒瑶惊道："啊！这……这不会毁容吧，粘在一起完全不能动了？你别扯，再扯还要流血。"她手足无措，不知该做些什么。

那个黏力巨强的502胶水？

傅丫格揉了揉眼睛，光着脚就冲到南乔面前，看着南乔的手和脸被胶水紧紧粘着，白净的皮肤已经因为摩擦和拉扯而泛着不正常的红色，还有血！她心急如焚。

"你先穿一下鞋子，我刚把水壶打翻了，洗手间地上有碎渣。"南乔拦住了她。傅丫格匆忙去穿了鞋，跑到南乔身边。

"先用水泡着，我去打120。"傅丫格来不及细思，立刻把南乔拉回洗手间，不断往她脸上泼水，但仍觉得不够，于是把她粘住的一侧脸按进脸盆里，盛了些水，刚刚盖过南乔脸和手粘住的部分。

"嘶——"伤口浸在水里，脸上一阵疼痛。

南乔步伐有些踉跄，任傅丫格把她摁到了脸盆里，水珠滴滴答答从她的发丝流下来，狼狈至极。

"傅丫格，你是不是在公报私仇？"疼痛下，南乔有一丝咬牙切齿的意味。

傅丫格一怔："半张脸都要毁了，你还有心情开玩笑呢。我听说胶水粘在皮肤上一定要用水泡，干了就麻烦了。"

林南乔对她的话充满怀疑，但还是任她按住自己，不再乱动，这半张脸……林南乔定了定神，恢复了平静。

傅丫格颤颤巍巍地打了120，医生让她先把接触到胶水的皮肤泡在温水里，不要硬扯。听到她们是学校里的大学生，医生又让她们去学校的医务室要些酒精，酒精是有机溶剂，她建议涂在胶水处轻轻揉几分钟再看看，如果好了就不必去医院。傅丫格稍微舒了口气，把盆里的水换成温水。

舒瑶自告奋勇去了医务室拿酒精，估计也是觉得和南乔单独待着太"冷"。宿舍里于是只剩下了傅丫格和脸侧着泡在盆里的南乔。

"每次狼狈的样子都能被你看到。"南乔低声说。

"你就庆幸吧。以后每次你狼狈的时候，最好我也在你旁边，总比你一个人好。"傅丫格双手撑着下巴，平时嬉皮笑脸的那股劲儿全没了，小脸绷得紧紧的，担忧地看着南乔。

南乔心里划过一丝异样的暖流，却仍冷着脸。"傅丫格，你太闲了。"

"知道知道，而且哪里都不如你，没你聪明，也没你好看，老天不公。"傅丫格哼哼。

"是没我聪明。"南乔笑了。

"你你你……"傅丫格气鼓鼓。

"不过长相方面，其实，很多时候我都更希望自己是个相貌平凡的人。"南乔闭上眼。她知道这话在傅丫格听起来难免会有些凡尔赛的意味，但她自己却是认真的。这张脸招惹过多少她根本不想招惹的桃花和一堆的麻烦，又让她看到了多少道貌岸然背后的龌龊。在别的女孩竞相用化妆甚至整形的方式凸显自己的美貌时，她实在是过早地看透了那些惊艳眼神背后的了无意义。

"不过这到底是怎么回事啊，这应该不是你自己不小心混进去的吧？"

"你说呢？"南乔无语，这黏性，恐怕不止倒了两三瓶502胶水进去那么简单。

"那你的爽肤水平时都放哪里的，昨天拿出去过吗，是谁动的你心里有数吗？"傅丫格咬牙切齿。

"一直在宿舍。"

"那好办，寝室走廊有摄像头，我今天就去看看是谁进了我们宿舍！"她们宿舍常常不锁门，要想溜进来做手脚是挺容易的。

"不用了。"南乔目光幽深，"查不出来的。"

"你别嫌麻烦，居然想毁你的脸，这人太恶毒了，一定要揪出来。"

"就是咱们寝室的，这几天没有别人进过我们宿舍。"南乔轻轻说道，"只是寝室里没有摄像头。"

"什么?!"

傅丫格跳了起来，后脊发凉。

不能吧，虽然她们和南乔不亲近，可傅丫格怎么都觉得她们不会做这种事情。可南乔如此笃定……

"不是我啊，南乔。"傅丫格一急，又拉住了南乔的衣袖。

南乔白她一眼："废话，你哪有那个心眼。"

傅丫格偏着头，也不知南乔是在夸她还是在损她。

正要开口询问，楼道传来越来越近的小跑的声音，舒瑶拿着酒精和棉签跑了过来。

傅丫格的一大堆问题哽在喉咙里，她接过了舒瑶手里的酒精和棉签。"我来吧。"

舒瑶点点头，坐在了床边。

傅丫格拿出棉签，蘸了酒精，先在自己的手上涂了涂。看到这个"试毒"的小动作，南乔忍不住好笑又窝心。傅丫格听到她说给她爽肤水里加胶水的就是寝室里的人，便有些害怕是舒瑶，害怕舒瑶拿来的这酒精也有问题。

看她以身试毒的悲壮模样，小手战战兢兢地揉来揉去，生怕里面混了不该混的东西。

真是笨蛋。

南乔看了眼舒瑶，还好她忙着喝水，没注意到傅丫格的小动作。

检验"无毒"后，傅丫格开始给南乔的脸涂酒精，由外而内，轻轻揉着。

二十分钟过去，南乔的脸和手终于完全分离了。

尽管胶水已经被酒精溶解，但胶水粘过的地方起了许多红色的斑，还有一个刺目的伤口——南乔最初扯开的伤口。

"这……"

看着傅丫格担忧的眼神，南乔不以为意地挥挥手："没事。我皮肤敏感，受了刺激可能有点过敏。"

傅丫格这才放宽心。

"刚才忘了让舒瑶从医务室拿创可贴了，幸亏我这里还有几个存货。"傅丫格在自己的抽屉里翻了翻，翻出一个画着卡通人物的粉色创可贴来，给南乔贴在了脸上。南乔看着那粉色的卡通创可贴直皱眉。

傅丫格叫道："别挑了！知道跟你高冷的形象不符，那也没办法，我只有这种创可贴。还好你的伤口不算严重，以我小时候磕磕碰碰的经验，你放心，这种程度的伤口是不会留疤的。"

南乔居然乖乖点了点头。

午饭时间，两人没去食堂。兴许是脸上粉色的创可贴和一片红斑让南乔觉得有些见不得人，何况是食堂这种校园八卦发酵地，她破天荒地提出要去校外吃。

南乔戴上了口罩，傅丫格一边跟在她身后走，一边不停地追问："你知道到底是谁把胶水倒进去的吗？跟在你杯子里放虫子的是同一个人吗？"

"我也只是猜测，没有证据，不说了。"

傅丫格只好沉默，暗暗打定主意，要自己去查监控。她可真有点不相信这么损的事是两位室友做的。

岔开话题，傅丫格又开始和南乔闲聊："南乔，你知道吗，我们专业有个男生，和你名字神奇地相似。"

"你说林北乔啊。"南乔哑然失笑。

"你也听说了对不对？你们一个叫林南乔，一个叫林北乔，这……"

"他是我的双胞胎弟弟，这件事学校没几个人知道。"南乔不愿听她絮絮叨叨，言简意赅地说道。

傅丫格盯着林南乔的脸，左看看，右看看。"怪不得，你……你们……天哪，世界好小！"她兀自沉浸在震惊的情绪中，被南乔引着，坐上地铁，到了一个不算繁华的街区。

"这是哪里呀？"出地铁口，傅丫格四处打量。

"这边有家店很好吃。"口罩下，南乔嘴角含笑，抬头，却见傅丫格正盯着她，她匆匆把头偏过去，避开了傅丫格探究的眼神。

她带傅丫格走到一家店前，店面很小，里面只摆放着四五张桌子，有两张桌子坐着几个高中生模样的年轻人，傅丫格一怔，往外瞅了瞅，街道对面是一个破旧的学校——蒲海一中东林分校。

五十多岁的老板娘正擦着桌子，尽管南乔戴着口罩，老板娘仍一眼认出她来，不可置信道："是你哇，小姑娘，上大学了吧，都好久没来了。"

隔着口罩，傅丫格都能感觉到，平日里冰冰凉凉的林南乔居然对老板娘露出了笑容，眉眼弯弯。

"阿姨，好久不见，还是两份烧鸭饭套餐，谢谢！"

见南乔直接做主帮自己点了，傅丫格不由笑吟吟问道："这里最好吃的就是烧鸭饭吗？"

"是呀，你一定要尝尝。"老板娘笑呵呵地点头，她的脚步在南乔面前停顿了片刻，似乎想问点什么，却还是噤了声。

两人找了张空桌子坐下，老板娘把茶水端了上来。

"我高中的分校在这附近，高中时，我有大概半年的时间都在东林市的这个分校读书。"南乔低头，看着茶杯里的茶水荡起一层层小涟漪。

"你高中是——蒲海一中？赵樾不也是蒲海一中的吗?！"

"他是高我一届的学长。"

"天哪，那你们早就认识啦。"傅丫格觉得不可思议。

南乔不语，喝了口茶，默认了。

"看来这个恶人见色起意也不是一天两天了。"傅丫格正嘟囔着，声音蓦地止住，惊恐地看着门口。

顺着她的目光，南乔抬头，只见赵樾正站在门口，脸色阴沉地盯着傅丫格。

神了，说曹操曹操到。

只是——

老板娘热情地迎了上去。"小赵啊，我就说刚才怎么没见你，原来是晚到一步，你女朋友在里头坐着呢，之前你都一个人来，阿姨还以为你们闹矛盾了。快来快来！"

她不由分说便把赵樾推搡到了南乔和傅丫格那桌，并顺手给他提了把椅子来。

"啪"一声，傅丫格的筷子掉到了桌上。

没听错吧，他们，他们……在谈恋爱?！那上次是什么情况？傅丫格迷糊了。

赵樾被老板娘推搡过来，南乔本以为他会离开。哪怕不是离开这家店，也是离开这张桌子。想不到，他竟就这样坐了下来，神态从容。

空气中弥漫着淡淡的尴尬。

"这么远过来，没迷路吗？"赵樾开口了，有丝讽刺地看着南乔，言下之意是她竟还记得这家店怎么走。

南乔并不回应，但傅丫格从她微微颤抖的手看得出，她的内心并不平静。

"还戴个口罩，这是怕被谁认出？"赵樾喝了口茶，看起来漫不经心。

还是沉默。

沉默中，傅丫格只好开口："南乔脸受伤了。"

赵樾的手迅速伸到南乔的耳背，把她的口罩取了下来。手指轻轻碰到她的脸颊，两人均是一愣。赵樾定了定神，只见南乔的半边脸都是红斑，他眼里泛起怒色。"怎么回事？"

当视线转移到脸上粉色的卡通创可贴，赵樾的神情变得古怪起来。

看了看傅丫格，这是他第一次正视南乔身边这个女孩。就像这个明显不符合南乔风格的创可贴被硬生生贴在了她的脸上，看得出，这天真冒失的女孩硬生生地进入了跟她风格完全不搭的南乔的生命里。

如果有人能让她不孤独……又看了看那个可爱的创可贴，赵樾发现，尽管他告诉自己应该恨她，可他心里居然可耻地有那么一丝欣慰与宽怀。

"还不是有人把……"

好不容易捡着个听众，傅丫格正要吐槽，被南乔强行打断。

"别说了，小事。"

赵樾心里泛起了熟悉的无力和悲哀。

"什么呀，你可差点被毁容了！"傅丫格叫道。

"讲话别这么夸张好不好。"南乔瞪她。

"我没夸张。"傅丫格很不服气，随即又笑得贼贼地望向赵樾，"万一南乔毁容了，你……"

"傅丫格，你有完没完！"又被南乔打断，傅丫格无辜地吐了吐舌头，不敢再说话，生怕好不容易和南乔建立起的一丢丢友谊灰飞烟灭。

"毁容也挺好。"赵樾平静的脸上也看不出太多情绪。

"你们这恋爱谈得真古怪。"傅丫格难以理解。

"早就分手了。"两人默契地异口同声。

傅丫格再次惊愕。

老板娘把三份热乎乎的烧鸭饭端上了桌。

傅丫格的注意力迅速被食物所吸引，大口大口吃得欢快，南乔和赵樾却心不在焉。

"你经常来这里吗？"快吃完的时候，南乔似乎很随意地开口。

这是很久以来她第一次主动和赵樾说话，赵樾夹菜的手停在半空，半晌，说："习惯是一件很难改变的事情。"

习惯？

高中刚在一起的时候，两个人都没什么钱，去不起好的餐厅约会，这家小店便成了他们在分校期间最常光顾的地方。这家犄角旮旯里的店还是南乔先发现的，后来，她常常和赵樾一起来。

"你高中毕业之后就没来过了吧？"赵樾的语气带着几分笃定。

"嗯，以后可能也不会再来了。"她声音平静。

赵樾冷冷吐出两个字："随你。"

尚未吃完，他便去买了单，头也不回地离开了。

留下一头雾水的傅丫格和沉默的林南乔。

第四章　咫尺也天涯

两个多月后。

直到电话那边，表妹清脆的声音接连唤了好几遍她的名字，傅丫格才恍过神来。千万般思绪，只汇成一句话："你们，快要回来了啊……"

林北乔，穆菲菲。一个是她好朋友的孪生弟弟，一个是从小一起长大、形影不离的表妹。明明他们的归来该是件让她开心的事情，电话这边的她却笑不出来，尤其在听到表妹热情地招呼她明早去校门口接两人的时候。

这不是一场太久的分别。两个星期前，她还无忧无虑地和他们一起吃饭聊天。然而变化不只在他们之间，也在这世界每一个无迹可寻的角落里密密麻麻地发生着。比如开学两个月以来学校凋零殆尽的花，比如被悄然而至的冷风不知席卷去了何处的落叶，又比如一夜之间大地上覆盖起的薄薄白雪。也不过是十一月中旬，这年冬天，来得竟分外的早。

傅丫格的脚一深一浅地踩在校园的小径上，路的两边层层错落着几片不大的杏树林子。看着这些枝梢被覆上了白雪的杏树，十八岁的她恍惚间竟也有了些岁月匆匆的感觉。

开学两个多月以来，校园的许多小径上，都常常会出现林北乔低头走得飞快，穆菲菲在身后小跑跟着的情形。

穆菲菲每天缠着林北乔，傅丫格倒闲了下来。她喜欢和南乔待在一起，虽然她们在一起时，几乎永远都是傅丫格一个人在自言自语，习惯后她倒也觉得这样的生活安逸而舒适。直到两周前，林北乔和穆菲菲被选中去日本参加美术比赛的前一个晚上，她平静的生活被打破。

傅丫格原本是兴高采烈地想去替两个朋友庆祝的，谁知刚从宿舍楼走下来，迎面就看到了林北乔。傅丫格心里隐隐有种不好的预感，果不其然，林北乔高大的身影挡在她的面前，用一贯温柔的眼神凝视着她，不等傅丫格开口，他便自顾自地说道："傅丫格，我很喜欢你，从开学第一节绘画课上起就很喜欢。课堂上，你惊慌失措的那一刻，那副无辜的样子，特别可爱。后来，我私下看过了你所有的作品，你明明比穆菲菲优秀。为什么这次去日本参加比赛的不是你？因为她是穆校长的女儿吗？"

傅丫格的五官都快要拧在一起了，除了惊慌，便是失措。

林北乔说的好像也有些道理，可说不出哪里不对劲，她并不喜欢听。尽管主任把出国参赛的名额给穆菲菲可能是因为想巴结舅舅，可她从未想过这是占用了她的名额。菲菲也很优秀，能出国去比赛当然很好啊。至于自己，只要可以自由自在、快快乐乐地画画，参不参加比赛又有什么关系呢？

"你呢，你喜欢我吗？"林北乔双手握住傅丫格的肩膀，紧紧盯着傅丫格的眼睛。

他从来含蓄温雅，一举一动都得体、周到，这种勇敢甚至有些莽撞的时刻，倒是罕见。傅丫格不知所措地僵在原地。

"我还小，还不太……不太会谈恋爱。"

"没关系，我可以教你。"林北乔以为她是不好意思，笑意满满。

看着他眼里的笑，傅丫格心里没来由泛起一股恐惧。她后退几步，这可是穆菲菲喜欢的人，不能和他再拉扯了！

"我衣服洗了还没晾，我得把衣服先晾出来。"

说罢，小腿一蹬，跑得飞快，傅丫格转眼就消失了，也没了给他们送行的打算。

选在临行前的这个晚上告白，正是想给傅丫格一些时间考虑，林北乔可没指望过表白之后她就能即刻答应。可他没想到，一向自认为智商不高的傅丫格，整整两周，压根儿就没想过这件事。即将到来的期中考试，已经够让她焦头烂额的了。

直到接到穆菲菲的电话，她才有些慌了。时间怎么过得这么快，转眼之间，他们就要回来了。

傅丫格在学校里漫不经心地散着步，心绪万千。

手机又响了起来，傅丫格心中一惊，以为是林北乔。一看屏幕上的来电显示，是穆明海。

"最近学习累不累，晚上来舅舅这里吃饭。"傅丫格的爸爸妈妈不在东林，作为舅舅，穆校长自然是要多关心关心自家孩子。

"我不累！晚上在学校食堂吃就行。"和舅舅单独吃饭？想想就觉得不自在。

"宋老师今天来了，她还熬了汤。"

听到宋老师，傅丫格眼睛一亮，不再推脱："那我马上来！"

高中艺考之前，舅舅请这个年纪轻轻便才华横溢，屡获美术奖项的年轻大学老师去指导她和穆菲菲。宋晨曼两年前才从本校硕士毕业，同时获得了留校任教的资格。如今，二十七八的年纪，已在大学里执教两年了。

穆菲菲和宋晨曼并不亲近，傅丫格却和她关系格外好。一年前，宋晨曼帮着傅丫格揽下一本书的插画工作，陪傅丫格一起没日没夜地选材、设计，教傅丫格画画。在她的帮助下，傅丫格顺利在艺术学院的申请中所向披靡。她的才情让傅丫格佩服得五体投地，温柔又善解人意的性格，更让傅丫格喜欢不已。

傅丫格早已溜达到了校门口，接到穆明海电话后，打算往教师公寓走，余光突然注意到学校隔壁美妆店里，沈安疏站在门口，抖着肩，仿佛在哭泣。站在她对面的店员正在对她说着什么，看起来神色不善的样子。

店员在欺负沈安疏？

自从两个月前南乔的脸被502胶水粘过后，尽管舒瑶和沈安疏都一副对南乔极其关切的样子，宿舍的氛围还是微妙了起来。再想想之前南乔说杯子里总出现虫子，傅丫格如今一回到宿舍就浑身难受。

她总不信那是舒瑶或是沈安疏的手笔，因此，她去找宿管阿姨偷偷看过走廊的监控，希望能找到别的什么可疑的人。那几天，如南乔所料，除了她们四个，没有人进出过寝室。

只是看到沈安疏满脸泪痕，那店员却一副气势汹汹的样子，傅丫格还是走过去想帮帮她。走近后，才听到店员的嚷嚷："你爸妈电话多少，你把他们电话给我！"

沈安疏哭红的眼睛，在看到傅丫格的一瞬，充满惊慌和恐惧。

"怎么了，欺负人吗？"傅丫格挡在沈安疏身前。

沈安疏神色慌乱，声音微颤："你来干什么，我没事，你……你快回去吧……"

傅丫格有些不解。

"你们是朋友吗？你来得正好，知不知道她父母的联系方式？"

"怎么了？"

"你这朋友进店之后就在那儿挑挑拣拣，趁我们不注意，把一支三百多块钱的口红塞进自己的包里，还若无其事地想走！"店员指着沈安疏，一脸不齿。

傅丫格看到柜台上那支黑管口红，心中很是诧异。她平时从来不用口红，对这些口红的品牌和价格也不清楚。

"这支口红就三百多吗？这么贵啊？"她不由得问。

"什么这么贵？我还赖她不成？这是迪奥！用不起就别用了，这种手段！"女店员一脸鄙夷。

　　上大学之后，女孩子在中学受到压抑的审美一下子爆发了。以前只穿校服的她们，现在开始竞相展现自己的美丽。名牌衣服、名牌包都成了她们无声竞争的标配。以前素面朝天的脸现在被各种化妆品涂得看不出本来的肤色，口红当然是少不了的。

　　看到沈安疏的神情，傅丫格意识到店员没有冤枉沈安疏。她最近也发现了沈安疏在穿着打扮上的变化，明艳的脸白了不少，化上了精致的妆，衣服的风格更是和刚来时差异极大。

　　只是，回忆起平日里沈安疏收到的各种各样来自男朋友的名牌礼物时，傅丫格又有些想不通，安疏的男朋友不是很有钱的吗？

　　沈安疏痛哭出声，她用手挡住了眼睛，眼泪从指缝流下。

　　"姐姐，一共多少钱，我帮她付好不好？"傅丫格对店员说，声音软了下来。

　　店员打量她几眼。"这不是钱的问题！"

　　"她是外省的，父母肯定来不了。我把钱给您，您就放她走吧。"傅丫格好言好语劝着店员，"我朋友一时糊涂，我们也都还在读书，您给她一次机会，不会有下一次了。"

　　店员看着一直在哭的沈安疏，叹了口气："算了算了，一支口红，不买也罢，就是看她这样让人气愤。爱美之心人皆有之，但不要通过这种手段。"

　　"对不起对不起。多少钱？"傅丫格连声道歉。

　　"三百八。"店员说。

　　傅丫格把钱付了，说了声"谢谢"，拿好那管口红放到沈安疏的包里，拉着沈安疏就出去了。

　　沈安疏仍在哭，呜咽道："钱……我会还你。"

　　"安疏，有些东西比口红珍贵得多。我想我们都应该保护好自己那些更珍贵的东西。"傅丫格犹豫了一下，还是多了句嘴。

　　沈安疏紧紧握住傅丫格的手。"这件事，你能不能……"

　　"我不会告诉任何人的。"

　　沈安疏抽泣声小一点了："我去图书馆。"

　　傅丫格点点头，她顺路把沈安疏送到图书馆，然后往教师公寓的方向走去，心里五味杂陈。

穆明海住在学校教师公寓的最顶楼，一间宽敞的套房里。套房是简洁的现代装修风格，只有几件必要的家具。小时候，穆菲菲，穆萧萧，还有舅妈都住在这里。如今，这里只剩下穆校长一个人了。大得有些空荡荡的。

今日的房间倒不似往日冷清，餐厅的大圆桌上摆好了菜，上面用镂空的罩子盖着，香气仍可扑鼻。宋晨曼正在厨房里收拾着碗碟，穆明海则和往常一样在书房里，直到傅丫格敲门，他才出来，笑眯眯地说："丫丫，最近学习辛苦了。"

"不苦不苦，好香呀！"傅丫格使劲儿地嗅了嗅，"小宋老师的厨艺也太厉害了吧。"

"舅舅沾了你的光。宋老师今天跟我谈完工作，正好聊到你，就叫你来一起吃顿饭。"

听到动静，宋晨曼走了出来，她系着舅舅深色的围裙，有些宽大，却也协调。长长的黑色直发被她简单地绑成低马尾，几缕发丝垂在脸颊两侧，眉眼含笑。"来了丫丫，给你炖了乌鸡汤，补补！"

"辛苦小宋老师啦，你厨艺要不要更好一点！"

宋晨曼笑眯眯地看着搂着自己的傅丫格，已经几周未见了，她也很想这个小丫头。

"期中考试准备得怎么样？"宋晨曼给她夹着菜。

"还好，差、差不多了。"傅丫格一边很没有形象地狼吞虎咽，一边含含糊糊地说道。

"我看了一下你的必修课，前面几个绘画考试我倒不担心，只是高数和艺术史论文嘛……"宋晨曼欲言又止。东林大学作为国内一流的大学，向来注重对学生综合素质的全面培养，因此即便是美术专业，高数也是必修课。虽然只是最简单的文科数学，但宋晨曼知道，傅丫格数学向来不太好。至于论文，那更是傅丫格从来没接触过的东西。

说起论文，傅丫格的小脸一下子失去了光泽。要是写论文像画画一样简单就好了，她真是不明白，他们美术系的学生，画画难道还不够吗，为什么非要写论文呢？

她可以一天画出好几幅画来，可是文字不是线条和色彩，线条和色彩在她眼中都是流动的，有生命的，可以轻易地表达出她的想法。但那些文字，那些文字却都好像在和她捉迷藏一样，她一个也捉不到，明明有着呼之欲出的想法，想要捕捉时却总是轻易地就飞走了，一篇五千字的论文而已，她挤呀挤，挤呀挤，每天却只能憋出少得可怜的那么一小点文字来。就像她说话，一着急就结结巴巴了一样。整整两周了，她才写了一半。

好在，她也没有灰心，还在继续挤着。

"不是还有两周才到论文截止日嘛，我再写写！"傅丫格不想聊这个没意思的话题。

"先把论文写完交上去，不要老想着和朋友出去玩。"穆明海嘱咐。

"知道啦！菲菲好像明天就回来了。"她瘪了瘪嘴，转移了话题。

提起穆菲菲，穆明海脸色变沉。"把她惯坏了，林北乔去参加比赛，她那点三脚猫功夫去凑什么热闹。天天追着男生跑，哪有一点大家闺秀的样子。人家林北乔拿了一等奖，她拿了什么？丢人现眼。"

看到穆明海恨铁不成钢的样子，宋晨曼笑着说："我觉得菲菲很勇敢，大家闺秀也可以追求自己的爱情呀。"

"对呀，有其母必有其女，舅妈不也是这样勇敢追求爱情的大家闺秀吗？"傅丫格话不过脑，笑嘻嘻地脱口而出。

空气凝滞了。

穆明海的面色眨眼间变得沉重，宋晨曼夹菜的手亦是一松，筷子掉在了桌子上。

"陈教授的确是真正的大家闺秀。"宋晨曼的声音变得很轻、很轻。

傅丫格回过神来，暗骂自己没脑子。

"对不起对不起，舅舅，我、我不是故意的。"

"多吃点。"穆明海明显恍惚了一下，他声音依然温和，可是餐桌上的氛围，好像怎么也回不到刚才了。

傅丫格六岁那年，妈妈牵着她的手，让她同奶奶说再见。

她乖巧地照做了，却不知道这意味着什么。

母亲对她说，奶奶去了另一个世界，直到很久以后，她才渐渐明白：那不是告别，而是永别。

六岁的时候不懂事，她很爱奶奶，奶奶葬礼那天她却只会傻傻地站在人群里发蒙，流不出泪来。那时，她并不清楚死亡是什么。

两年后的冬天，一场车祸夺去了舅妈的生命。傅丫格又一次被逼着直视死亡。这次，已经长大的她不再懵懂。这个突如其来的意外仿佛一个石子，投入了他们平静的大家庭中，也在傅丫格的心里掀起了巨大的波澜。

舅舅一家从此发生了翻天覆地的变化。

傅丫格再没见过穆萧萧了。穆萧萧比她大四岁，据说现在正在美国那所让傅丫格可望而不可即的大学读硕士，是两个妹妹双双仰望的对象，更是全家人的骄傲。可舅妈离世后，穆萧萧再也没有回过家。

隐约听说，穆萧萧和舅舅大吵过一次。

傅丫格不明白他们为什么吵架，她只记得，在表哥去美国之前的最后几次家庭聚餐时，他看舅舅的眼神是痛恨的、仇视的，傅丫格并不理解表哥为何如此。

舅妈出身名门，是家族里公认的内外兼修的好太太。

傅丫格对舅妈的认识有限。在她的认知里，舅妈只是一个喜欢养花养草，喜欢小动物的特别的人。

有一次，她去舅舅家，隔门隐隐听到一句："女人要做一番事业为什么就这么难！"那是舅妈少有的激愤的声音。当然，当傅丫格和妈妈敲开门时，舅妈还是平时那个温柔而稍显距离感的舅妈。舅舅也还是平日那个温和的舅舅。傅丫格却一辈子也忘不掉那句话。大概也是因为这句话加深了傅丫格对舅妈特别的认识。

毕业后，舅妈没有走父母安排好的路，也没有嫁给父母给她安排好的门当户对的男人。她致力于她所热爱的生物学领域，成了大学老师，并且遇见了不到三十岁就已经成为数学教授的舅舅，嫁给了她心中的爱情。据说他们认识半年就结婚了。

几年后，舅舅成了数学院有史以来最年轻的院长，在顶尖期刊上发表了数篇论文，著作等身。又过了几年，舅舅成了这所大学的校长。舅妈也搬来这里，并且凭着出色的科研能力成了学校生物系的顶梁柱。

这一定居，就是十三年。

舅妈的去世，让傅丫格第一次感受到死亡原来如此的近。看着舅妈躺在丧仪大堂中央，那种冷冰冰的感觉让傅丫格浑身颤抖。舅妈这一生做出的重要选择都遵从了她的内心，可她真的自由自在吗？

除了有些苍白，她的模样和平时没什么不同，嘴角的弧度也依然温柔。傅丫格总觉得她下一刻就能坐起来，轻轻地唤她的名字。

可是舅妈再也不能起来了。

葬礼上，印象中从来都高大威严的舅舅，哭得像个孩子。舅舅和舅妈风风雨雨不离不弃这么多年，舅舅一定痛不欲生。穆菲菲倒在傅丫格的怀里，哭得撕心裂肺："我没有妈妈了……"

傅丫格揪心地痛。

她紧紧抱着穆菲菲："菲菲，你还有这么多的家人，我们都爱你，都会陪着你。"

穆萧萧低头站在吊唁的人群里，虽未流泪，眼里却布满血丝，曾经神采奕奕的脸上血色全无。穆萧萧向来疼爱傅丫格，看到表哥那副模样，傅丫格多想上前抱抱他。但她最终一步也不敢靠近，瑟缩地站在一边。

舅妈去世以后，舅舅不再像从前那样，见到她时，便将她抱起，在杏花树下转圈，带她去买她最喜欢吃的冰淇淋。

如今，舅舅的笑失去了曾经意气风发时的光彩。事实上，他很少笑了，尤其提到舅妈时。傅丫格有些没出息地害怕这样的场景，害怕见到舅舅沉郁的双眼。

当傅丫格从舅舅的公寓回到宿舍的时候，舒瑶和沈安疏还没回来，宿舍里只有南乔一个人，把头埋在厚厚的资料里，挥舞着手里的圆珠笔。又是熟悉的场景，傅丫格不敢跟她说话，只能长长地叹了一口气，有些故意地叹得特别大声，暗自期待能够吸引到南乔的注意。

南乔头也不抬，几缕头发挡住了她精致的脸。

傅丫格想不通，不是很多人都说漂亮的女孩子是不需要努力的吗？南乔这么漂亮，可她还聪明、刻苦，每天一大早就去图书馆，傍晚回来，她又抱着厚厚的书将宿舍变为图书馆。

沈安疏经常出去，周末也见不到她的影子，可舒瑶和傅丫格都擅长制造噪音，两人看到南乔总难免紧张。舒瑶常常因此郁闷。

"宿舍又不是她一个人的，她学习的时候我们就一定要蹑手蹑脚吗？"她直肠子地对傅丫格抱怨过。傅丫格却从没在意过，南乔的努力让她敬佩，也有点心疼。

可今天，傅丫格心里乱糟糟的。她轻轻拉开椅子，坐在了南乔身边，把头支在手上，两只脚一晃一晃，直勾勾地盯着南乔，应该……不算是打扰吧？

几分钟后，南乔大概实在是忍受不了这样的视线了，她抬起头："傅丫格，你怎么好意思这么盯着我看？"

"有什么不好意思的啊，美女人人都喜欢看呀，"傅丫格笑嘻嘻地摆出一副风流倜傥的样子，"我就想要美女不好意思。"

"到底想和我说什么，不说我继续看书了。"南乔低头又要看书。

"那个……"傅丫格紧紧揪住南乔的衣角不放。

"哪个？"

其实傅丫格自己也不知道自己想说什么。

想到刚才穆菲菲的电话，想到林北乔的告白，再想到舅舅突然黯淡的神色，她有些茫然。

"菲菲和北乔明天回来了，菲菲让我去校门口接她。"

南乔不语，听到弟弟回来，她脸上也淡淡的，没什么特别的神色。

"你要不要去接你弟弟呀？他拿了一等奖哎！"傅丫格小心翼翼地问道。

"有人会去接他，我不去。"南乔声音平淡，脸上却泛起了古怪的神情。

"'有人'是谁？"傅丫格好奇。

"他爸。"

"那正好，你也可以见见爸爸呀！"傅丫格亮晶晶的眼睛闪了几下。南乔冷漠的眼神让她后知后觉地想到：不是孪生姐弟吗，什么叫他爸爸？

"我没有爸爸。"南乔轻轻说道。

傅丫格愣了愣，父女之间能有什么深仇大恨呢？或许是拌拌嘴闹闹情绪，如果这样的话，她更要拖着南乔一起去了。就像她和爸爸许多次吵架一样，很多时候，心里已经不计较了，不过是有些不好意思，踏不出那一步嘛。何况是南乔这么高冷的人，她当然要推波助澜一把了。

"那你陪我去吧。"她继续揪着南乔的衣角。

"自己去。"

"我不嘛，我会迷路的！"傅丫格撒着娇。

"你迷路你还骄傲了？"

"南乔……乔乔……你要是不陪我去，今晚咱们就别睡觉了。"

"停停停。"拨开一直揪着她衣角的傅丫格的小手，林南乔缴械投降。

早晨的校园，天气有些冷冽。

树上的树叶早已经掉得干干净净了，地上却还留有未消的浅浅的雪迹，薄薄的阳光洒下来，地上仿佛有许多白色的灯盏，整个校园像在发光。

傅丫格一蹦一跳踩在雪上，南乔跟在她身后一步一个脚印地走。

"地上滑。"看傅丫格蹦跶得无比欢快，南乔皱眉提醒。

"没事没事，滑倒了也没关系，我裹得可厚了！"傅丫格拢了拢自己的外套，她怕冷，每个冬天，都把自己裹成毛球，圆到可以在地上打滚的那种。

"咦，你居然会关心我？"傅丫格后知后觉。

林南乔没接她的话。傅丫格不以为意，她知道南乔能陪她来已经不易，也慢慢体会到她看起来冷淡的外表下或许并不是真的冷淡。

两人在校门口公交车站的长椅上坐下。傅丫格像往常一样叽叽喳喳同南乔天马行空地说着话。南乔像往常一样静静地听着，一言不发。不久，她们看到一辆车停在了学校的门口。

"谢谢叔叔，辛苦您了，您赶快回去休息吧！"

车门打开，穆菲菲走了下来，正对着从驾驶座上下来的面容亲切的中年男人笑盈盈地道着谢。她似乎有些瘦了，脸小了一圈，面颊泛着浅浅红晕。

"来，北乔，帮菲菲把背包拿着。"男人笑呵呵地把穆菲菲的包从副座递给了北乔，走到后备箱准备取行李。可当男人眼角余光看到一边被傅丫格兴冲冲拖着走来的南乔时，他的手在半空中僵住了。林北乔也随着父亲的目光看了过来，略显疲惫的眼神在看到傅丫格的一瞬间有了光彩。

可傅丫格并没有跟他说一句话，只是兴高采烈地给穆菲菲一个拥抱。"菲菲你回来了，瘦了好多！"抱着穆菲菲的傅丫格，眼神似乎有些不经意地瞥过了北乔。

听到自己瘦了，穆菲菲一脸兴奋。"真的吗？"随后她侧头对林北乔一笑，"那我是不是更漂亮了？"

林北乔没有回答，转头对南乔说："姐，这么冷还来接我，辛苦你了。"姐弟俩的冷漠脸如出一辙。只是他这样的冷淡，穆菲菲却好像习惯了一样，不以为意。傅丫格有些心疼与难以言喻的自责。

南乔看了眼傅丫格："被人强行拉来的。"

"她，是你姐姐？"穆菲菲睁大了眼睛，眼神在林南乔和林北乔脸上来回流转。

"你故意坑我啊！怎么从来没听你提过。"穆菲菲回头瞪了傅丫格一眼，笑比哭还难看。想起自己之前的所作所为，她尴尬得恨不得拔腿就跑。

"我也是后来才知道，而且，你也没有给我说的机会嘛……"

"你是北乔的姐姐啊，大人不计小人过，这个小礼物我从日本买的，送给你吧。"穆菲菲倒是机灵，马上翻出一个粉色的小袋子塞到南乔的手里。还好，南乔没有拒绝，她拿着小袋子，神情不冷不热。

穆菲菲又从背包里翻出另一个袋子递给傅丫格："丫丫，我在京都清水寺的一家杂货铺看到的，很适合你。"傅丫格惊喜地接过，打开一看，是个极可爱的穿着和服的小兔子挂坠。只见穆菲菲一边低着头继续在包里翻，一边继续碎碎念："还有这个，宫崎县的生姜红茶，当地人说这个好，你一直体寒，我就给你带几包回来！"

傅丫格笑眼弯弯，原来穆菲菲叫她来是因为给她带了礼物。

南乔父亲已经把行李都从后备箱取了出来，走到了南乔面前。男人看起来斯文俊雅，眉眼之间与姐弟俩有些像，尤其和林北乔相似。不过林北乔的眉宇间似乎更多出了几分阳光与明朗。

"南乔，好久不见了，你们……还好吗？"

"饿不死。"

怎么能这样跟自己的爸爸说话呢？傅丫格惊诧地抬头，正要开口，已经到了嘴边的话却被南乔冷飕飕的眼神吓得咽了回去。再想想，南乔父亲的话仿佛也怪怪的，好久不见？明明上个周末南乔还回家了呀。

"要是缺什么，就跟我说。"

看着男人的面孔，南乔难以抑制心头蔓延的恨。她克制了一下，淡淡说道："我不是来跟你要东西的。"

"你这孩子，爸爸不是那个意思。北乔，你陪你姐姐吧，爸爸送完你们也该回家了。"女儿的眼神从来都没正经地落在他身上，他心里痛，却不知该说些什么，长时间的分离已经让他和女儿之间只剩下陌生。他转身默默地离开。

林北乔拖着自己的两个箱子，走到南乔身边，拍了拍她的肩，叹了一口气："刚才车上爸还在不停地问你，他是很爱你的。"

"行了！"林南乔仿佛从喉咙深处发出了一声冷笑。

看着南乔父亲离去的背影，傅丫格急了，她追着喊："哎！叔叔！不吃顿饭再走吗？南乔想你了呢！她……"

听到这话，林北乔哑然失笑，随即用右手食指比画在唇中央，悄悄对傅丫格做出一个"嘘"的手势。

果然——"傅丫格！"耳边传来南乔明显带着怒气的声音。

听到傅丫格的话，男人的脚步顿了一下，回头看了一眼南乔和傅丫格，朝傅丫格温和又无奈地笑了笑，仍是上车走了。

傅丫格急得连连跺脚："哎呀！有什么问题就要解决嘛，虽然不知道你们为什么吵架，可你总不能和自己爸爸生一辈子气吧！他毕竟是你爸爸，你不要总那么拒人于千里之外好不好？"

林北乔有些无奈："别说我姐了，也不怪她。"

看着南乔越来越冷的脸，傅丫格知道自己又做了让她不高兴的事情，穆菲菲倒是全然没有注意到南乔的情绪，只开开心心地说着自己在东京的见闻。往日最爱听这些的傅丫格全然没有心思，她一路拉着南乔的衣角，可怜兮兮地看着她。

"我想让你开心的，是不是又搞砸了……"

南乔没有再提起这件事，回宿舍之后，她神色如常地投入到学习当中。傅丫格想同南乔说点什么，可南乔神情里的冷漠让她什么也说不出口。傅丫格沮丧地发现，即便天天黏着南乔，她们的距离，仿佛也从未因此而缩小。

第五章　灯红酒绿下

傅丫格正在洗澡的时候，外头传来舒瑶清亮的声音："傅丫格，有人找！"她把洗手间的门开了个缝，探出半个脑袋来："咦，菲菲？"

"快点洗，我带你去一个地方。"穆菲菲笑得贼贼的，眼睛眯成一条缝。

看到她这副模样，傅丫格撇嘴问："你又在想什么馊主意？"

"赶紧洗！"穆菲菲伸出手把傅丫格的头摁进了洗手间，又把门拉上。

看着素不相识的舒瑶和沈安疏，穆菲菲没有半分尴尬，坐在傅丫格的书桌前，小腿一晃一晃，笑吟吟地自我介绍了一下。

舒瑶脱口而出："久仰大名。"

"你是想说我臭名昭著吧。"穆菲菲挠挠头，有些不好意思地笑了。

没想到穆菲菲说话那么直接，舒瑶连忙摇头加挥手："没有没有！傅丫格提起过你，她说你们是很好的朋友。"不过，穆菲菲耿直的性格倒让舒瑶对她印象好了不少。

"嘻嘻，没关系的。"穆菲菲眼珠直转，"听说，林南乔的脸两个月前在宿舍被 502 胶水糊过？"八卦向来是传得最快的，只不过，当时穆菲菲并不知道南乔是北乔的孪生姐姐，还幸灾乐祸过一阵子。

"这么不要脸的事情，是你俩谁干的呀？"她的声音骤然冷了起来。

"怎么会是我们呢，我们和南乔都是朝夕相处的朋友啊。"沈安疏不解地看着穆菲菲。

"是呀是呀，我也是那天早上才知道的，估计是有人偷偷来宿舍放的。"舒瑶也连忙解释，她可不想招惹穆菲菲。

穆菲菲不再追问。想必也是一直没有证据，南乔和傅丫格才没提。

"反正我不管是你们哪个，以后最好不要给我搞这些小动作。下次要是还敢欺负林南乔，被我抓住，小心在这个学校待不下去。"

舒瑶脸一阵青一阵白，对穆菲菲刚刚产生的一点好感荡然无存，沈安疏气得脸色发白，把东西往包里一装，便要出门。

"咦，你这包很高级呀！"穆菲菲眼尖，一眼看见了沈安疏背在身上的小包包，"你家很有钱嘛！"穆菲菲又补充了一句。

"我……朋友送的。"

"那一定是男朋友了！来，我看看，是不是正品？"穆菲菲显然没有注意到沈安疏的表情，自顾自地说着。

"哎，你这包也很好看呀。"舒瑶替沈安疏解围。

"这是我哥哥在国外买的。"穆菲菲大大咧咧地说。

傅丫格洗完出来的时候，正看到沈安疏不自然的表情。之前在化妆品店被傅丫格带走之后，沈安疏后来转了三百八十块钱给傅丫格。再后来，她便很少和傅丫格说话了。傅丫格总觉得她在躲自己，但又不知道为什么。

"我怎么就看不出什么包好什么包不好呀？"傅丫格满脸疑惑。

"就你那整天背着个二三十块钱的小萌猫包包都兴致勃勃的样子，适合去看儿童店里的东西。好啦，别关心你理解力范围之外的事情了，赶快把头发吹干，换个衣服跟我走。"穆菲菲连连催她。

"都晚上十点多了，你不睡觉想带我去哪儿？"傅丫格一边吹头发一边问她。

"你猜。"穆菲菲一脸神秘。

已经十一点了，夜色深沉，四周的商场和店铺基本都关了门，街道上空荡荡的，傅丫格很少晚上出门，她有些害怕，攥紧了穆菲菲的手。

被穆菲菲拉着手东走西绕，走到一个霓虹灯闪烁的门前，傅丫格看着门口进进出出的几个浓妆艳抹衣着暴露的年轻女孩，惊讶地问道："这是？"

"酒吧啦。"穆菲菲一把将傅丫格推进门去。

一墙之隔，里面和外面是两个全然不同的世界。外面的街道有多宁静，里面的世界就有多喧嚣。震耳欲聋的音乐，闪得人头晕眼花的灯光，随着音乐跳舞的人群，还有耳边穆菲菲的大喊："嘿嘿！第一次来蹦迪我太激动了！我去买两杯酒，你在这儿等我。"

"我不喝酒！"

周围的人都在跳舞，傅丫格四肢僵硬，她在原地站了七八分钟，很想离开，但又担心穆菲菲的安全。她身上裹着厚重的羽绒服，头上戴着白色的毛茸茸的帽子，手上也戴着一双白色的厚手套，和周围女生清凉的装扮格格不入。很多人都用怪异的眼神打量着她。

四周靠墙的地方有些零散的桌椅，几乎都坐满人了。傅丫格挤到了角落里一张有空位的桌边。桌子的两边放着两个椅子，其中一个椅子上已经坐着一个穿黑色外套的少年。傅丫格几乎看不清他的模样，只是从穿着上感觉到他是个年轻人。桌上放着一台单反相机，七八个酒杯，有的空了，有的满着，有的横躺在桌上，还有一个被他捏在手里。

"这里有人吗？"音乐的声音太大，她问了两遍，那人才听到，摇了摇头。

傅丫格坐在他对面的椅子上，心里暗骂穆菲菲，带她来的什么鬼地方。

室内温度不低，她身上已经浸出了些汗，可她就是固执地不想脱下外套，仿佛这样就能将她和这个世界隔绝开。她低着头，像蜗牛缩在壳里一样缩在厚厚的衣服里。

毛茸茸、白花花的手套被闪烁的灯光击中，光线反射到了对面少年的眼睛里，少年眯了眯眼睛，抬起头，目光扫了过来。

傅丫格仍低着头，心中七上八下，没有注意到对面的人正在看她。直到低沉的声音响起："第一次来？"

少年虽然歪坐在座位上，仍能看出身形高大。他上上下下打量了傅丫格一会儿，神态间明显有些醉意。各色灯光打下来，也没有掩盖住他脸上因为喝多了酒而涌现的红晕。只是声音兀自冷静，甚至有些和年龄不相等的深沉。

这少年没有南乔那样写在脸上的高冷，也没有林北乔写在脸上的教养和温润。他虽看起来干净清澈，却让人怎么也窥不到那张脸背后的分毫。傅丫格看着他的同时，他也正看着傅丫格的脸。那张刚洗完澡什么都没有擦的，干净的，带着几分怯意与不安的脸。

傅丫格轻轻点头，被他带着醉意却仍然犀利的目光刺得有几分惴惴不安，她往后面缩了缩。

"有想喝的吗？"少年眼神示意了一下桌面上几杯他还没喝的酒。

"我不喝酒。"傅丫格小声说。如果不是看懂了她的口型，少年根本不会知道她到底说了什么。他喝了口酒，似笑非笑地看着她，娴熟地转动着酒杯："不喝酒来这里干什么？"

见傅丫格不回应，他又问："一个人吗？"

听到这句话，傅丫格有些警觉地看着他："有朋友！"

她不喜欢和这个人说话，少年眼神虽有酒后的迷雾，眼神的穿透力仍是太强。被他打量着，傅丫格如芒刺背，浑身不安。

看到她一脸警惕的样子，少年笑了，笑声穿透空气传到了傅丫格的耳中。一股浓郁的酒气扑面而来，傅丫格一脸嫌弃地往后靠了靠。

"东林大学的？"他问。

"你怎么知道？"傅丫格惊讶地看着他，随即紧紧捂住了嘴，一脸懊恼。

"附近就一个学校。"似是回答。言下之意，她一看就是个学生。

少年又道："我也是东林大学的。"

傅丫格依旧沉默。听说很多社会人士都假装自己是大学生，以此来骗人。

少年见她不答话，也不生气，修长的手指捏着酒杯，自顾自地喝酒，一杯又一杯。

"你在这里啊，我到处找你找不到！"穆菲菲端着两杯啤酒走到了傅丫格身边，"啪"的一声，放在了桌上，少许酒洒了出来，她也不以为意。倒是对面的少年，把放在桌上的相机装进了地上的背包里。傅丫格眼神一瞥，注意到那是一台昂贵的徕卡相机。

"我们回去吧。"看到穆菲菲，傅丫格的声音大了些。

"回去干吗，今天就是来蹦迪的啊！"说罢她拉着傅丫格的手想把她往舞池里拽。

"我才不要，这里好……奇怪。"傅丫格甩开她的手。

少年垂眸微微笑了。

"那你就在这里等等我好不好嘛，我晚饭的时候都跟宿管替咱们请好假了，今晚我们住小区。"穆菲菲撒娇。

"住小区？"

"不然呢，这个点宿舍是进不去了，深更半夜、一身酒气的，难道去我爸公寓吗，你明天还想不想见到活着的我了？"

傅丫格长长地"唉"了一声："早知道我根本不会跟你出来。万一他知道，又得说我们狼狈为奸。"

"只要你不出卖我，他才不会知道呢。"

穆菲菲一走，傅丫格就百无聊赖地翻着手机。她有些想离开，又担心穆菲菲的安全。

少年离开了一会儿，背包仍放在地上。他回来的时候，身后跟了一个服务生，端着托盘，里面又是七八杯各种颜色的酒。

他朝着傅丫格一笑，说："尝尝？"

"不要。"说罢，扭头不再看他。

人群还在继续疯狂，他们在舞池里扭动着。相比之下，这个角落倒是显出了几分静谧来。

傅丫格很不自在，不知道这群人脸上的笑和快乐到底源自什么。看到面前的少年一杯又一杯的酒下肚，傅丫格觉得自己的胃都微微烧了起来，少年的表情却始终麻木。他是为了什么事而喝酒，还是只为了喝酒而喝酒呢？

渐渐地，有点困了。

在震耳欲聋的环境里，她竟不知不觉地趴在桌子上睡着了。直到感觉到有人不断地摇她的胳膊，她才迷迷糊糊地起来，看到仍然精神抖擞、兴致高昂的穆菲菲。

"你怎么在这儿睡着了？三点多了，我们回去睡吧。"

三点多了？傅丫格心头一惊，对面的少年已经不见了，只有一桌零乱的空酒杯。

她起身，扶着脚步有些虚浮的穆菲菲一起往外走。

"打个车吧，你这样也走不回去。"

"才两杯，我没醉。"

"有本事你走回去！"看着穆菲菲七扭八歪的样子，傅丫格没好气地说道。穆菲菲不语。

路上已经没什么出租车了，等了好久才开来一辆，却被一个跌跌撞撞的身影走过去先拦住了，是刚才酒吧里的少年。

眼看好不容易出现的出租车就要被抢走，傅丫格内心斗争了一下，还是拉着穆菲菲走了过去，她在少年上车前拦住他问道："能不能拼个车？我们去东林大学附近。"

少年点点头，他的身体显然失去了重心，眼睛也有些睁不开。傅丫格扶着穆菲菲坐到了后面的两个座位上，少年坐在了前座。

"师傅，到碧……碧微新城。"少年口齿不清地道，他回头眼神蒙眬地看了傅丫格一眼，"你们？"

傅丫格有些震惊地看着他："我们也是。"

想不到他居然和她们住在同一个小区里。

少年一笑："巧了。"

车里有两个喝多了的人，酒气浓郁，虽然冬夜空气冷冽，傅丫格仍是把车窗摇了下来。她打了个哆嗦，抱紧了她的厚羽绒服。

司机师傅问道："你们都是大学生？"

傅丫格"嗯"了一声。

"大半夜一起出来玩哦？"

尽管困极，傅丫格不好意思不理他，又应了声。

"你们年轻人，不要因为年轻就糟蹋身体呀！要少喝酒，不然等到了我这个年纪，后悔就来不及了。"

"嗯。"

穆菲菲喝得不算多，她尚能自己走路。但前座的少年，已然昏睡了过去。司机叫了几声，推了几下，少年都纹丝不动。

"你们不是一起的吗？还住一个小区，快把他带走！"到了小区门口后，司机有点急。

"我们不是一起的。"傅丫格连忙解释。

"他不是你朋友吗？"穆菲菲也不知是不是喝了酒头脑不清楚，居然火上浇油地补了一句。

傅丫格瞪了她一眼，正要解释，司机一拍方向盘："你看，都说了你们是朋友。你赶紧，快把他带走，我还要跑生意！"

傅丫格百口莫辩。她走到副驾驶座，拼命摇晃着少年，希望他自己能醒来。

"呕……"

被她一摇晃，少年并未见清醒，反而把手撑在傅丫格的肩膀上，直直朝着傅丫格吐了出来。

"啊!"傅丫格尖叫,"我的羽绒服!!!"

"我的车!!!"司机也哀号,车沿有不明物体滴滴答答,惨不忍睹。司机脸色发青:"你再不把他带走,我就报警了!"

"你报啊!"傅丫格跳脚抓狂。

"师傅,我们马上带他走,不好意思。"穆菲菲对司机笑哈哈地说道,转头瞪了一眼傅丫格,"不要命了,你想要校长大人半夜去公安局把我们领回去吗?"

"我……"

"你什么你,把他拉下车再说。"

傅丫格把羽绒服脱了下来,她捏着鼻子,一脸嫌弃地和穆菲菲一起把男生扶到了公寓门口。

"喂,喂,你醒醒,你家在哪里?"傅丫格又拍又打,那个男生就是不醒,嘴里嘟嘟囔囔的,不知说着什么。

"把他先带回去吧。"穆菲菲道。

"不要啊!"

"不然他怎么赔你羽绒服?"

穆菲菲说的好像也有道理哦。

"哎呀,走吧走吧,总不能真的找警察吧。"

两人费力把他扶到了家里。

"看起来挺瘦的,怎么这么沉。"穆菲菲气喘吁吁。

"这酒鬼看起来至少一米八,能不沉吗?"傅丫格给她一个白眼。

"你别说,酒鬼长得倒是挺帅。"穆菲菲笑道,"不过我已经有北乔了,我可是个一心一意的人,你要不要考虑一下呀?"

"你找打!"傅丫格没好气道。

两人商量好后,把他挪进了客房,傅丫格拿钥匙从外面把客房的门反锁了起来。

看到傅丫格给门上了锁,穆菲菲先是一愣,随即笑了起来,朝她眨眨眼:"锁里面也好,咱们睡觉也踏实了,省得他趁我们没睡醒偷东西跑路。"

"我再也不跟你去什么夜店了,一点意思都没有,你看看,都四点多了,我这辈子都没这么晚睡过，明天早上九点还有课呢。"傅丫格有些生气。

"你这辈子才开了个头，就那么急着过老年人生活啊。课翘掉不就完啦，睡觉事大！"穆菲菲把灯一关，整个人缩进了被子里。

傅丫格懒得再与她理论，把闹钟定在八点半，很快也沉沉入睡。

第二天早晨，惊醒傅丫格的不是闹钟，而是"咚咚咚"的砸门声。穆菲菲头蒙在被子里，还在呼呼大睡。傅丫格晕晕乎乎地起身，从卧室出去，昨夜的事情也涌现在她脑海里。

"别砸了！"傅丫格都要烦死了，跺着脚大喊一声。

房间安静了下来，穆菲菲被吓得抖了个激灵，睁开眼睛，眨了两下，顷刻间竟又睡了过去。

"这是哪里，你是谁？"屋内传来少年的声音，和昨夜略有不同。

傅丫格找出钥匙，把门打开。

床上的床铺都已经叠好铺好，少年昨日身上脏了的黑色夹克也已经翻过来折好放在了书桌上。他只穿了一件白衬衫和一条黑裤子，边角都整整齐齐的。他的脸干干净净的，气质清冷沉静，看起来比昨天更赏心悦目了些。可傅丫格没有任何心情欣赏，她念念不忘自己被弄脏的羽绒服。

"昨晚你吐了我一身！然后你自己就睡着了！你还记得吗？你在车里睡着了！睡着了！怎么叫都叫不醒！"傅丫格火冒三丈，恶狠狠地瞪着眼前的男生。

少年看着她穿着粉色的印着大龙猫的卡通睡衣，头发乱蓬蓬，眼里冒着火光。他咳嗽了一下，还从没见过这么不在意形象的女孩子。面对傅丫格的问话，他眯着眼回忆，似乎想起了昨晚的一些事情。

"司机让我们把你带走，否则要报警，我朋友就逼我把你带回家了。"傅丫格愤愤道。

她不忘说重点："你吐了我一身，我的羽绒服脏得要命现在，你说怎么办吧？"

少年终于有所反应："你要多少钱？"

说完这句话，他看起来似乎还轻松不少。

傅丫格并没多想，而是认真地计算起他应该赔偿自己多少钱。那件羽绒服被他吐得那么恶心，她当然不要自己洗，学校旁边的洗衣店她听说是 40 元一件，特别脏的要加收 10 元，她还听舒瑶说带上学生卡可以打七五折。

看到她掰着指头低头算的样子，少年不耐烦地在手机屏幕上迅速拨动，打开了手机银行转账的页面。

"三十七块五。"十几秒后，傅丫格一拍大腿，她算出来了！

少年眼神充满不可思议："你说多少？"

"怎么，你想赖掉？"傅丫格气势汹汹。

少年愣住了，看着傅丫格头发乱糟糟，两只眼睛圆圆地瞪他的模样，他把手里已经输好了四位数的金额、准备填写收款人信息的手机收了起来。

"这么多钱啊。"少年突然起了玩心。

傅丫格气急，瞪大眼睛："这是羽绒服啊，羽绒服都是这个价格，我室友洗的毛衣还要 20 元呢！被你弄得这么脏，没准还要加价。"看到少年一脸为难看着她的模样，傅丫格头耷拉下来，她捶了捶墙壁，说道："算了，反正我也不太好意思拿着这么脏的衣服，去为难人家洗衣店老板。你要是觉得贵，手洗了给我也行。"

"好。"

"那你得洗得干干净净，一点点臭味都不能有！"傅丫格一边碎碎念，一边用一个大塑料袋把脏衣服装了进去，递给少年。他接过袋子，拿上自己的外套，往门外走去，脚步悠闲。

"哎，你等等呀，我们总要加一下微信吧，不然你怎么把衣服还我。"傅丫格拦住了即将出门的他。

少年垂下的眼眸里划过一丝狡黠的笑意："也是。"

加少年微信的时候，傅丫格把自己的名字和专业一并发给了他。

直到少年离开，傅丫格才低头看了看手机上刚加的微信。

手机振动了一下。

微信里闪出一条新加好友信息：程城，商学院工商管理专业，大一。

第六章　寒冬凛凛至

不知不觉，又飘雪了。

校园里的大学生们都像小孩子似的，没有人愿意撑伞。在飘雪的日子里，校园小径上的人群也更加躁动了，大家都沉浸在雪花里，多少顾忌着形象，忍着心里那点雀跃，含蓄地散着步，形形色色的脸上却忍不住露出孩子般的欢喜。

当然，也有丝毫不顾及形象的，比如杏树边那一团鼓鼓的傅丫格。

南乔从图书馆出来，远远地便瞧见傅丫格穿着厚重的羽绒服，裹着围巾在玩雪。她活蹦乱跳的样子和一连串的笑声，几乎不需要辨认。

傅丫格摇晃着树干，站在树下的倪风丝毫没有防备。"哎呀"一声，他已经被树枝上的积雪砸中，身上沾满了雪花。

"傅丫格，你找扁！"倪风反手揪住了傅丫格的耳朵。

"痛痛痛痛痛！"傅丫格大叫。

南乔嘴角微微弯起。

倪风和傅丫格从小学一直到高中都是同学。到了大学，两个人还是同学。用傅丫格的话来说：倪风尿裤子的时候我就认识他了！

虽然上小学后还在尿裤子这件事，倪风至今"抵死不认"，可是让他一脸嫌弃却不得不认的朋友傅丫格，却和他冥冥之中因为一种奇妙的、叫作缘分的东西，没有在人海中走散。

倪风与傅丫格虽然在同一所大学，却就读于风格大相径庭的专业。和傅丫格这样轻松愉快的艺术系不同，倪风在他们学校最"令人敬仰"的数学系读应用数学专业。高数本来就难，他们学校的数学系更是出了名的"不人道"。傅丫格很敬佩倪风这种"捧着一颗心来，不带半根发去"的勇敢与悲壮，常常见了他便要仔细瞅瞅他的发量，倪风却是一副比傅丫格还轻松的样子，发量也看不出减了分毫。

倪风的五官不算出挑，浓眉入鬓，肤色偏黑，眼神沉稳。在南乔印象里，大多时候倪风是温和的，虽然不算热情，至少也彬彬有礼。可是每次和傅丫格待在一起的时候，倪风就跟变了个人一样。

眼见倪风平时温和的脸此刻扭曲抓狂，就又是一串"咯咯咯咯咯"的不负责任的笑声从傅丫格的嘴里传出。看着倪风头顶和肩上乱七八糟的小雪块儿，以及脸颊上多出的几分红润气色——傅丫格简直乐得合不拢嘴。"好笑吗？"倪风抖了抖身上的雪，瞪着傅丫格。

倪风一侧头看到了南乔，见她也正微笑着看着自己，许是被美女看得有点不好意思，倪风不再与傅丫格计较，转身急匆匆地走了。

"好巧，你也去吃饭啊？"傅丫格围着南乔笑嘻嘻地问道。

南乔无语地看了她一眼。

好巧？

除周三以外，每天中午十二点整，南乔都会准时从图书馆出来，"很巧"地在这条图书馆到食堂必经的小路上碰到等她的傅丫格。

开学几个月了，她还在厚着脸皮说"好巧"。南乔觉得傅丫格比那些追求自己的男生有能耐多了。

正值饭点，食堂人格外多，两人四处搜寻着座位。傅丫格突然眼睛一亮，在食堂的角落里，她看到刚刚坐下的倪风。倪风正跟身边的周鑫说话。六人的餐桌还有四个空位。

"南乔，我去打饭你去占座！"

"还是我去打饭吧，怕你撒了。"南乔说着便去排队了。

我也没那么粗心吧，傅丫格有点无奈。

"我要吃咖喱鸡！"她朝着南乔的背影喊道，自己则是偷偷一路小跑到倪风身后，捂住了他的眼睛。

"傅丫格，手拿开！"倪风一动不动。

周鑫扶额："你别闹了。"

傅丫格朝他嘻嘻一笑，上次的期中数学题，周鑫就是倪风替她请的枪手。

周鑫是倪风的室友，也是数学系学霸，他戴着高度的近视眼镜，长得也是个理科学霸的模样。两个月前倪风介绍他和傅丫格认识，把傅丫格问自己数学题的担子卸到了周鑫的肩上，可怜周鑫是个老实人，从此几乎成了傅丫格的专职数学老师。还好美术专业的文科数学对数学系出身的周鑫和倪风来说都是小菜一碟。

虽然好久没见，傅丫格可没跟周鑫失联。几天前，还打了二十多分钟的电话，死皮赖脸地缠着周鑫把整一套模拟测试的错题都给她讲了一遍。傅丫格对这个数学老师相当满意。再和南乔、倪风对比一番，便更显出周鑫的有耐心与仗义。

南乔整天自己的事情都忙不过来，除了日常的学习、周五晚或周末偶尔的打工，最近她又参加了一个琐事繁多的青少年公益项目。至于倪风，整天嫌她笨，听他讲题总挨骂的傅丫格有心理压力。

南乔端着两个盘子小心翼翼地从人群中走过来，很多人自动地为她让出了一条路。

"别看了，你们俩口水都流下来了！"傅丫格敲了敲桌子。

"你也真是好意思，让人家南乔帮你拿饭，自己乱蹦跶。"倪风正准备起来去接应一下南乔，有双手已经接过了南乔手里的两个饭盘。拿着她饭盘的男生脸涨得通红。

"林南乔，我喜欢你！"

呃……

傅丫格眨巴着眼睛，双手撑着下巴，一副看好戏准备就绪的神情。

虽然南乔是很多男生心中的女神，敢于直接告白的人却并不多。这男生有点帅，也文质彬彬，难怪自信。

南乔愣了一下："为什么拿我的饭盘？"

傅丫格在一边使劲儿地憋着，生怕自己不礼貌地笑出声来。

男生看起来有点紧张，他把饭盘放在了桌上。

"我现在没有找男朋友的打算。"倪风、周鑫和傅丫格都在一边看着，更遑论周遭许多陌生同学的眼光，在这种场景下，南乔说得已经足够温和，她试图避免让男生过于尴尬。

"我不信。"

南乔没再看他，坐了下来，准备吃饭。

男生看着没把他放在眼里的南乔，眼中有些羞愤："我外貌、性格、人品、家境，这五点哪一点差？为什么要拒绝我，你还能有什么要求？"

外貌、性格、人品、家境，五点？南乔眉梢一挑："没什么要求，数学好的就行。你连四和五都数不清，不太符合。"

傅丫格不是没见过南乔被表白，只是第一次见到这样一个罗列条件求爱的奇葩。她原本正努力忍着笑，但在听到南乔的话后，傅丫格实在忍不住了，"噗"一下笑出了声。

男生灰头土脸地走了好几分钟后，傅丫格还是笑得停不下来。

"他可能是太紧张了吧，连数数都数不清。不过你找男朋友的标准真的只是数学？那眼前这两位，可都是数学系的学霸。"傅丫格大笑，不去看倪风和周鑫的脸色。笑过后，赵樾的脸却恍恍惚惚浮现在她脑海中。

那个计算机天才，数学一定很好吧。

南乔边吃饭边冷冷地说道："他这样的说话方式真让人反感，仿佛两个人在一起之前还要把一切都放在天平上量一量。"

"这年代，大家谈恋爱都是在衡量，只不过这孩子比较耿直，直接说出来了吧。"倪风道。

傅丫格笑声渐渐止住，她歪着脑袋，正想着两人的话，一个有些耳熟的声音在她背后响了起来："好久不见。"

倪风站了起来："兄弟，好久不见呀。"

傅丫格转头看去。悠然的神情，立体的清冷五官，叛逆的稍稍向上扬起的眉毛。这个少年，好生面熟。

"你是……我的衣服！"傅丫格后知后觉地叫道。

世界真小，这不就是那天吐了她一身的酒鬼嘛！原来，这酒鬼竟真是他们学校的学生。

南乔被傅丫格的话逗得一笑，侧头看了一眼傅丫格的"衣服"。

程城的目光也转移到了傅丫格脸上，他看起来却并不惊讶，镇定自若地说道："衣服已经洗好了，今晚我送去你家。"

顶着倪风、周鑫和南乔灼灼的目光，傅丫格硬着头皮道："我都住宿舍，很少去小区，你可以在学校给我。"

"好，下午给你。"

"你们认识啊……傅丫格，你可厉害了，这可是我最佩服的兄弟。"眼见程城和傅丫格聊了起来，且字里行间信息量颇大，倪风笑得有些暧昧。

"不算认识。"傅丫格连忙撇清关系。

"我先介绍一下，这是我兄弟程城，我们在学校健身房认识的，他是咱们学校摄影社团的社长。"

说罢，倪风又问傅丫格。

"如果不算认识，你的衣服怎么在程城那里？"

摄影社团的社长？难怪第一次见面他就带着相机，还一副甚为宝贝的样子。

傅丫格支支吾吾，她不想让南乔和倪风知道她去酒吧的事情。正不知所措，却听程城若无其事地说道："前几天在外面喝多了，出门的时候不小心撞上，吐了她一身。"

傅丫格暗松一口气，还蛮绅士的嘛，她有些感激地看了程城一眼。

"原来是这样。"倪风笑着摇头，"啧，你也会喝多。"

傅丫格和学霸这个词从小就沾不上边，她对此也向来觉得无所谓。然而尽管天资和勤奋都算平平，她身上总有一股子向上的劲儿，也格外喜欢优秀的人。和南乔相处的时间多起来的时候，除周末泡在画室以外，她会不自觉地常和南乔一起去图书馆学习。午饭之后，下午没课，傅丫格又跟着南乔一起去了图书馆。五点多的时候，她有些坐不住了，手机恰好振动了一下，她低头一看，是程城。

"现在方便来校门口吗？我带了你的羽绒服。"

"来了！"

傅丫格装好书，跟南乔说了拜拜，背起书包朝着校门口走去。

程城穿着一件黑色的大衣，系着深色的羊绒围巾。他拿着单反相机正在门口对着一棵杏树拍摄，看起来很专注。

傅丫格仍是慢慢地走着，心里有些莫名地不愿意靠近程城。每次见他，和他对视，傅丫格总有一种无端的紧张。她一点都看不懂他，可他却好像能一眼看穿她，总之，她觉得这个人太深沉。

看到她走近，程城把相机收进包里，拿起身边体积略大的礼袋，却并未递给她。他抬腕看了看手表，说："到饭点了。"

"耽误你吃饭了？那我赶紧拿了走人。"傅丫格伸手去拿他手里的袋子。

"我的意思是，一起去外面吃个饭吧。"

"啊？不、不用了吧，衣服你都洗干净了。"傅丫格被他盯得有些不自在。

"那晚给你造成了不少困扰，不请你吃饭我心里过意不去。"程城解释。

"没事啦，你今天也帮了我，以后就一笔勾销了。"

"那天打车费也是你付了，还把我扶到了你家……"程城开始一一细数他欠下的人情。

"那好吧。"傅丫格不知该如何拒绝。

没想到程城带她到了学校附近那家她和穆菲菲之前一起来过的西餐厅，也是南乔打工的那家。这可不是几十块钱就能吃饱的小店。

她犹豫之时，程城已经走了进去，选了一个靠窗的座位。他先替傅丫格拉开椅子，随后自己也坐下。傅丫格踟蹰："要不我们别在这里吃了，其实街边小吃也不错。"

程城疑惑地看了她一眼："你想吃小吃？"

傅丫格连连点头。

程城叫了服务生来，问："请问有什么小吃？"

服务生滔滔不绝地报了一串。

她骑虎难下。

"没有你喜欢的？"程城看着她。

"我都行。"傅丫格有些泄气。

"那我来点吧。"程城看了眼傅丫格，他对服务员指了菜单上的一些菜式。

服务员点了点头，收好菜单离开了。

"你是不是相机从不离身？"傅丫格打破了沉默。

"摄影是我生活中最重要的一部分。"他没有直接回答傅丫格的问题。

"那你为什么不学摄影呢？"傅丫格好奇。

"一言难尽。"落寞在程城眼里一闪而过，"你呢，为什么学美术？"他把话题转移到傅丫格的身上。

"当然是因为喜欢！而且我很幸运，很多人夸我有天赋，虽然不知道他们是真的觉得我有天赋，还是……"

程城低头微笑："我看过你画的《色彩》，画得很好，很有想象力和创意。"

"啊，你看到了！"傅丫格害羞。每次听到别人夸她的画，她都会不好意思。

"嗯。"

几道菜陆陆续续地上来了，两人开始吃饭。

吃到中途，傅丫格放下餐具，对程城说道："我去趟洗手间。"

当然，她并未去洗手间，而是拐到了前台。

"买一下单，请问多少钱？"

"您好，您一共消费三百七十五元。"

傅丫格买完单，有些肉痛，这够她在食堂吃两个星期了。可想了想程城那日为了省钱，竟要手洗衣服。唉，算了，有点不忍。最近几个月自己的小金库好歹还是攒了一千多块钱的。再说，她不想欠他什么。

吃完饭，程城打算叫服务员来结账的时候，傅丫格拦住了他。

"我买过单了。"

程城一脸莫名其妙地看着傅丫格。

"你本来就不欠我什么，我也不想欠你什么。"两人走出餐厅，傅丫格自顾自地说。

程城一愣，侧头看着傅丫格。只见她背着书包，稚气未脱，俨然一副中学生的模样，向来防备心强的程城突然恍惚了一下。

送傅丫格到了校门口，他把手里的羽绒服袋子交给傅丫格，说："就送你到这儿，我回去了。"

"好，拜拜！"说罢，她转身要离开。

"等等。"

傅丫格回头看他。

"上次不给你钱去洗衣服，是因为觉得你的衣服太脏了，学校边那家小干洗店大概洗不干净，想另找一家，不是因为钱不够。下次，我请你吃饭。"

竟然是这样吗？突然想起了初见时他携带的昂贵的相机，傅丫格为自己的自作聪明有些懊恼。

拎着羽绒服，她回到宿舍。平时这个时间至少舒瑶会在寝室，今天，竟然一个人都没有。天色微暗，她也没开灯，把袋子里的羽绒服拿出来，淡淡的清香扑鼻而来。

走到洗手间里，傅丫格把门掩上，正想要洗个脸，只听到门外有人推门而入，随即传来沈安疏的声音。

"老公，你寄给我的香水我刚才收到了，特别喜欢！"

"嗯，到宿舍了，宿舍里没人。"

"你说林南乔吗？自从你把她电话号码和照片放到那种网站去，她可能最近接到不少电话。我看她从来不提，没准，人家都做起生意来了呢。"

傅丫格正要出去同她打个招呼，听到这话，脚步顿住了。

沈安疏的话是什么意思？

"自从上次我们约会碰到她，她就三番五次威胁我。老公，你可一定要帮我把她赶出这个宿舍，最好是让她在学校都待不下去。我们能不能拍点她和那些找她的男人的照片？"

傅丫格的手，握紧，又垂下。她很想推门而出，去质问沈安疏。可她发现，自己竟然没有勇气打开这扇门。想起在美妆店遇见梨花带雨的沈安疏，想起她平日灿烂的笑容，傅丫格感受到一种难以下咽的苦涩。这扇门外的一切，正颠覆着她的认知。

外面的电话终于结束了。

傅丫格定了定神，她握紧手机。"嘎吱"——洗手间的门被她缓缓推开。

沈安疏正在低头换鞋，见傅丫格从洗手间出来，一惊，脸色发白。

"你、你在这里多久了？"

"你进门的时候，我就在这里了。"傅丫格看着沈安疏，看着她惊慌的脸一点点镇定了下来。

"她并不喜欢你，对你态度也很不好，不是吗？"沈安疏开口了。

傅丫格不语，她只是想听听，沈安疏还会说些什么。

"你可以装作什么都不知道。等她走了，或许你的好朋友穆菲菲，或者你其他什么朋友，就可以申请搬过来住，而我们也不用每天对着冷冰冰的室友，这样对大家都好。"沈安疏说得理直气壮。

"南乔杯子里那些脏东西，她护肤品里的 502 胶水，都是你做的吗？"傅丫格没有接她的话，直接问道。

沈安疏冷冷地笑："是又怎样？我也是没想到，那么多 502 胶水粘在脸上，她那张令人讨厌的脸还能完好无损。"

"还有你刚才说，你把她的手机号码和照片，放到了什么网站？"

"你说呢？"沈安疏暧昧地笑了笑，"我不但让我男朋友把她的照片和电话号码放了上去，我还替她标了价格呢，你想知道多少钱一晚吗？"

"你……亏你想得出来！"简直无耻透顶，傅丫格脸涨得通红，"她哪里得罪你，你为什么要这样对她？"

沈安疏走到傅丫格面前，拉住她的手，说："我知道你心软，你就再帮我一次好不好，我也不用你帮我做什么，你就装作什么都不知道就好了。"

傅丫格抽出手："你想都别想。"

看到傅丫格厌恶的神态，沈安疏笑容变得古怪起来："怎么，又没有证据，你觉得你说出去会有人相信吗？"

傅丫格从来没有遇到过这么没有底线的人，就在她气得直哆嗦的时候，舒瑶回来了。

"累死了，我晚饭都没吃，被辅导员扣在教室里干苦力。"舒瑶压根没注意到宿舍里的氛围，她往床上一摊，叫苦不迭。

沈安疏意味深长地看一眼傅丫格，换了拖鞋，径自进洗手间洗澡去了。

傅丫格攥紧了手机的小手慢慢放松下来。手机屏幕亮起，她轻轻点了一下停止录制。

几天后，当南乔晚饭后回宿舍取课本，准备拿去图书馆看的时候，看到收拾东西的沈安疏，才察觉出几分不对来。

沈安疏一反常态，没有了假惺惺的笑容。当她看到南乔进门时，脸色可以说是难看到了极点。

再仔细一看，床单、被子，都被她塞到了报名时带来的大箱子里。

"你要搬走？"南乔随口问道。

已然快收好行李的沈安疏闻言，抬头冷冷一笑："你不会是想说你不知道吧？"

南乔愣了一下。

"既然你们都做到了这个份上，行，我可以搬出学校，那些网站上你的信息我已经删除了，而且我可以如她所愿，向你保证，以后也不会再做伤害你的事情。"沈安疏看着她，眼神中闪过痛苦，"只是，有一件事，我要你的承诺。"

"我有我做人的原则。"南乔知道沈安疏指的是什么。

"谢谢。"她明白这是南乔给她的承诺。

"其实你早就知道是我了吧？"沈安疏咬着嘴唇，声音有些喑哑。

南乔不置可否。

"你从第一次水杯里出现蜥蜴，就知道是我。"沈安疏说的是陈述句。

"那时候只是怀疑，毕竟我的水杯不是只放在寝室。等到护肤品里混进502胶水，基本也就确定了。"让沈安疏感到几乎离奇的是，说着这些话的南乔，面对她没有任何的责备和怨怼。

"既然知道是我，那时候为什么不来找我问清楚？"

"没证据，很忙，502胶水事件后我很谨慎，自认为你不会再伤到我。而且……"南乔顿了下。

"而且什么？"

"我知道你对我的敌意从何而来。"

沈安疏理解了她话里的意味，脸色惨白。

这个家境看起来连她都不如的女生，凭什么这么骄傲？林南乔的骄傲，这么久以来，将她压得似乎越来越渺小。可这一次，她自己都说服不了自己，她自己都不愿意再在心中像以前无数次那样将自己和林南乔对比。

沈安疏沉默地整理好东西，然后将两个箱子拖了出去。

"茨威格的书里有这样一句话，"已经翻开了经济学讲义的南乔看着她的背影，仿佛自言自语一般，"她那时还太年轻，不知道所有命运赠送的礼物，早已在暗中标好了价码。"

沈安疏脚步僵滞片刻，然后头也不回地走了出去。

此刻的宿舍，只有南乔一个人。宿舍里明明没有傅丫格叽里呱啦吵闹的声音，也没有了沈安疏打电话的声音，格外地安静，她看着手里的课本，却怎么都看不进去。南乔一遍遍告诉自己，沉下心来，可是她的心难以平静。看着沈安疏空荡荡的床铺，想起傅丫格，南乔"啪"地将书合上，走了出去。

食堂门口的小径，那是傅丫格等过她无数次的地方。她如今也站在熟悉的杏树下，望着食堂门口稀稀拉拉吃完饭往外走的人群。傍晚的天色越来越暗，南乔有些烦躁地走近了一点。

是她了。

傅丫格正同倪风笑嘻嘻地说着什么，倪风不时给她个白眼，脸上是难以掩饰的嫌弃，傅丫格却浑然不觉，笑得开心。

"咦？南乔，你怎么在这里傻站着呀？"傅丫格瞅见她，立马小跑到她的面前。

等了十几分钟，南乔却发现自己也不知道自己到底想说什么。

"哦，我知道了，你肯定是想我了。"

"傅丫格，你还是反省反省是不是做了什么错事吧。"倪风毫不留情地嘲笑。

"我最近表现好着呢！"

听着两人耳熟的拌嘴，南乔难以平复的心，突然平静了下来。

"我在等你。"她说。

"啊？"傅丫格惊异地抬头，只见南乔点点头，朝她露出一抹几乎有些生涩的微笑来。

"你晚上……"

"我晚上去图书馆！"傅丫格晃了晃背上的书包，如实交代。

"那你陪我回寝室拿一下书？"刚才出门的时候心不在焉，又不小心把课本落在了寝室里。

"当然可以呀！"以前都是她赖着南乔，如今南乔让她陪，真不可思议。

她们一起慢悠悠走回寝室。傅丫格脚步晃荡着哼着歌，回到寝室，才发现沈安疏的床铺空了。

她原本想拿着录音去找穆校长，按照校规，这么恶劣的一连串行为完全可以开除了。可是想了又想，一是开除太严重了，她下不了手，二是不愿麻烦舅舅，三是内心深处她实在是不齿于成为一个告密者。于是，她拿着录音去找沈安疏谈判，只要她愿意搬出宿舍，不再做这些事情，也就算了。沈安疏果然不得不答应，承诺在一周内搬出宿舍。

"我……她……"看到南乔落在自己身上的眼光，傅丫格有点紧张，不由结结巴巴了起来。

"你倒是厉害。"南乔有些好笑。

傅丫格睁大眼睛看着她，南乔这都能猜到啊。

"谁让她各种欺负你，而且，你怎么都不告诉我？"话里竟有一丝委屈。

"又不是大事。"

"不是大事？"傅丫格瞪大双眼，"她能把502胶水倒进你的护肤品，能把你的个人信息放到乱七八糟的地方，这些事情的性质有多糟糕，你到底懂不懂？如果她下次放在你护肤品里的成了硫酸怎么办，如果她做出对你来说不可挽回有灾难性后果的事情怎么办？"

南乔第一次被她问得哑口无言，只得讷讷地说："不会的。"

"要拿自己的安危来赌吗？她都做出这些事了，你还要赌她是个有底线的人是不是？"

南乔看着忧心忡忡的她，态度软了下来："她都搬走了。"

"哼，还不是多亏我！还好那天我在洗手间听到的时候，也不知道怎么回事，居然多了个心眼录了音，录音里的东西，都能让她被退学了！也就是本姑娘心慈手软，放她一马。"

原来如此。

"不过你到底哪里得罪她了呀？"傅丫格还是想不明白，总不能是因为南乔长得太好看才招人恨吧，沈安疏长得也挺漂亮，不至于呀。

"我打工的那家西餐厅你还记得吗？"

傅丫格点头，怎么会不记得呢。

"我在小包厢里，碰到了沈安疏和她的男朋友。"南乔点到为止。

那可能就是一切的开始。

难道沈安疏的男朋友看上南乔，移情别恋了？傅丫格的脑海里充满了各种想象。

南乔当然不打算告诉傅丫格。

那天，在送菜的时候，林南乔确实碰到了沈安疏，和一个搂着她在她耳边亲昵低语的男人。那个男人看起来四五十岁，大腹便便，右手无名指上，戴着刺目的婚戒。

第七章　风起皱春水

清晨，枕边的电话铃声惊醒了傅丫格。

傅丫格揉了揉眼睛，只见南乔已经穿好衣服站在桌前收拾书包了，舒瑶还在睡觉。她拿起枕头旁仍在响着的手机，定睛一看，是林北乔打来的。

这可怎么办，手机在手心变得火辣辣的，她恨不得扔出去。一番思想斗争后，还是接起了电话："什么事呀？我在睡觉。"

"我在你宿舍楼下，快下来！"

"不，我要睡觉。"傅丫格头痛。

"我有很重要的事情找你，你再不下来就来不及了！"林北乔声音急切地催促着她。

傅丫格揉揉眼睛，想了下，拖着正在洗脸的南乔一起下去。拖上他亲姐姐，想来他也不敢说什么不该说的话。

只见林北乔站在树下，干净阳光的脸上神采飞扬。当他看到后面被傅丫格拉着的南乔时，眼里闪过窘迫。

看到弟弟的神情，南乔有些怔住了，恍然大悟。

林北乔喜欢傅丫格，在南乔看来怎么都是一件不可思议的事情。更不可思议的，是他们俩谁都没有跟她提起过。

"到底是什么重要的急事啊？"傅丫格看着他，一脸没睡醒的倦怠。

"你看那里！"林北乔指了指天边，傅丫格仰头，天尽头若隐若现的彩虹，并没有随着时间变淡，反而逐渐变得清晰。

"哇！"傅丫格瞪大了眼睛，一下子清醒了。

"冬天里一道这么清晰绚丽的彩虹，对于一个小艺术家来说，难道不重要吗？"林北乔含笑看着她。

只是，他话音刚落，傅丫格就转身跑进楼里，林北乔错愕地没来得及拉住她。

他转头，有些挫败地看着南乔，南乔却笑着说："你等等看。"

几分钟后，傅丫格气喘吁吁地又跑了下来。这时，她的手上已经多了一个画板和零散的颜料。把它们随意扔在草坪上，她坐下来就开始画画。

不一会儿，纸上的清晨已经逐渐成形。饶是已经看傅丫格画过好些次画的南乔，也不禁在心里暗暗赞叹，傅丫格的画真是有灵气。或许是因为她心思澄净，才能像一个灵魂搬运工，把清晨的魂，通过五颜六色，轻而易举地搬运到了自己的笔下。一切所需的，只是那个小脑瓜里的灵机一动，然后，便是无尽的引人遐想的美丽。

每一笔过后，都让人期待着下一笔会落在何处，会选择何色，会搭配出怎样的美妙绝伦。看傅丫格的创作过程，对林南乔而言是一种享受。

林北乔和姐姐不同，虽然他是专业艺术生，可是他的目光被画笔惊艳过之后，更多的还是停留在了傅丫格本人身上。傅丫格穿着宽大的衣服，头发还有些乱糟糟的，脸也没洗，这副不修边幅的样子，实在算不上好看。可是朝阳铺在她的脸上、身上，林北乔看着她飞舞的指尖，闪着神采的眼睛，那一刻，他觉得没有人能拒绝这样的美丽。

清晨早起的一些同学，也不知是被景色，还是被傅丫格的画吸引，有不少人都零零散散地驻足在路边，静静地欣赏着。

穆菲菲从宿舍出来的时候，看到的就是这样一幕。

"林北乔，你在这里干吗？"穆菲菲大声质问。顺着北乔的眼神，穆菲菲知道他在看傅丫格。

没有任何回应。

穆菲菲的手紧紧攥住，最近没有修剪过的指甲戳痛了手掌，才使她保持了些许的理智。

刚才在窗口看见熟悉的身影，她的心雀跃许久。难道林北乔幡然醒悟主动来找她了？可欢呼雀跃地下楼后，却看到这样一派刺目的光景。

"嘘……别打扰她。"穆菲菲刺耳的声音，在一片宁静的清晨和景致中，有几分突兀，林北乔低声劝她小声些，目光却始终没有从傅丫格身上移开。

傅丫格沉浸在自己的世界里。

看着林北乔，穆菲菲第一次知道，她眼里冷峻的林北乔，原来并不是一贯的冷漠。他竟然还有这样的一面。那可是她的北乔,她的!

穆菲菲揪心地痛,她冲到了傅丫格面前,一挥手,颜料和画板已经翻了一地。"哎呀。"傅丫格惊叫一声,这才从画里醒了过来。

"怪不得你坑我,原来你才是白莲花!"穆菲菲怒不可遏。

猝不及防地爆发,林北乔和南乔都没来得及反应。再看傅丫格,一身脏水,愣在那个地方。

清洗颜料的脏水不只溅了傅丫格一身,她的画纸和她脚下的草地一片狼藉。那渐已成形的水彩画也溅满了水,傅丫格连忙把画纸捡起来,不顾手上沾染的颜料,抖了抖纸张。南乔反应过来,也过去帮她清理。然而画纸大部分已经湿透,眼看是救不了这幅画了。周围窃窃私语的声音,看好戏的眼神,令傅丫格有些不知所措。

"你装什么可怜?"看着傅丫格一副无辜的样子,穆菲菲更气愤了。

"穆菲菲,别太过分!"林北乔斥道,良好的君子风度让他说不出什么难听的话来。他走到草坪上,帮傅丫格捡起了画板,惋惜地看着那幅画。

穆菲菲听到林北乔的责备,眼睛一下子红了,恨恨地站在那里,一副受了极大委屈的模样。林北乔站在两个女孩之间,看看这个,看看那个,叹了口气,不知说什么好。

南乔却目光尖锐,眼神从一身狼狈的傅丫格这边扫向穆菲菲,周遭的温度仿佛都降低了,傅丫格也不禁瑟缩了一下。

林北乔手里画板一角还在滴滴答答着颜料,空气里满是令人窒息的味道。

以前穆菲菲虽然偶有小脾气,却也不会这样过分,两人吵几句也就没事了,可是今天,在这么多人眼皮下,穆菲菲竟这般没有分寸地对她和她的画发脾气。傅丫格有些不知所措的难过和羞恼。她的本性告诉她要还击,如果是曾经,她可能也就那么做了。十几年来她和穆菲菲翻过的脸、斗过的嘴数不胜数。

可想起过世的舅妈,想起口袋里那个穿着和服的小兔子,想起她们昨天还紧紧拉着的两只手,再看看林北乔望向自己的样子,傅丫格莫名没有了那股好胜心。她沉默地弯腰捡起几支笔,整理好画具,嘟囔道:"算了,上去吧。"

"傅丫格说你们是从小一起长大的朋友,我怎么一点都没看出来?"

傅丫格惊讶地转头，南乔微笑里的轻蔑，是她一贯的武器，这比无数的恶言恶语都更刺痛穆菲菲的心。

穆菲菲虽然以前对南乔态度不好，但其实她自己知道，那是一种变相的仰慕，觉得她漂亮又勤奋。当她知道南乔是林北乔的姐姐之后，没了竞争，更是恨不得把自己最好的东西都拿出来讨好林南乔。

如今，听到南乔这样对自己说话，无数说不出的情绪堵在穆菲菲的心头。

就在穆菲菲几乎喘不过气来的时候，南乔冷冷地说："草坪上的颜料还有被染的画板都是公物，我们会上报学校。至于她的画，被你弄脏的睡衣，还有一大早的好心情……"

只见南乔快速走近林北乔，她的发丝飘扬了起来，仿佛带着股凌厉的风，她掠过毫无防备的林北乔。林北乔眼睁睁看着南乔走上前抽走他手里还在滴水的画，直直抹上了穆菲菲的衣服。她的动作如此迅速，一气呵成，穆菲菲呆呆地站在那里。

所有人都惊讶地看着南乔，南乔自己都不可置信。她向来不爱掺和这些事，可今天，看到穆菲菲这样羞辱傅丫格，她控制不住地替傅丫格出了头。

穆菲菲尖叫着跳开，可是衣服已经变得五彩斑斓。

随着朝阳慢慢地升起，从宿舍楼里走出来的学生，由最初的零零星星，也变得越来越多。天边的彩虹已经尽数消散，宿舍门口唯一引人注目的，只有衣服仍如同彩虹一般的傅丫格和穆菲菲。人群在宿舍门口驻足，看着南乔，看着狼狈的傅丫格和穆菲菲，低低的笑声和交谈声此起彼伏。

"你竟然敢这样对我！"穆菲菲红着眼睛，死死盯着南乔。

"你要回去跟你爸爸告状吗？"

"噗嗤！"围观的群众，也不知是哪个，笑了出来。

穆菲菲怒不可遏地反击道："我爸？要不是你妈跪在我爸面前，要不是我爸给你全额奖学金，你上得起这么好的大学吗？连你亲生父亲都不要你，要不是你这张脸，你以为谁会喜欢你！"

"菲菲，别乱说！"傅丫格想要阻止穆菲菲，但已来不及了。她下意识地握住了南乔的手，南乔的手冰凉，却浸着汗，脸色惨白。

"至少我还有妈妈。"南乔挣脱了傅丫格的手，她精致的脸蛋微微上扬。

穆菲菲腿软了一下，颤抖着往后退了两步，转身跟跟跄跄地跑了。

她不想让任何人看到她满面的泪水。

看着旁边面色苍白的南乔，再想想刚才穆菲菲的样子，傅丫格不知自己该去追穆菲菲还是陪着南乔。

"林北乔，你去追菲菲呀！"傅丫格急道，她知道，穆菲菲此刻一定很受伤。

林北乔不动。

傅丫格焦急地推了他一把："你想急死我吗？快去啊！"

穆菲菲一定更想见到林北乔而不是她。

被傅丫格催促着，林北乔只得快步朝着穆菲菲离开的方向走去。

穆菲菲上气不接下气地跑着，她很想大声哭出来，可是尽管低着头，她也能感受到周围异样的目光。生平第一次，她希望所有人都不认识自己，这样，她才能无所顾忌地放声大哭。

林北乔越走越快，他紧紧跟着穆菲菲，跟着她到了学校外面，到了无人的小巷子。他看到穆菲菲蹲在角落里，哭得跟个孩子一样。林北乔远远地站着，穆菲菲的声音颤抖着带着哭腔："你跟着我干吗？"林北乔走近几步，拿出一包纸巾递给她："别哭了。"听到这话，穆菲菲眼圈红得更厉害了，她仰头看着林北乔，眼泪滴滴答答地掉在地上。

"要你管我？你滚！"她蛮横地把林北乔的纸扔在地上，朝他喊道。

"如果你不想看到我，我就先走了，你一个人要注意安全。"林北乔现在才意识到，他从来没有和穆菲菲认真地说过话，只是一味地躲着，一味地疏离，礼貌相待。

"你不许走！"带着哭腔，穆菲菲叫住了他，"你要是能像刚才那样，一直在我身后，那该多好。"

林北乔神情复杂。

"我妈妈，真的跪下了吗？"他握着拳，轻轻问道。

看到他心痛的模样，穆菲菲心中不忍，明明是真的看到了林北乔的母亲跪在了父亲面前，可她还是噘噘嘴骗他说："没有，我气她的。"

看着她理直气壮的样子，林北乔无语："这种事你都能随口乱编吗？"

穆菲菲"哼"了一声，眼睛通红，仍是一脸任性妄为的模样。

"你以后不要在我身上浪费时间了，我不值得。"林北乔犹豫了一下，说道，"再说，你也看出来了，我喜欢的人是傅丫格。"

穆菲菲沉默，她死死地盯着自己的鞋尖，蹲的时间久了，她的腿越来越麻。可她仍然一动不动，抽泣声戛然而止。

林北乔看着傅丫格时的神情她不是没感觉到过，可当这个事实从林北乔的嘴里说出来的时候，她实在无法接受。

沉默良久，她问："什么时候开始的？"

"第一次见到她，我就喜欢上她了。"

穆菲菲心蓦地开始绞痛，伴随着巨大的耻辱感，愤怒和悲伤让她整个人变得恍惚。她接着问："我问，你们，什么时候好的？"

是在她因为林北乔的冷落而委屈地在傅丫格怀里撒娇或者流泪时，还是在她对傅丫格一遍遍甜甜地说着她有多喜欢林北乔时？

林北乔讶异地看着她。

"算了，别说了，你走吧。"穆菲菲靠在角落，声音里充满着愤恨。

"那……我走了。"

林北乔走了，这次，穆菲菲没有拦他。

傅丫格和南乔回到宿舍，一切都安静下来。

看着傅丫格清澈的眼睛一眨一眨，关切地看着她，南乔心里泛过暖流，仿佛是漫不经心地说起了往事。

"初一时我父母离婚，父亲带走了北乔。他回来收拾行李的那天，我紧紧拉着他，哭着求他不要带走弟弟，不要跟那个陌生的阿姨走。他甩开了我。"

"妈妈抱着我，把我的头紧紧地按在她的怀里。也不知道，她是不想让我看到父亲离去的样子，还是不想让我看到她的眼泪。"说到这里，南乔轻轻笑了，"以前我以为成长是一个漫长的过程，当我被母亲紧紧按在怀里的时候，我才明白，长大不过是一瞬间的事情。"

"在那之后，学校里多了一群追着我喊的孩子。对，我就是没有爸爸的孩子！当他决定离我们而去的时候，他就已经不把我当女儿了，我也不会把他当爸爸了。"南乔冷漠地说着。

"有一次，我的作业被那些孩子涂得乱七八糟，那是我第一次打人。"南乔看着窗外，声音平静。

"如果不是妈妈还在辛苦地工作，如果不是弟弟经常把打工的钱偷偷拿给妈妈，如果不是我也在打工，一个月一千的抚养费根本不够。很早，在别人都无忧无虑的时候，我就意识到生活对我来说是一件多么沉重的事情了。在我和母亲生活最困难时，我曾经找过他，他塞给了我五十块钱，说那是他身上仅有的。那天之后，我就知道，我要让自己变得更强，强到谁都不可以欺负我，强到我不必被迫对任何人低头。

"我至少不能让我妈妈失望。"

初次见到南乔时她就是不可触犯的，她藏在人群里走着，却让人只看得见她，那样醒目，那样高傲。在纷纷扬扬的红色人民币下，她的背也挺得笔直。被穆菲菲揭开伤疤时，她的头高昂。从来都是这样，傅丫格习惯了她在任何境遇里都坚强而高傲的样子。今天，这样神情柔软的南乔，让在南乔面前向来话多的傅丫格有些不知所措。

认识这么久，这是她们最亲密的一次。她明明是想安慰南乔，却像个孩子一样靠在南乔的肩上。南乔说的这些，是不属于她生活的词汇，她听得有些似懂非懂，只知道紧紧抱着南乔。南乔觉得傅丫格实在肉麻，却怎么都挣不脱她。

那个晚上，迷迷糊糊地，傅丫格还做了一个梦。梦里是南乔和她一起在城市的马路上放着风筝，周围的车辆和行人纷纷让道，南乔自由自在地跑在前面，回头冲着她笑，笑得比她还快乐。总有一天，她会赶走南乔笑容背后所有的阴霾。

南乔看着熟睡在被窝里的傅丫格，什么时候开始的呢，她好像不再孤单了。

傅丫格永远记得自己在一本旧杂志上翻看插画，偶然看到南乔写的散文时那一刻心里的波澜起伏。

她瞪圆了眼，光着脚丫跑到了正在洗漱的南乔身旁，指着杂志上的名字："你看，跟你同名同姓诶！"

看着傅丫格那副目瞪口呆的蠢萌样，南乔嘲笑："你没看到标了学校名吗？蒲海一中还能有几个林南乔？"

傻了三秒后，傅丫格就开始一脸崇拜地抓着南乔不停地追问。

不像傅丫格，为了吸引南乔的注意力，过往的"光辉"、为一本书画过插画，总是能被傅丫格"不经意间"提起，南乔从不提及自己的过去。

每次被傅丫格问及那些发表在杂志上的散文和评述时，南乔都是平平淡淡的样子，脸上的表情也未见得多了一分喜悦，只淡淡地说：那是为了赚钱。

南乔提起过自己高中时想学的专业是传媒，可傅丫格也不知道，为什么南乔最终在填志愿的时候选择了金融专业，也是为了赚钱吗？想到这个，傅丫格心里有些难过，又对自己生在一个健康开明的家庭充满了感激。原来可以自由自在地学习自己真正喜欢的东西，并不是理所当然。

两人泡了几天图书馆，眼看论文两天内就得提交，终于挤完了论文的傅丫格拉着南乔的胳膊疯狂撒娇："南乔，你要帮我改改。"她怎么能放弃这个现成的好资源。

"我不懂美术，帮不了你。"南乔拒绝。

"我才不信呢！我们这门课叫作'艺术文化'，你可是个大大的文化人，怎么就不能帮我看看论文了？"

这两天，傅丫格天天陪着南乔泡图书馆泡到晚上 11 点，就是想早早写完，让南乔帮她修改。

南乔轻声道："我还有几分钟就忙完了，忙完再帮你看。"

"耶！"一高兴，傅丫格又没忍住地欢呼了一下，引得周围侧目。伴随着南乔"嘘"的手势和责备的眼神，傅丫格乖巧地闭上了嘴，开始陶醉地反复看着自认为写得十分不错的论文。

等南乔忙完，傅丫格立刻把打印出来的论文和笔恭恭敬敬弯腰递到南乔面前。南乔无奈。

"我不帮你改了，你写得挺好。专业知识我看不太懂，不过写论文要有框架和逻辑，不能只抒发感慨。你的艺术感受力很好，有些想法和论述很精彩，但有几处顺序和逻辑不够通畅，稍微修改一下这几处问题即可。"南乔条理分明地给她分析了几个逻辑问题。

被夸奖后，傅丫格放心了不少，也不再逼着南乔帮她改了。坐在电脑前，她一口气改完了自己的论文，调整了几个段落的顺序和衔接，离提交的截止日还有两天，傅丫格打开校园网，登录自己的账号，把论文提交了上去。好在提交后也是可以修改的，先交了再说，假如这两天有了什么别的想法再添加。提交完论文，傅丫格心里的一块大石头总算是放了下去，这才听到自己肚子的叫嚣声。

食堂里，傅丫格看到了排在旁边一列队里几天不见的穆菲菲。人流涌动，穆菲菲又排到了靠前的位置，她大概没注意到傅丫格。

傅丫格紧张地拉了拉南乔的袖子："我要不去哄哄她？"

"小心这次泼的是饭。"南乔瞥了穆菲菲一眼。

傅丫格哆嗦了一下，看着南乔的脸，却不由笑了。

"不过啊，我以前都没看出来，你脾气还挺大。"她打趣着南乔，笑容中有些甜意。

这种欢喜中夹杂着某种说不清道不明的负罪感。要不要给穆菲菲发条信息，缓和一下她们之间的关系？可是以穆菲菲的脾气，估计也是要讨骂的。等过几天，期中考试结束，菲菲心情也好一点的时候，她再去哄哄，应该就不会再生气了吧。

"小时候，她会欺负你吗？"南乔忽而问她，记得傅丫格说过，她们很小就在一起玩。

"谁会欺负我呢！她对我挺好的，不过是闹点小脾气。那天我也很意外，我觉得，"傅丫格有些不太好意思地说，"可能是因为她太在乎林北乔了吧。"

"只见了几次，怎么会是真正的喜欢。"提起穆菲菲对林北乔的感情，南乔十分不以为然。

"听说有很多人一见钟情呢。"傅丫格小声地嘀咕着。

"不过……"南乔眼中有了笑意，"你不想让穆菲菲在我弟弟面前丢人啊，那你呢，你怕在我弟弟面前丢人吗？"

"我当然不怕了！"傅丫格理直气壮，"也不是不喜欢他，可是我喜欢他就跟喜欢一个好哥们一样呀，像倪风那种，怎么能做他的女朋友呢！"

南乔听她这么说，忍不住笑了。她本就不爱管别人的生活，哪怕是亲弟弟的。之前，穆菲菲追林北乔的事情在学校里闹得沸沸扬扬，她也从未在林北乔面前问过一句。

"看你这呆头呆脑的样子，可能还没有性别观念吧。"

南乔这么说，傅丫格也不恼。她坐到餐桌前，倏地抬头问道："你呢？"

"嗯？"南乔疑惑。

"你应该有喜欢的人吧？"挣扎了一会儿，傅丫格问。其实她更想问——你现在，应该还喜欢赵樾吧？

南乔用手捋了捋耳边的碎发，说："很久之前的事了。"

"那你想过回头吗？"

南乔低头，吃了一小口米饭，等她抬头的时候，脸色是一贯的平和淡然。

"极其没有意义。"

第八章　心有千千结

期中考试终于结束，这是南乔这学期回宿舍最早的一次。只是没想到一进门，看到傅丫格坐在床沿中间，低着头，眼睛红得跟兔子一样，泪珠正一颗颗地滴落。

"这是怎么了？"

"对不起，这个包裹没写名字，我以为是我前几天买的书就拆了，我不知道这是给你的信。"傅丫格眼泪巴巴地看着南乔。

南乔过去看了一眼，说："哦，这个，没事啊，拆了就拆了，有什么好哭的？"

傅丫格抽出那个小箱子里的一摞信纸，小声地说："我把这些信看完了。"

南乔不以为意，她接过信纸，翻了翻，看了几行，又看着傅丫格这副样子，有些明白了过来。

这些信都来自南乔中学时代长期去的那家福利院里的孩子们。可能是她太久没去，孩子们想她了，齐齐给她写信，福利院里的负责人前段时间联系她，把这些信寄到了她的宿舍。

"姐姐，昨天梦到了刚到福利院的时候，那时候我八岁，我好想和爸爸妈妈一起去天堂，我每天都睡不着，每天都在哭，直到姐姐出现，给我唱歌，给我讲故事，给我爱。姐姐像个仙子一样美丽，心地也像仙子一样好，是姐姐给我的生活带来了光芒和希望。"

"听老师说姐姐去另一个城市上大学了，姐姐还会回蒲海市吗？我想姐姐了。"

"姐姐，我今年读小学四年级了，我已经长大了，再长高一点，就轮到我保护你了！"

傅丫格一边吸着鼻子，一边在箱子里翻出一沓画："还有这些画。"这些画画得简单极了，可是看到画里形形色色场景中分辨不出五官的少女，傅丫格第一次觉得，即便她的眼睛不再明亮，脸蛋不再漂亮，南乔也一定会是世界上最美的女孩。

当傅丫格看完这些信，她才发现她曾经觉得麻烦又浪费南乔时间的这些志愿活动，原来真的能为一个个生命带去生机和力量啊。意识到南乔所作所为的价值的同时，她也头一次发自内心地觉得，一个人的美丽和外表毫无关系。

"我以前心里其实总觉得你有点不近人情，有点冷漠。"抽抽鼻子，傅丫格接着说，"现在才知道，冷漠的好像是我。而你，是那么完美。"

听到这样孩子气的话，南乔哑然失笑。她不善于安慰人，只是笨拙地拍了拍傅丫格的背："我不完美，有很多缺点的。"

"才不信。"傅丫格小声道。

初三结束的那个暑假，南乔偶然参加过一个社区志愿者的活动。福利院里面的孩子，最大十六七岁，比那时的她还要大，因为各种变故失去父母；最小的还只是嗷嗷待哺的婴儿，那是被遗弃的婴儿，最可悲的是，大多被遗弃的都是女孩。福利院里的阿姨说，得上了大学、职校，或进了部队，或是有了得以谋生的职业，这些孩子才算走出福利院，有了自己的新生活。

六岁那年，父亲离开的那一刻起，母亲的泪水，生活的拮据，家里的冷清，让林南乔一夕之间觉得自己失去了所有的幸福。机缘巧合，直到十四岁的她去了那个福利院后，当她坐在一群孩子中间，和孩子们一起讲着故事的时候，一种远远高于她曾经所追求，令她为之迷茫痛苦的感情，在她的灵魂深处涌现。

后来的年岁里，林南乔才渐渐知道了，那种感情，是同病相怜所导致的悲悯。

因为残缺不全的家庭，因为经历过"失去"父亲的悲伤与绝望，当看到这些和她几乎同龄的孩子时，年纪尚小的林南乔所拥有的感同身受的能力，相比很多成年人来说都是惊人的。接近她的人倒是不少，可南乔从没有真正的说话对象，从小出众的容貌让她交不到什么真心的朋友，大多还是明里暗里的嫉恨。当她试图和母亲沟通时，母亲却显然不能理解，很早她和母亲就没有共同语言了。

南乔原以为傅丫格只是随口说说"我要找福利院，以后和你一起去"这样的话。傅丫格说话做事向来是有些冲动的。

三天后，傅丫格却再一次提起了这件事。

"南乔，我拜托我舅舅帮忙找了这个城市几家福利院的资料。具体选哪家我没有经验，你来选一个，等你有空了我们一起去吧！"

南乔惊讶地看着傅丫格手里几张订得整整齐齐的资料。想不到在这件事情上，她行动力还挺强。正好，最近西餐厅的工作因为期中考试临近而被她辞掉了，之前参与的青少年志愿者活动也已经告一段落，她恰好是有空的。

被傅丫格热烈的情绪感染，南乔翻了翻资料，两人决定联系近郊的一个小型福利院——城西福利院。

周六，穿着简单、素面朝天的两人来到了城西福利院，只见面前是空荡荡的院落和一排白色的楼房。楼房灰旧破败，颇有摇摇欲坠之感。每一层楼都有窄窄的一排阳台，几位阿姨在门口晾衣服，拍打那挂在大门上的淡色床单，又指着楼下的傅丫格和南乔窃窃私语，傅丫格忍不住瑟缩了一下。

南乔选的是一家条件最艰难，规模也最小的福利院。傅丫格从小无忧无虑，从不知道在离她不远处有人以这样一种方式生活。此刻的她，心中既怜悯，又有些说不出的恐惧。她抓紧了南乔的手。

走进福利院的接待室，南乔拿出了提前准备好的文件，接待处的中年妇女抬头朝着她们微笑："你们是新来的志愿者啊。"她眼神和善，继续说道："我姓江，叫我江姨或者江老师吧，你们来得好早，孩子们还在吃早饭呢，得等一下。哦……对了，还有一个志愿者，等他来了，你们一起去孩子们的活动区帮忙可以吗？"

　　看到江姨慈眉善目的样子，傅丫格的担忧减少了许多，她笑眯眯地说："好呀，第一次来，麻烦江姨啦！"她感觉到这里需要她的帮助。尽管发生在她身上的好心办坏事的例子也不少，可如果只像南乔说的那样，只是陪陪孩子、打扫卫生、收拾玩具、教写作业的话，她一定可以做好的！

　　傅丫格正跟江姨讨教经验的时候，接待室的门被毫无征兆地推开。

　　"江姨，我没迟到吧！"爽朗的声音传到了南乔和傅丫格的耳边。

　　"咦，今天来了新人？"看到南乔和傅丫格，男生有些吃惊。

　　"啊，你，你……"傅丫格小脸激动地泛起红晕。这男生真的像极了傅丫格最喜欢的电影里的男主角，那张脸说不上多么好看，但有一种难以言喻的熟悉和亲切。

　　男生小麦色的肌肤上渗出些晶莹的汗珠，高大挺拔，身材瘦削，一身黑色的衣服，眼睛不大，却很深邃，嘴角的微笑里有股桀骜不驯的味道。他的左耳，有一只带钻的耳钉。

　　看着他，傅丫格心跳莫名其妙地加速，仿佛被莫名的东西击中。

　　南乔也正打量着这个男生，见他一身名牌，还戴着钻石耳钉，也不知是来当志愿者还是来走秀。最让南乔不舒服的是，男生的眼神来来回回在她们的衣着和包上打量。

　　傅丫格从小习惯了凭感觉办事。对这个有着一张她心心念念的主角脸的男生，心中滋生莫名好感的同时，又觉得他在福利院当志愿者，一定也是个善良、正直的人。

　　看着傅丫格明显有些不对劲的恍惚神情，向来情绪不容易波动的南乔难得有了一丝气闷。

　　江姨笑呵呵地对男生说："这两个女孩也是你们学校的，你们认识吗？"

　　他目光又一次从两人脸上掠过，摇了摇头。

　　江姨手指快速在文件上翻动着，撇过头看了男生一眼，又看了看傅丫格，打趣道："我以为是你招惹过来的呢。"

　　听到这话，南乔很难不多心地又看了男生一眼。

　　男生笑道："江姨您可想多了，我们学校认识我的同学，还没有知道我在这里做志愿者的。"

傅丫格主动伸出手来。"你好，我叫傅丫格，大一美术系，很高兴认识你。"

"哈哈，纪修远，大二计算机系。"纪修远握了下傅丫格的手，笑得阳光，整齐的牙齿露了出来。

"连牙齿也像哎！"傅丫格被自己的声音吓了一跳，赶紧捂上了自己的嘴巴，纪修远一愣，笑容中弥漫开几分尴尬。

"你们第一次来吗？"纪修远从容地岔开话题，似乎没有注意到她局促的样子。

傅丫格点了点头。

"每周一次，算起来我已经来过十几次了，对这些小朋友和这里都还算熟悉。你们要是有什么问题，尽管来问我。"纪修远道。

南乔不语，傅丫格却笑吟吟地说："好！"

江姨把她们领进了活动室，里面有十几个孩子。虽然称作活动室，其实也不过是一间简陋的小屋，几张彩色软垫拼起来，遮盖冰凉的水泥地面，椅子也没有，孩子们坐在软垫上面，周围是一些已经有些破旧的故事书和玩具。

看到纪修远，几个较小的孩子直接跑了过来："纪哥哥，你来啦？"

纪修远笑着跟他们打了招呼，把书包放下，从里面掏出一袋小玩具和文具来，问："这周谁拿到的星星最多啊？"几个孩子兴奋地举起手来，江姨在旁边笑呵呵地看着纪修远，仿佛早已熟悉了这一幕。

纪修远一边把礼物分给他们，一边回头对傅丫格和南乔说："这个福利院里的老师，会根据孩子的表现来奖励他们星星。拿到星星最多的几个孩子，我都会带点小奖品给他们。"

"哇！"傅丫格眼睛里是毫不掩饰的倾慕。

见纪修远低头，抿嘴一笑，似乎也很享受傅丫格的眼神，南乔对傅丫格越发怒其不争。

"纪哥哥，你背的是纪梵希的书包啊，你真有钱！"一个十三四岁的少年没太关注小礼物，倒是关注起了纪修远的书包。

纪修远神色微变。

"周周，你从哪知道这些的？"江姨问周周，周周今年十四岁，在福利院里已经八年了，按理是不会接触这些奢侈品的。

"我从街道广告上看到的，一模一样。"周周往后缩了缩。

江姨半信半疑地点了点头。

南乔上前几步，对周周和其他被吸引来的孩子们说道："纪哥哥是努力学习、努力打工才赚了钱给自己买书包的，你们要是想和纪哥哥一样拥有自己喜欢的东西，就要先像他一样好好读书呀！"

南乔说完之后，一群纯真的孩子看着纪修远的眼神又多了一些崇拜和倾慕，南乔也似笑非笑地看着纪修远。

纪修远咳了咳，耳根有些泛红。

"那我也要努力学习，像纪哥哥一样赚钱，然后给这里的每个人都买一个芭比娃娃！"五六岁的小女孩林鱼儿忍不住羡慕地看着纪修远，水灵灵的大眼睛里满是清澈的天真。

"我才不要芭比娃娃！"一个小男孩嚷嚷。大家都笑了。

稍做了解后，南乔轻车熟路地开始陪着孩子们做游戏。

在这里，傅丫格好像见到了另一个南乔。不再是那个冷清、忧郁又有些犀利的女孩了，她和孩子们一起堆积木，一起讲故事，给他们擦鼻涕，为他们小心翼翼地披上棉服。这样的南乔完全没有距离感，散发着一种从未见过的温柔。

傅丫格起初有些害羞，不知该怎么和孩子玩，也不太会和孩子交流。看着南乔和纪修远，她努力地学着他们，渐渐地也越来越自然从容。

不知不觉，一个上午就过去了。临结束的时候，纪修远拿着手机请江姨帮他们所有人拍了张合照。傅丫格看着他，眼里闪烁着光亮，纪修远喜欢拍照留念，是想记录这些和孩子们相处的美好时光吧。借此良机，在南乔"恶狠狠"的眼神下，以要照片为借口，傅丫格加了纪修远的微信。

纪修远没有住校，在外自己租房子。出门后，他们就分头走了。回学校的路上，傅丫格忍不住唇边的笑，她拉着南乔的手，说了一句让南乔险些站不稳的话："这就是恋爱的感觉吗？"

应该保持事不关己的态度，南乔暗暗劝告着自己。从前，听到别的女孩说这些愚蠢的话时，她毫无例外都觉得不关她的事。人们从喜欢上一个人的那一刻起，就会忽略掉很多显而易见的东西，只能看到自己想要看到的，至于别人的劝告，就更听不进去了。这点，她最清楚不过。

可是看到傅丫格的表情，南乔还是提醒道："哪有人刚见面就'恋爱'的？

而且他看起来是个不太可靠的富二代。"

傅丫格看着南乔，脸上是南乔从未见过的神情。

"你也是第一天见他，为什么这样说，就凭那个什么什么的书包吗，一个书包能值多少钱？"

"一万左右。"

"一万?!……我感觉……只有心地善良的人才会来福利院帮忙啊，他既然来福利院，说明他也一定是个心地善良的好人！"

"我不是说他心地不善良，也不是说富二代就一定不可靠，我觉得他不可靠是我综合的感受。你太简单，人比你想象的会复杂很多，世界也不是非黑即白。就拿来福利院帮忙这件事来说，或许你是单纯地想来帮忙，可他大概率不是，很多人也都不是。每个人都有自己的动机，当然，这很正常。你看纪修远，我觉得他来福利院很可能是为了什么奖、什么证书，或是在自己的简历上添一笔，不然也不会要求拍照。你还不成熟，可能未必懂爱，要理性些去看他，不要被感觉蒙蔽，会受伤的。"

傅丫格捂着耳朵直摇头："你在说什么呀！你说我不懂爱，你就懂爱吗？你要是懂爱，怎么会被赵樾扔了一身钱。"赵樾这个她从不敢在南乔面前提的名字，冲动下脱口而出，然后，她自己也惊得目瞪口呆。"啪"的一声，傅丫格紧紧捂住了自己的嘴，眼里充满了歉疚。

我刚才说了什么？

简直要恨死自己的冲动与冒失了！

南乔精致的脸蛋仿佛被一根针缓缓吸走了所有的血液，以肉眼可见的速度变得苍白。看到南乔的手慢慢地握成拳，沉浸在巨大后悔中的傅丫格慌了，就在她以为南乔几乎要对她动手的时候，南乔离开了。

回到宿舍的傅丫格，一边坐在落地窗边无精打采地画画，一边不时看一眼门口，楼道里每一次脚步声或是其他什么声响，都能让她突然凝神看着大门，心里直打鼓。

她越想越后悔，可后悔的只是自己对南乔的话，不是对纪修远突如其来的感觉。

傅丫格有一搭没一搭地画着画，画面凌乱，自己也不知道自己画的是什么。

等南乔终于回来的时候，已经晚上十一点半了。一向讲究作息规律的南乔，很少这么晚归。

傅丫格早已打了好几个哈欠，却还强忍着困意坐在画板前。看到南乔，傅丫格像是被老师点名了一样猛地站起来，冲着南乔直笑，画板也被她站起来的瞬间打翻在地，她顾不上画板——

"南乔……"

南乔看也没看她一眼，走进洗手间，把门一关，"啪"的一声，追过去想道歉的傅丫格愣在了门外。舒瑶抬头，讶异地看着她们俩。沈安疏搬走后，舒瑶隐隐约约也猜到了原因。如今看到南乔和傅丫格竟然也开始起冲突，舒瑶甚是无奈："你们俩还要闹矛盾吗？"

傅丫格的大脑完全清醒过来，没了困意。她气呼呼地坐在那里嘟囔："哪里是我要闹矛盾，明明是她先说我的，明明是她先说我的……"

舒瑶好笑地看着她无精打采地捡起画板，换了一张干净的纸。

"你们到底怎么啦？"

傅丫格正要开口，只见南乔从洗手间走出来，睡到床上，盖好被子，俨然是要休息了。空气再次安静了下来。

她默默地坐在书桌画板前。听着南乔均匀的呼吸声，窗外风吹过时树叶沙沙作响的声音，舒瑶耳机里偶尔分贝过高时透出来的声音，世界逐渐安静下来。夜深人静，她脑海中又浮现出纪修远那双深邃好看的眼眸。大脑一片混乱，明明才认识一天，对他几乎一无所知。

在混乱的思绪中，傅丫格慢吞吞调好了颜料。她一只手托着下巴，一只手先用铅笔描摹着纪修远坐在孩子们中间笑的模样。傅丫格用一系列暖色调把脑海中的画面一点点挪到了画纸上，动人的景象逐渐在画纸上成形。她不记得自己什么时候睡着的，只记得仿佛画了好几个小时，甚至更久，脑海中隐隐约约浮现的最后记忆，便是窗外已经蒙蒙亮了起来的天空，仿佛还有人扶着她站起又躺下。等她醒来的时候，已经躺在了床上，连被子都盖好了。

傅丫格抓着身上的被子，昨天晚上她是趴在画板边睡着的，也不知谁给她盖的被子。舒瑶正在收拾东西准备出门。

"舒瑶，是你帮我盖的被子吗？"

"是她。"舒瑶指了指南乔的床。南乔的床铺整整齐齐，想来是早已经去了图书馆。傅丫格咬了咬嘴唇，眼睛有些发酸。再看看手机，已经下午两点了，还好是周日。

舒瑶走后，寝室中只剩傅丫格一人。她跑到画板前，看着画板上的纪修远，心头又是一动，拿起手机，拨通纪修远的电话。

"学长今天忙不忙，要不要来我家吃晚饭？就在学校隔壁，很近。"

刚认识就邀请他吃饭，傅丫格小手有些颤抖。她知道这行为不合适，可她也控制不住自己。

纪修远顿了一下，说："我今天跟两个朋友约好了吃晚饭。"

"那你可以把那两个朋友一起叫过来啊！"

"他们就在我旁边，我问问。"一阵断断续续嘈杂的对话和笑声后，纪修远回复道，"也行，那麻烦你了。"傅丫格高兴得眉飞色舞，心似乎要跳出了胸腔。

准备出去买菜的时候，她迎面碰到了南乔。

"你还在生气吗？对不起，我昨天都是乱讲话，不是故意的。"傅丫格死死揪着南乔的衣袖不让她走，低头认错。

"你说的是实话，我有什么好生气的。"南乔停下脚步平静地说。

"不！你是全世界最好最值得被爱的姑娘，原谅我好不好？"双手合十，傅丫格一副忏悔的模样。

"行了。"南乔懒得同她计较。

傅丫格松了一口气。

"那你今晚去我家吃饭好不好？我做饭！不会浪费你时间，你可以带本书在书房看，碗也我洗，你只负责吃就好了。"傅丫格牵着南乔的袖子，看起来可怜巴巴。

"你做饭？"南乔有些不可思议地望着她。

"是啊，约、约了纪修远跟他两个朋友。"说这话的时候，傅丫格都不敢抬头看南乔。低着头，都能感觉到南乔灼热的目光刺得她心里直发虚。"南乔，你要是不来，我就一个人了，我真不知道该怎么办才好。"声音越来越小，她有些害怕一个人面对纪修远和他的朋友。

让傅丫格觉得不可思议的是，南乔竟然没骂她，她沉默着朝校门口慢慢走去，也不知在想什么。

"你要去哪里？"

"不是要买菜吗？"

清冷的声音，傅丫格的心里却霎时间春暖花开。

第九章　风露立中宵

买完菜回去已经是下午三点多了。这是南乔第一次来碧微新城，一百五十平米起步的屋子，简洁中透着华贵大气的装修，还有绝佳的地理位置，这个房子想来价值不菲。

看到南乔有些讶异的神情，傅丫格一边把袋子往厨房提，一边解释："我爸妈可买不起这房子。这是我外公外婆以前住的，后来他们搬到舅舅在郊区买的房子去了，说是那边空气好。这里就空了下来。"

傅丫格把南乔带到书房，让她在里面看书，南乔看了看时间，还早，便欣然坐在书房翻起书来。

一个多小时后，南乔从书房出来，见到裹着围裙的傅丫格，她的左手食指上已经裹上了创可贴。她正一边看着菜谱，一边笨拙地做着饭。

以林南乔对傅丫格的了解，此人会洗碗就不错了。可今天，看到已经做好的有模有样的辣子鸡，南乔真不敢相信这是出自她的手。

她还叫了一大份烤鱼外卖。

想到早晨离开时看到的那幅画，再看到这一桌狼藉，南乔心里萦绕着难以消散的气闷。厨艺不错的她也想帮傅丫格忙，可想到都是为了纪修远，她便不想动了。

"你的时间是有多廉价？几个小时都浪费在做饭上。"看着她手上的创可贴，南乔眉头紧锁。一向受了点小伤都会大呼小叫的傅丫格，今天手指受伤了，竟然一字不提。

傅丫格低着头不说话，南乔能来她已经很感动了，反正说什么都得挨骂，她只手忙脚乱地忙着。

眼不见为净，南乔钻进书房，不去管她。

做得出来也好，做不出来更好，她本来就一点都不想让纪修远过来。

整整一下午，傅丫格都在厨房里奋战，其间炒煳一道菜，还倒掉重做了一次。辣子鸡、玉米排骨汤、小炒牛肉、炒小龙虾、香芹百合、炒青菜，她竟然做了桌有模有样的饭菜。做好菜后，她又把桌面和厨余垃圾清理干净。

纪修远迟到了二十分钟。

跟他一起来的一男一女，男生其貌不扬，眼睛小小的，脸上挂着笑容。女生长发及腰，发梢有些自来卷，即便铺上厚重的粉底，也能看出她的皮肤坑坑洼洼。浓妆让她的五官失去了辨识度，乍一看精致，但仔细一瞧，她高耸的鼻梁和深深的双眼皮却有些不自然。

傅丫格热情地把他们带进门。

"这是我合租的室友齐昭，大二了，金融系的。"纪修远向傅丫格介绍。

"南乔，你的直系学长！"傅丫格朝书房方向叫道。

南乔从书房慢悠悠地走了出来。直系学长？多的是争先恐后想把她需要的资料送给她预习的学长，她压根不在乎。不过她仍礼貌地喊了声"学长"。齐昭眼睛一亮，大美女啊，连忙热情地回应："学妹好，很高兴认识你们！"看起来倒是心无城府的样子。

女孩总能比男孩更迅速敏锐地发现同性的美，纪修远带来的那个女生看到南乔时，眼里闪过明显的惊艳。

"Lily 莫招娣，她是我同专业的学计算机的同学。"

招弟？莫？莫招娣？都什么年代了，居然还有父母给女儿起这种名字，还是姓莫，岂不是不要招弟，也太搞笑了吧。"噗嗤"一声，傅丫格笑了出来，她连忙咳嗽两声遮掩，莫招娣脸色微变。

察觉到自己笑得失礼的傅丫格心里有些懊恼。

"这是你女朋友？"南乔似笑非笑。

"怎么可能，我们都是好朋友。"纪修远说。

傅丫格提起的心放了下去，暗暗松了一口气，顺口介绍了一下自己和南乔的名字。

齐昭喃喃："这个名字，怎么有点耳熟？"他吃惊地看着南乔，说："哦！

原来你就是林南乔！"

南乔在校园里，时常会被一些遇见她的学生偷拍，而后发布在校园论坛上，挂着"东林大学校花林南乔"的标题。很多人即便不点进去看她的长相，也总会在刷论坛的时候偶然看到林南乔的名字。

南乔却接着问纪修远："路上是有什么事耽搁了吗？"

言下之意，怎么迟到这么久？

纪修远愣了一下，Lily赶紧说："都怪我，我住得远，他们来接了我一趟。"

南乔不作声，她走到饭桌前，坐下。

安静的空气里只有"嘎吱"一声，椅子被南乔拉开的声音，淡淡的尴尬弥漫开来。

她气场太强了，纪修远几人也明显感觉到她的不悦。

"不好意思哈，以后有机会再一起吃饭的话肯定不会迟到了。"纪修远十分坦然地道了声歉。林南乔是好看，可纪修远从刚认识她的那会儿开始，对南乔的感觉便只有难以靠近。

"你们三个都住在外面的吗？"傅丫格好奇地问。

"是的，我跟齐昭就住在学校后门出去那栋深绿色的公寓里。Lily住得远点，天黑了我们就去接了她一趟。"纪修远说道。几个人开始吃饭，南乔尝了几口，出乎意料地好吃，齐昭更是赞不绝口。

夸赞的话纪修远张口就来："想不到你长得漂亮，饭也做得这么好吃！"

南乔的零度眼神围绕着纪修远，有些警告的意味。纪修远后背发麻，不再说话。

"真的吗，你喜欢的话可以天天来我家吃！"听到纪修远夸赞她，傅丫格兴奋地说道。

齐昭戳了戳纪修远的肩膀，打趣道："哎哟喂，这么贤妻良母，我们家纪修远福气可真好，又多一个做饭的妹妹！"他冲着纪修远不怀好意地笑着。

看着傅丫格满脸通红的窘迫神态，南乔气得快吐血了。纪修远这副看起来万花丛中过的样子，道行不知比傅丫格高了多少倍。

纪修远拍了齐昭一巴掌，转头问傅丫格，岔开话题。

"我记得你们都住在学校啊？"

"是啊，而且我和南乔在一间宿舍！"

"学校宿舍一年比一年好，我听说你们这届又翻新了。"齐昭道。

"是的！"

"感觉学校宿舍的优点只有便宜。我有点轻微洁癖，四个人共用一个洗手间，我不太受得了。"Lily 表情微妙，"我大一时的室友经常把洗手间弄得一团糟。"

什么叫宿舍优点只有便宜？傅丫格在心里翻了个白眼，也学南乔，什么都不说，静静吃饭。

"那这个公寓……"纪修远有些好奇地问。

傅丫格正要张口，却听南乔说："是她朋友家，怎么了？"

"没什么。只是朋友不在，你可以在她家随便做饭，看起来关系不一般呀。"纪修远耸耸肩，明显不太相信。

"不可以有这么好的朋友吗？"南乔冷声道。

纪修远不置可否地笑笑。

直到纪修远走后，傅丫格还在对着一大桌没吃完的饭菜傻傻地笑。

"非要让所有人都知道你喜欢纪修远吗？"

傅丫格愣了一下："我又没说什么。"

"你表现得太明显了，想法全都写在脸上，别人又不是傻子。"

南乔说话从不夸张，她要是说明显，肯定就很明显了。傅丫格忐忑不安了起来，问："那你觉得他会喜欢我吗？"

"别犯傻了。"南乔没好气地说，"你不觉得别人都在心里笑话你吗，喜欢你又怎么会迟到，而且你到底喜欢他什么？"

"是感觉，一种感觉。"

最初是因为他亲切熟悉的脸庞，是因为他屡次去福利院的善良。然后，他的名字，他的样子，越来越多次开始在傅丫格心中盘旋。是微微的甜蜜，也是微微的痛楚。

两人正清理桌上的残局的时候，门铃声突然响起。

难道是纪修远忘带东西了？

傅丫格立刻把手里刚端起来的盘子放了下来，跑到门口打开门。

没想到门外的竟是程城。

程城穿着拖鞋，身上是黑色的宽松卫衣和休闲裤。他提了一个小小的白色袋子。

"是你啊。"傅丫格笑容渐渐褪去。看到程城,她总有说不出的压力。

"你以为是谁?"程城本是随口一问,却见傅丫格的脸一红,他不由探究地看着她。

"南乔也在,进来吧。"

程城走进门来,说:"我刚从楼下商店买东西回来,看到你家灯亮着。"

傅丫格"嗯"了一声,不知该说什么。

走进去后,程城看到了厨房里的南乔,还有半桌未收拾完的菜。

"这些菜……"他疑惑地看着桌子问。

"基本都是傅丫格做的。"南乔一脸无奈地说。

"这么喜欢烹饪?"程城惊讶道。

"不是啦,"傅丫格有些不好意思,"烤鱼是我叫的外卖,其他的都是我第一次做。"

"不喜欢为什么要做?"程城问道。

南乔正想拦住傅丫格,却没来得及。

"当然是为了爱情。"她口无遮拦地说道。

南乔开始自我怀疑,跟傅丫格当朋友真的是明智的决定吗,怎么觉得时间久了能被气出病来?即便傅丫格毫不顾及自己的名声,可她都能看出程城对傅丫格的与众不同,更能看出来程城比纪修远靠谱不少,想不到傅丫格一点后路不给自己留。

"你有男朋友了?"程城的表情有些异样。

傅丫格摇头,脸颊微微泛红地说:"还不是呢。"

沉默片刻,程城轻轻说:"以后不要勉强自己做不喜欢做的事情。"

傅丫格"嗯"了声,全然没把程城的话听进去。

程城走了,他唇边仍有玩世不恭的微笑,步伐却匆匆。

第二天下午,傅丫格吃完饭在宿舍待着,拿出藏在柜子里的画,坐在桌前继续画画。纪修远总是在她脑海中无端冒出来,按也按不下去,她只好通过画画来疏解这种心绪。

整整三个小时过去,天已经黑了。傅丫格仍沉浸在自己的情绪里,把心里所有的看到纪修远时的欢喜，都画进了这幅画里。画完后，她用黑色的笔在右下角轻轻地写上：想做你的光。署名，傅丫格。

她脑海中来来回回想着，现在他在做什么呢？明明知道不应该，还是忍不住拿出了手机，给纪修远发微信："学长，你睡了吗？"

"还没。"纪修远秒回。

傅丫格激动地捧着手机，输入又删除，输入，又删除。

没想到纪修远又发了一条信息：

"今天跟你开的玩笑别太放在心上。我跟我朋友在一起时说话都那样，没别的意思，活跃一下氛围。"

这是让她不要误会吗？

一瞬间，她感觉心悬在了半空，一点点地变凉，有些窒息。

"学长，我去年画过一本书的插画，下次见面的话，送你一本。"

"哦？这么厉害？"隔着手机屏幕，傅丫格似乎都能感受到那头，纪修远一定挑了挑眉毛，露出不可置信的神色。

"你才厉害呢，还那么有爱心。"

"我刚忙完，在回家的路上，快到学校后门了。你看方便的话，要不现在就把你的作品拿给我欣赏啊？"

虽然从第一次见面到现在，对于这个看起来有点笨手笨脚的女孩，纪修远没什么兴趣。可是他不能否认，今晚，他心里对傅丫格有了一点点的好奇心。

傅丫格激动地跳了起来，终于成功吸引到了他的注意！

她从书架上拿了本书下来，披上衣服就火急火燎地冲了下去。

眼前的一切都变得影影绰绰，依稀只有杏树梢儿在风中颤抖，她有些冷，走到后门处，她站在那里，握着手机，在一棵杏树下等着他。

远远的，纪修远来了。

他身形高大，在黑夜中，一点点向她走近。

傅丫格看着纪修远的脸，这张带着疏朗、忧郁、不羁，也带着神秘感的脸。那颗带钻的耳钉在黑夜中一闪一闪，可是傅丫格一点都不觉得他是个坏男孩，他的眼神沉静得像一片大海，他心里一定也有着一片海吧。

她突然一点都不害怕了。她朝着纪修远走去，心里生出一股莫名的勇气。

"学长，给你。"她把书递给纪修远。

纪修远看她虽然穿着外套，却还有些瑟瑟发抖，也不急接过书，把自己的外套脱下，披在了傅丫格身上，说："大半夜的，穿得太少了吧。"

温和的声音传到傅丫格耳边，她突然像个孩子一样地哭了。提心吊胆了那么久，怦然心动了那么久，看到纪修远真实地站在她的面前，给她披上外套的时候，她忍不住抽泣了起来。她知道自己看起来很蠢，可她还是没忍住，再一次的没忍住。

"对不起，我刚才喝酒了。"傅丫格泪眼汪汪地看着他。

哪里喝酒了，此刻，她只想给自己找一个任性与胡作非为的理由。

应该抱住他，应该抱住他的。

傅丫格整个人都在颤抖，挣扎了很久，她还是不敢拥抱他，女孩的骄矜，让她羞愧于自己此刻的无状。

她想说点什么，却又说不出口，泪盈盈的脸上写满了无助与纠结。

看她这副模样，纪修远轻轻说："我送你回宿舍，有什么事明天再说。"

"怎么了？怎么了？"后门的门卫大叔听到了傅丫格越来越大的抽泣声，伸出头来。

纪修远单手把傅丫格的头按在了自己的怀里："不哭好不好？"

看到相拥的傅丫格和纪修远，大叔又把头缩了回去，见怪不怪，这个学校的杏花树下，多少对小情侣相爱又相离。

傅丫格在他的怀里，感受着纪修远身上的清香，这一切都好不真实。

"你不知道我有多喜欢你。"傅丫格靠着他的胸膛，闷闷地说。

"你不了解我，我不是你想象中的人，你心里把我美化了。"沉默了一会儿，纪修远说道，"你朋友看起来不太喜欢我吧，她应该也提醒过你。你一看就是那种很乖的女生。不想受伤的话……离我远点。"

如果他真的是个花花公子，如果他真的是南乔嘴里的那个人，他应该会捉弄她、伤害她，他又怎么会说出这些不想让她受伤的话呢？

听到纪修远这样说，傅丫格反而更加坚定。对她来说，了解一个人，靠的向来不是言语，不是穿着打扮，而是心里的感受。她的感受告诉她，纪修远绝对是个值得信任的人。

如果说，曾经的傅丫格，对他只是怦然心动的喜欢。那么，这个夜晚后，当他用真诚的声音劝说她的时候，她已经毫无犹疑地信任他了。

"才不是呢。你看起来和每个人都说说笑笑的，关系很好的样子。可我觉得，你内心比谁都孤独。"

如果此刻南乔在旁边，她一定会笑。孤独很奇怪吗？世界上，不孤独的只有那些还未经过足够多的世事、还不够清醒的人，那些活在保护罩中的人，就像傅丫格。这些人以为自己并不孤独，然而，在成长中逐渐清醒过来的时候，只会发现孤独是人难以逃避的宿命。

"我一定可以让你不再孤独，我是很温暖的，你只要愿意靠近我一点点就知道了。"

"你不了解我。"纪修远的声音听不出任何情绪，他又说了一遍，"我们不是一个世界的人。"

黑夜中，傅丫格看不到他的眼神，但她固执地相信，纪修远的神情一定是痛苦的。

她的心很痛，却不是为了自己。在少年忧郁的声音里，她觉得自己的感受都不重要了，只想做一点什么去温暖这个男孩。

"我第一次见到你的时候，就觉得你是我的真爱，特别傻吧？后来……"

"傅丫格，你别说了。我们不可能的。"纪修远打断了她。

"你还没听我说完。"

"你今天喝酒了，所以对我讲的话很可能明天想起来就会后悔，这对你不公平。如果你明天清醒了、想清楚了，还想跟我说这些话，我会认真地听，好吗？现在，回去睡觉。"纪修远摸了摸她的头，隔着羽绒服抓着她胳膊往学校宿舍的方向走。

傅丫格一边流泪，一边摇头。

被纪修远拉着，她还是回到了宿舍。

上楼的时候，她走了几步，回头看向门口，纪修远的身影早已经消失了。她恍恍惚惚地回到了宿舍，舒瑶已经睡着了。南乔还在沙发上坐着，翻着手里的书，看到傅丫格泪眼婆娑的模样，她破天荒地什么也没说。

傅丫格趴在南乔的腿上，怕发出声响吵醒舒瑶，她只能静静流着泪，不时抽泣一下。不知不觉，就这样睡着了，看得南乔有些心疼。

次日早早就起床的傅丫格，状态出人意料的好。南乔一起床就看到傅丫格正从冰箱拿出冰块敷眼。十几分钟后，傅丫格已经穿好冬裙，站在镜子前，转了一圈。

"看起来心情不错嘛。"南乔狐疑地看着她，昨天分明还是一副告白被拒的弃妇样，怎么今天跟换了一个人似的。

"我的悲伤从来不会超过一个小时，何况昨天睡了整整一个晚上。"傅丫格笑眯眯地说。伤心这种东西，除了带给她负能量，一点用都没有的，要来干吗？当然是睡一觉就烟消云散啦。

"打扮得挺漂亮啊。"看到她精力十足的样子，南乔也替她开心，打趣她道。

"那当然，今天开始，我要投入战斗，我要追到纪修远！"

听到投入战斗的时候，南乔以为她说的是学习，后半句说完，没想到竟然是追纪修远。

头又开始疼了。

美术系都这么闲吗，想起穆菲菲每天游荡在林北乔门前各种假装偶遇的样子，她突然有点理解为什么傅丫格和穆菲菲能成为朋友了。

"有时间还是多关注自己的学业吧，别浪费时间在那个渣男身上。考完试就神游天外、万事大吉，下周一成绩出来时看你还笑得出来不？"南乔忍不住地给她泼冷水。

"你干吗说他渣，你根本不了解他。"

"行行行，我不了解他，也懒得管你，我去图书馆了。"不想再管冥顽不灵的傅丫格，南乔背起包转身就走了。

专业绘画课，傅丫格好不容易提前到了一次，穆菲菲和林北乔也坐在里面，她想了想，走到穆菲菲面前，说："菲菲，你这几天，还好吧？"

穆菲菲拨弄着新做的美甲，看起来心情不错的样子。"很好啊。"

"上次……"

"马上上课了，不聊天了吧。"穆菲菲平静得好像什么都没有发生过。

傅丫格站了几秒，见穆菲菲没有一点想搭理她的样子，离开了。

从小，因为穆菲菲是妹妹，傅丫格什么都得让着她。两个都是会晕车的小孩，但每次都是穆菲菲坐在前排，她和穆萧萧坐在后排。哥哥宠着，爸爸妈妈疼着，穆菲菲好像从来就没什么得不到的东西。

小时候她其实也有一点点讨厌菲菲，好吧，可能不止一点点。或许是两个都觉得自己是小公主的女孩天生的排斥吧。尤其是，傅丫格委屈地想，她总是那个需要让着表妹的表姐。即使她只是早出生了两个月。

两人常常吵架，吵完架又给彼此买一杯可乐，或者一袋干脆面，毫无芥蒂地和好如初。初中后，她们不在同一个学校，却同时爱上了画画。虽然没有了什么冲突，也没什么交集了。彼此向两端延展开来，她们有了各自的朋友和世界。但是因为血脉的缘故，又怎么都走不散。直到大学，两人又成了同学。

找了个靠窗的位置，傅丫格坐了下来。

林北乔收拾了东西走到傅丫格的身边，说："我也来蹭课了。"傅丫格见他在身旁坐下，心里叫苦不迭，连忙转头看了看穆菲菲的表情，穆菲菲并没有意料中的生气，只是自顾自地翻着书。

傅丫格提起来的心稍稍地放了下去。

奇怪的是，林北乔眼里毫不掩饰的喜欢，不再像曾经那样，让她感到无措、尴尬，甚至莫名其妙了。

是不是因为心里有了喜欢的人呢？

她突然理解了林北乔这样的眼神，并且无端地心疼了起来。心疼不是因为喜欢他，而是因为终于感同身受。她自己尝过了那种痛苦之后，一点都不愿将这样的痛苦带给林北乔。

她朝林北乔笑着打招呼，比从前落落大方了许多。

要怎样才能把对他的伤害降到最低呢？

如果自己以前见到林北乔的时候，微微泛红的脸，半真半假的拒绝，都给了他期待的话。那现在她能做的，大概就是，不留任何余地，彻底地拒绝吧。让他不再长久地受伤，长久地有所期待又失望。

后半节绘画课，傅丫格都在专心地画画，林北乔没有打扰她，却忍不住地去看她，还有她笔下的画纸。

傅丫格的手，熟练地在画纸上游走着，不快，很细腻。林北乔看着她专注地画画，他最喜欢的就是傅丫格专心画画的模样。

傅丫格沉浸在自己的世界里，画中是璀璨的星空，星空下站着一个男孩和一个女孩。当林北乔看到傅丫格用笔蘸了黑色的颜料，又把黑色和蓝色混在一起，调制出一种极其深邃的星空色时。傅丫格不再是那个平时咋咋呼呼的小丫头了，她沉静的时候，很不一样。

下课的时候，看着手里未完成的作品，不知为何傅丫格有些烦躁。她把画纸取下来，打算扔到废纸篓里，却被林北乔抢了过去。

"为什么要扔？"

"回去就没时间画了，还得完成作业呢。"傅丫格道。

"那你给我吧。"林北乔说。

傅丫格疑惑地看着林北乔把她未完的画放到了文件夹里，没再说什么，低头走出教室，林北乔跟着她。

停在了一个没什么人的地方，傅丫格回头，神色认真。

"你别在我身上浪费时间了，我不可能跟你在一起的。如果有一天你不喜欢我了，我们就当朋友。如果你还喜欢我，那我们连朋友也当不了，因为你在我的生活里，连同你的喜欢，不但会伤害你自己，也会带给我很多的困扰。"

林北乔脚步晃了一下。他见过调皮的傅丫格，见过蛮不讲理的傅丫格，见过可爱的傅丫格，见过羞涩的傅丫格，可是这样严肃的她，他第一次见。她用这样一种令他不得不正视的态度说出这些话来，让他几乎沉重地喘不上气来。

她离开的时候，他还站在那里，不知道在想什么。可是，傅丫格想，这是她唯一能做的事情了。

回到宿舍后，她开始画画。画两笔便要抹掉，总是不满意。想到昨天晚上，纪修远把自己的头按在了他的怀里，傅丫格就开心地想要飞起来。但想到他后面说的那些话，她又难过得不得了。

想想纪修远是学计算机的，那肯定学编程啊，傅丫格就灵机一动，录了一段话给他："纪修远纪修远，你知道 biān chéng 的创造者是谁吗？"

直到晚上，纪修远才回复她："艾伦·图灵？"

"哈哈哈，你好笨啊，当然是沈从文！"傅丫格对着手机，露出了得逞的可爱笑容。

"……"

周六早晨，傅丫格再次和南乔去城西福利院的时候，她把自己画的纪修远和孩子们一起玩的那幅画也一起带上，装在了一个袋子里。

到了城西福利院，傅丫格和纪修远打了个招呼，就兴高采烈地扑到孩子堆里去了。南乔看到纪修远的穿着，这次倒是低调了很多，他仍拿来许多玩具和糖果，给上周表现好的小孩子分发。

傍晚离开的时候，傅丫格把自己画的画递给了纪修远。

"纪修远，这是我给你画的两幅画。"

"谢谢。"纪修远接了过去，说，"你画得这么好！"纪修远看了一会儿画，把目光转向了傅丫格，眼里似乎有些异样的东西。

"你要是喜欢，我以后还给你画！"

纪修远愿意接过她的画，而且他看起来还那么喜欢这幅画。或许，那个夜晚之后，他们真的能有一个新的开始。

中篇
沉舟侧畔

第十章　纵有疾风起

周一接到穆明海电话的时候，傅丫格还在被窝里睡大觉，对接下来即将发生的一切，一无所知。

"你这孩子，怎么能犯这种傻！"

"啊？"傅丫格迷迷糊糊接起电话。

"你先写检讨，我上午开完会和你爸妈商量一下。"

揉了揉眼睛，她不解地问："舅舅，什么检讨？"

"傅丫格，你那篇艺术史论文！"穆明海隐忍着不悦，说，"舅舅知道你不擅长写论文，但是万万没想到，你会犯抄袭这样的错误！"

傅丫格一下从被窝直起腰，清醒过来。

"艺术史论文？那是我一字一句自己写的啊！"

把手机用肩膀夹在耳边，她从包里抖出电脑，打开校园内网，输入账号密码，查询成绩。艺术史论文那一栏里，赫然出现了一个刺目的0。

什么情况？

"舅舅，事情没有弄清楚之前能不能不让我爸妈知道，我现在来办公室找你。"她浑身冰凉，声音都带着些许哭腔，说完就挂了电话，穿衣服的手微微发抖。

她脚步踉跄地跑到了校长办公室，宋晨曼和傅丫格曾在开学典礼上远远见过一次的林书记也在。三人正在说话，傅丫格直接冲到了穆明海的面前。

"穆校长，论文是我自己写的，肯定哪里搞错了。"

"你的论文检测相似度是100%，也就是和另一篇学校资料库或者网络上的论文一模一样。"穆明海的脸上是一副傅丫格从未见过的肃穆神情。

宋晨曼惊讶地抬头，她还不知道这件事情。

傅丫格还没张嘴，林书记便说："你就是那个抄袭的学生？艺术生吧？只有一篇论文，时间还不够吗？"她声音很温柔，可字里行间里的讽刺让傅丫格心中屈辱。

"是不是有什么误会？傅丫格是我的学生，我了解她，她不会这么做的。"宋晨曼出言维护。

"论文是我自己写的，每一个字都是我自己写的。"傅丫格反反复复地说着这几句。断断续续地，她听不见穆明海和林书记的声音了。舅舅失望的眼神、林书记眼里的轻蔑、他们一张一合的嘴、宋晨曼脸上的担忧和心疼……这一切都逐渐模糊。世界和她仿佛分离成了两个部分。

力气一点一点被抽走时，脚一软，傅丫格险些跌倒。宋晨曼扶住了她，递给她纸巾，又温柔地拍着她的背，傅丫格眼睛发酸。

耳边林书记的声音逐渐清晰："……是一个自由的大学，给你自由意味着你要自律。这科全部记零，我已经向学校提出了开除你的处分，如果下周一的例会上讨论通过，你将无法继续在我们学校就读。"

"为什么不调查就判定我作弊？"傅丫格努力地让自己波涛汹涌的内心变得平静了一些。

"已经证据确凿！"林书记有些不耐烦地说，"请吧，我还要跟校长讨论别的事情。"

傅丫格眼神凝滞在一言不发的舅舅身上，小宋老师才教了她几年，就能相信她的为人。从小看着自己长大的舅舅呢，就这样草率断定她抄袭了吗？

转身，重重地摔门而去，"啪"的一声，她都能想象到门那边舅舅和林书记的表情有多难看，可是她什么也不想管。她这时候想到的人，只有南乔。她不愿让爸爸妈妈知道，如果他们也怀疑她……她简直不敢想。

终于，她在图书馆的一个角落里，看到了正在一起学习的南乔、倪风和程城，几人许是在讨论题目，正对着一张纸低声交谈。傅丫格二话不说，拉着南乔的手就往图书馆外面跑，南乔跟跟跄跄跟着她的脚步。

"这丫头怎么了？"看到傅丫格失魂落魄满脸泪水，倪风惊讶，他还从来没有见过傅丫格这个样子。程城脸上也泛起些许疑惑。他们放下手里的书，也跟了出来。

傅丫格咬着嘴巴，眼泪不停地流，却发不出一点声音。见她仿佛受了极大的委屈，脸上都是惊慌和无助。南乔沉声问："又是纪修远那个混蛋？"

傅丫格拼命摇头，听到纪修远的名字，想到或许不能再和他在一个学校读书，她眼泪流得更多了。倪风和程城追了上来，倪风一张又一张地给傅丫格递着纸巾，问了半天，终于问出了原因。

"开什么玩笑，你怎么可能抄袭！"

听到倪风问都不问就相信自己，而亲舅舅却是问都不问就不相信自己，傅丫格心里又是一种说不出的滋味。

南乔蹙着眉，傅丫格写的论文她是看过的，问过她之后傅丫格还修改过。即便原文是从网上复制的，修改后百分之百的相似度也绝不可能。

"你有没有给别人看过论文？是不是你的论文被人放到了网上？"

"除了你没给别人看过呀。"当然不可能是南乔，可是她的电脑和论文从来没给别人看过。

程城道："可以上网搜一下你的论文，看是在什么地方发的。"

按照学校之前的惯例，开完例会后会直接劝退。抓作弊一般都是证据确凿，没什么调查的必要，被冤的概率极小。可程城总觉得不对，即便抄袭，50% 的相似度他相信，很难有人会蠢到整篇文章都复制过去吧？

南乔松开傅丫格的手，对程城和倪风说："我去图书馆把东西取了，然后去找校长。傅丫格写论文的时候，总是跟我一起泡图书馆，我看着她独立完成的，我去和校长解释。"

倪风是他们中唯一知道穆明海是傅丫格舅舅的人，只觉得倘若穆校长连傅丫格的话都没听，其他人就更难了。而且现在学校里谁不知道傅丫格和南乔形影不离。不过抱着一丝期望，他还是点了点头。

"好，我跟你一起去图书馆拿东西，顺便上网查一查傅丫格的论文。"

南乔转头对程城说："要不你先把傅丫格送回她家小区，这两天跟宿管请个假，回家住吧。"

看他们都要走，傅丫格有些受不了了。"我这时候最需要的是朋友的陪伴……"

南乔无奈："你这时候最需要的是解决问题。"

傅丫格闷闷不乐地应了一声。

"那我现在送你回去？"程城问她。

傅丫格点点头不说话，她的眼泪已经止住了，只是迈出的每一步都沉重无比。对十八岁的她来说，这样的事情，是比天还大的事情。

走回小区的路上，两个人都很沉默。程城看着傅丫格，她不时低头看一下手机，脸上曾经那种天真无邪的笑容全部都被悲愁笼罩。程城有些不忍心。

无助的时刻，傅丫格又想起了纪修远。她跟在程城后面走着，小手有些抖，拨了纪修远的电话，很久，他没有接。

"你有空吗？"傅丫格发了一个微信给他。

"抱歉，在忙。"纪修远几乎是秒回。

"我遇到麻烦了……"

没有回音。

傅丫格看了一遍又一遍手机后，握着手机的手终于颤抖着垂了下来。

到了小区楼下，程城正犹豫要不要上去，傅丫格抬起头小心翼翼地小声问："要是不忙的话，你能不能陪我，等南乔来了再走。"

她生怕被拒绝，恳求道："我不想一个人待着，她肯定会很快回来的。"

程城心里有些莫名的难受。

"好。"

傅丫格开始不停地碎碎念，说自己有多么多么倒霉，有多么多么凄凉，说自己在写论文的过程中遇到了多少麻烦，结果却……

因她描述得各种颠倒混乱，程城险些不合时宜地笑出来。

平日里见到程城就不由紧张的傅丫格，今日顾不得那么多，不停倒着苦水。

"这个世界上虚假的东西还不够多吗？小时候，我就不喜欢那些大人脸上的笑，那些客套的话，那些明明生气却装作若无其事的隐忍。"傅丫格的眼神恍恍惚惚，"初中，高中……身边真实的笑容和真实的人都越来越少了。没想到今天，还能遭遇这样的事情。如果是有人把我的论文放在了网上，那个人到底想干什么呀？我这么笨，我想不通。可程城，你说，这样的世界，有一天会不会变得更好一点？"

"会的。"程城看着蜷在沙发里的傅丫格，毫不迟疑地说。

傅丫格眼里满是迷茫，她小声嘟囔："我觉得，这样的运气，今天如果不买彩票，我一定会错失一个成为小富婆的机会！"

听到这话，程城的嘴角泛起笑意。"走，我带你去买彩票！"他拉着傅丫格的手臂，从鞋柜旁的简易衣架上随便拿了一件外套塞到她怀里，便要带着她往楼下走。

"啊？"傅丫格目瞪口呆。

"去我家楼下取个车，我开车带你去！"程城不给她反驳的机会。

两人明明刚上楼不久，傅丫格又糊里糊涂地被程城拉下了楼去。

直到坐上程城黑色的车，傅丫格才有些反应过来："你会开车？你居然有车？"

程城不紧不慢地把傅丫格右侧的安全带拉下来，他靠近的时候，一丝和那件洗好的羽绒服相似的淡淡清香迎面袭来。程城侧头，和傅丫格双目对视，程城脸有些发红，傅丫格却怔怔地看着他，眼睛一眨一眨，十分天真。

"程城，我们是不是很久之前在哪里见过啊？"

"笨蛋。"程城瞟了她一眼。

他给傅丫格系好安全带，两个人的衣服擦过，在车里发出沙沙的声音。

"我几年前就喜欢上开卡丁车了，暑假年龄一到就去考了汽车驾照。"看着傅丫格一脸犹疑，程城眼里含笑，"放心，我车技很好。"

呃，谁在担心这个呀！

直到程城把车停在路边一家卖彩票的门店前，傅丫格才缓过神："你还真带我来买彩票？"

程城一笑："在车里等我，我先进去看看。"

"好。"傅丫格心不在焉地答道。

程城不语，下车进了那家店，不一会儿，便出来向她招手："来吧，正常营业的。"

她不情不愿地走进了那家店。"浪费钱。"

"两块钱而已，说不定你今天运气好呢？"程城鼓励。

店里的老板热情地对傅丫格说："丫头，来买一张吧，这是福利彩票。"

"好吧。"听到福利彩票，傅丫格扫码付了钱。

老板朝程城眨眨眼，拿了一张彩票递给了傅丫格。傅丫格漫不经心地用硬币刮着，满心却都是论文的事情。

"咦，你看！"程城的声音打断了傅丫格的思绪，她仔细一看，竟然中了1999元。

"小姑娘运气这么好啊！"老板笑呵呵地给她准备着兑奖事宜。

"天哪……"尽管震惊，傅丫格却没有如程城预想的那样欣喜若狂，她不知所措地站在那里。

直到真的收到钱，她才相信了这个运气的真实性。

"走，我带你去逛街，买点自己喜欢的东西。"

"我不。"

"你们女孩子不都是一买东西就开心了吗？"

傅丫格不解："为什么你会觉得我消费才会开心呢？"

"难道不是吗？买几件衣服不就开心了吗，我认识的其他……"

"什么啊。"知道程城是好意，可傅丫格哭笑不得。"南乔和倪风正在帮我操心论文的事情，我怎么能去购物呢。虽然不知道你为什么会这么想，可是花钱真不会让我开心。"

程城半晌说不出话。

"这不是看你中彩票了嘛。"

"那也不用把钱都花在没必要的地方啊。我平时生活上不缺钱，衣服也够穿。反正也是福利彩票中的奖，我周末送去给江姨，给福利院的孩子买一些书！"

"什么福利院？"见她实在没有去买东西的意思，程城把车停到了路边，想着先和她商量下等下去哪里。

"我跟南乔在城西福利院做志愿者，那里有很多没有爸爸妈妈的小朋友。"傅丫格垂下头，喃喃道，"跟他们比起来，我都幸福得有些不安了。"

程城揉揉她的头发。"还没见过你这样的女孩子。"

隔着头顶浓密的发，傅丫格也能感觉到他手掌的温度。原来他的手不是冰凉的啊，她怔怔看了程城一眼。她并不了解程城，只知道他是摄影社团社长。除倪风以外，程城的其他朋友她也不认识。可今天，程城不但没来由地信任她，陪她聊天，听她倒苦水，还带她出来放松心情。

今天的程城，不是曾经她眼中的那个程城，那个程城明明是深沉的、冷清的，和周围的所有人都有着距离感的啊。

程城微笑着问她："不想购物的话，那你想干什么？"

"可不可以吃一顿好吃的？"傅丫格仰头。

"啊？"程城哑然失笑，"想吃啥？"

"学校后面的小吃一条街，我们可以给南乔他们再带点回去，好不好？"

程城又笑。

"你可真容易满足。"

南乔和倪风是一起回来的，两人脸色都不大好看。看他们的表情，刚带着傅丫格吃饱肚子回到小区的程城就已经猜到了结果。

学校高层那群油盐不进的老古董，程城再了解不过。

"我没在网上搜到任何一篇和傅丫格发给我的那篇相似的论文，既然网上没有，那应该是和资料库里的论文重复了。资料库我们查不了，而且傅丫格的论文没道理能进入学校的资料库啊。"倪风十分不解。

"校长和书记刚才都在，他们说这样的案例没必要举办听证会，要在下周一下午的例会上直接决策。"看着傅丫格的脸色一点点再次变得黯淡，南乔轻轻拍了拍她的背。

出去放松了一趟，傅丫格心情本来舒缓了一些，可一听到南乔的话，除了伤心，又是一股愤怒涌上心头。

令她愤怒的不是被赶出这所学校，而是被赶出这所学校的方式，这是一种令她想起来就气得浑身颤抖的不齿方式，可是她毫无辩解转圜的余地。所谓学校的制度，永远都顾及不了少数人，只能保证学校的利益最大化，保证对于大多数人而言的公正。

她不就是一个牺牲品吗？

傅丫格窝在沙发中沉默着，仿佛一只待宰的羔羊，又仿佛保持着这种姿势就可以逃避外界的一切。

"告诉你爸妈吧。"倪风也顾不得那么多了，直接劝傅丫格道，"至少要告诉你外公外婆。"

南乔和程城没听懂，傅丫格却知道倪风的意思。外公外婆很疼她，如果知道的话一定会逼舅舅帮她。可舅舅会吗？如果外公外婆和舅舅一样只相信那个检测结果，她又该怎么面对？

"直到有结果之前，我是不会让他们知道的，否则只是替我白担忧。"她说。

"你们走吧，不用管我！就这样吧！"她把倪风和南乔都往外推。她和程城还不算太熟，虽不敢推他，也是一副希望他离开的样子。

程城脑海中反复盘旋，还有一周，下周一就要举行例会了。

第十一章　栉风沐雨归

祸不单行。

穆明海已经极力向董事会的人强调了一定要保护学生隐私，他甚至连女儿也没有告诉。不让这件事情被其他同学和老师知道，是他作为舅舅对傅丫格最后的保护。

可不知为何，傅丫格论文抄袭的事情在学校铺天盖地地散播开来。

她的名字，她的照片，甚至她以前画的画，都被人在学校论坛上扒了出来，傅丫格不敢看那些论坛里的谩骂，说她让整个学校蒙羞。许多非常肮脏的词语和谩骂，她不懂是什么意思，可行人眼里异样的神情，令她心寒，也无地自容。她不敢在外面走动，不敢出现在人多的地方。她害怕有人认出自己，害怕听到别人议论自己的事情。她承受不了那些人的眼神，更不敢去想，纪修远听到的时候，会怎么看待自己。

例会之前，对于傅丫格来说，每一天都是巨大的煎熬。

在舆论的攻击下，傅丫格本来就不太强大的内心溃不成军，一切的起因都不再重要。她甚至祈盼一切都快点结束，快点离开这个学校吧，去一个没有人认识自己的新环境里。可是想到此处，她又控制不住地恐惧，她能去哪里呢，她又该怎样和父母开口？

在董事会召开前，南乔和倪风已经商量好，打算利用这一周的时间，邀请尽可能多的同学，发起联名抗议，希望更大的反对声能让学校重视起来。知道这件事的时候，傅丫格心里燃起了一丝希望的火花。或许，这就是她等的奇迹，毕竟有那么聪明的两个朋友帮着她。

期待归期待，她自己仍然做着缩头乌龟，不愿意现身，躲在家里，明明什么都没做错，却觉得没脸见人。

起初只有八九个人表示愿意参加联名抗议并在请愿书上签名。这些人并不都是傅丫格以为的朋友，反而有几个并不熟络却相信她遭遇了不公正对待的普通同学。南乔和倪风站在校门口，在傅丫格看来，大有出卖色相的意味。

两个熟悉的身影，从早到晚地在校园门口忙碌着。傅丫格每每看向窗外，都心头酸涩，这大概是她在这面目全非的校园里最后的温暖。

南乔和倪风让程城也大为震撼，一个平时看起来冷若冰霜，一个看似一直在嫌弃傅丫格，但这两人为了傅丫格竟然豁出去站在了校门口。既然他们两人每天都在校门口为后面的联名请愿筹措人手，如今的傅丫格想必一个人在家吧。程城仍然记得傅丫格说过，难过的时候不想一个人待着。

那个她给他做过饭的男生呢？

虽然不知道是谁，但程城还是不由得想起那人，出事之后，竟一次都没有露过面。

犹豫再三，程城还是来到了傅丫格住的地方。

轻轻敲了敲门，不一会儿，傅丫格顶着熊猫眼出现在了门口，她穿着宽大的白色的衬衫，上面星星点点沾了不少颜料，脸上也有些五颜六色的小斑点，右手正拿着一支画笔。

"进来坐吧，我在画画。"看到程城，傅丫格有些意外。

程城进门，只见客厅乱七八糟的，全部都是颜料和画纸，有画好的，有画了一半废掉的，它们都被无序地扔在地板上。画板上还有一幅没画完的画。

傅丫格把门关上，又坐到了画板前。

"你是担心我吗？"傅丫格在画板上勾勒。

程城怔了下，没想她问得如此直白。鬼使神差，他开口竟是："倪风让我来照看照看你。"

"哦，倪风。"傅丫格不再说话。

程城和傅丫格住在一个小区，去她那里非常方便，他便"尽职尽责"早去晚归地陪着她，给她点好三餐的外卖。虽然大多时候两人一言不发，但是盯着傅丫格画画，盯着她按时吃饭，程城放心了许多。

虽然傅丫格努力想表现出若无其事的样子，可是她那样单纯，根本无法掩饰内心真实的沮丧。程城看着她，看着女孩眼里的光一点点在他面前熄灭，看到美好在他面前被寸寸撕毁。无论他再怎么想拉她出门，傅丫格都足不出户，每天就是画画，一幅接一幅，仿佛外界的一切都和她无关。

世界变得那么压抑。傅丫格的画也不再是曾经的那些杏花、梦幻、粉色、诗意……取而代之的是狂乱、压抑、热烈……无论是色彩还是线条，都和以前大相径庭。

到了周三，整整两天之后，看着傅丫格画风大变，越来越压抑的风格让程城终于受不了了。

想了又想，他拿着外套往门口走去，出门之前，他对坐在窗户前埋头画画的傅丫格，一字一句地说："傅丫格，你要永远相信世界上的公正与美好。"

正如他的深信不疑，傅丫格眼里的光，会重新燃起。

等傅丫格回过神来，回头看时，程城已经离开了。

不像倪风，南乔的朋友很少，可是她站在那里，仍然吸引了很多人。她不懂得交际，不爱抛头露面，站在门口给同学们发资料的时候内心也有诸多不适。可看到越来越多的人被吸引过来，有一部分同学也开始关注且理解傅丫格，南乔难得地在心里庆幸自己长得还不错。

他们打出的旗号是——"这不只关乎一个人的命运，这关乎所有学生的利益。"

说实话，对这种轻率地处理一个学生的决定，许多学生心有戚戚。

本来该参加的周六志愿活动，傅丫格没去。中午，当她站在窗户前面，看着远处忙碌的南乔和倪风时，竟意外地看到了经过校门口的纪修远。

纪修远看到了南乔和倪风，看到了他们印制的单子，却装作不认识似的，绕了一圈，低头走开。

那天给纪修远发信息一直没有收到回复，傅丫格知道，纪修远肯定是知道并相信了抄袭的事情。她虽然想给纪修远打电话解释，但终是控制住自己，再没有给纪修远发过一个短信。

看他此刻的样子，傅丫格知道自己的猜测对了。

她已经没有力气再悲伤了。习惯性地往后看了一眼，房间空空荡荡，她才记起来程城似乎跟她说要去什么地方。

傅丫格很希望有个人能陪着自己，可是她突然觉得，自己一个人，其实也可以。

她能做的就是一张接一张地画画，脚尖渗出红色的血迹却仍在飞舞的芭蕾舞女孩，沸腾的烈焰中依稀可见的人影，暗沉一如雨前的天空，翻滚的大海上一波一波浪花打来……地面和画板都被她的水彩颜料染得脏兮兮的，沙发上铺满她画好的画。她什么都不去想，什么都不去管，所有的情绪和忧思都从笔尖倾泻而出。

南乔并没有太关照她的情绪，她不擅长安慰人，只是默默地把课余所有的时间和精力都用在了傅丫格的事情上。

学校里是什么时候出现了七八十名请愿者，傅丫格并不知道。

手已经酸痛到抬不起来的时候，她才从每日每夜的创作中清醒了过来，明天就是周一了。

脑海中那片混沌的世界，逐渐清晰。

手机铃声响起，看到是爸爸的号码，傅丫格颤抖着不敢去接。

"宋老师今天给我打了一个电话，你是不是遇到困难了？"父亲的声音让傅丫格好不容易平缓的情绪又有些失控，她轻声啜泣。

"我没有作弊，你不相信我吗？"

"我当然相信你。"他声音温和，"只是想让你知道，不用害怕，没什么大不了。即便作弊了也没有关系。"

爸爸的爱和包容让傅丫格眼泪蓦地涌出，她心中突然有了底气。内心多日的阴霾随着这些眼泪一起流出，一扫而空。打完电话后，傅丫格突然有了一种力量，她精神振奋了起来。她快速地洗脸刷牙，换上一身得体的衣服，扎好马尾辫，一周以来，第一次下楼。

凛冽新鲜的空气，让她哆嗦了一下，这些天来所有的阴霾也一下子被荡涤干净了。傅丫格加快了步伐。

请愿的人正一个个在南乔起草的请愿书上签字，傅丫格走到人群前。几位老师，还有这些同学都安静了下来。傅丫格朝着他们深深地鞠了一躬。

"谢谢大家，这一个星期以来，我像个胆小鬼一样缩在宿舍，把一切丢给我最好的朋友，还有你们。谢谢你们对我的信任，谢谢你们愿意和我站在一起对抗不公正，我决不辜负你们的信任。今天，我也要自己最后努力一次。"

看到生机勃勃的傅丫格，南乔和倪风相视一眼，安心笑了。

傅丫格一路小跑，希望还来得及。她在行政楼里寻找着会议室。巧的是，在楼梯口，碰到了几日未见的程城，程城身边是一个穿着深色西装的中年男人。傅丫格也来不及问他这几天去了哪里，抓着程城就问："董事会在哪里开？"

"左边倒数第三间，你……"程城话没说完，就见傅丫格朝左手边小跑过去，到了门口，她闭上眼睛，深呼吸，然后走进了会议室。

门开了，十几位领导看着莫名闯入的傅丫格，面面相觑。只有穆明海以及曾经有过一面之缘的林书记认得她，两人变了脸。自从上次傅丫格摔门走了之后，林书记对傅丫格的印象已经到了糟糕透顶的地步。

"你是不是走错房间了？"见她一脸乖巧懵懂的模样，靠近门口坐着的一个男人和蔼地问。

"赵主任，她就是那个作弊的女生。"林书记不冷不热地说道。

"我没有作弊！"傅丫格平静地说，"穆校长，可不可以给我几分钟的时间，让我为自己说几句话？"

穆明海没想到，傅丫格居然跑到了这里。她到底想要做什么？他看着会议室里的众人，问："你们说呢？"

"我刚来的时候看到楼下聚集了很多请愿的同学，或许真的有隐情，要不就让她说吧，不差这几分钟。"林书记正想开口，却听赵主任温和说道。

穆明海点点头。

傅丫格松了一口气，看着一屋子的学校高层领导，她把自己大脑的温度降到最低，心跳的速度也尽力放缓。不知从何时起，她仿佛已经拥有了一种控制自己生理感受的"特异功能"。

"这个星期的每一天，对我来说都是一场煎熬，不过直到今天，我才想通，自己的痛苦就像一场笑话。因为在这场风波里，打败我的并不是事情本身，而是校长和书记对我人格的否认，是他人的眼光和漫天的舆论。其实这些东西都不值得我痛苦。如果我真的作弊了，我才应该痛苦羞愧。可我是清白的，论文里的每一个字，都是我自己在图书馆里熬出来的。

"这样一所号称自由的大学，为了尽早地结束这件事情，忽视了我一次次对自己清白的申辩，忽视了我朋友林南乔的证明，她曾经亲眼看我在图书馆里完成了这篇论文，学校没有调查就默认了我和她都在撒谎。而做决策的，却是和我素未谋面的各位。我想问问各位老师，你们了解我吗？既然对我一无所知，凭什么可以断定我有没有作弊？这样的决策，是公正的、人性的吗？

"我难以想象，自己从小梦想的大学，竟然要以牺牲人性的代价来维护所谓的制度。我的确只是一个普通的学生，没有雄厚的背景，没有出色的成绩，可难道你们可以因为我的普通而这样草率地判我死刑吗？论文是我自己一个字一个字写的，我不害怕调查，只要查下去，一定能查出点什么，如果查到最后我真的作弊了，你们再开除我也不迟，可你们究竟为什么一丝机会都不能给我呢？恳请你们，查清楚这件事情，不要开除任何一个无辜的学生！"

铿锵有力的声音过后，是久久的沉默。穆明海震惊地看着她，这是出事以来，第一次听她这么郑重又清晰地替自己说话，这样的声音和坚定让他不得不怀疑，难道这抄袭背后真的有别的隐情？不会吧？他一直自诩公正，可如果……如果傅丫格真的是无辜的呢？想起这些天发生的一切，他一时间竟觉得无法直视傅丫格清澈而坚定的双眼。

沉默中，林书记咳嗽了一声。

"我们投票已经结束了，六比五通过了开除你的决策。你来晚了。"

听到这句话，傅丫格突然像是卸下了重负一般。

她微微一笑："也好。"

竟然一点也不难过，她已经尽力了。想起舅舅，想起纪修远，想起爸爸无所谓地告诉她这不是什么大事，傅丫格内心出奇的平静，她突然觉得，这个学校让她留恋的东西，早已越来越少了。

"嘎吱"一声，门被缓缓推开。

西装革履的中年男人气定神闲地从门口走了进来。

整个会议室内的人都站了起来，纷纷惊讶地看着这个空降的男人。东林大学近二十年来最为知名的校友程烨霖，居然出现在了这场例会里。就在两年前，眼前的这个男人还为母校东林大学捐赠了两千万，也兼任了学校慈善基金会的主席，可以说，他一个人承包了这两年来东林大学的所有奖学金，学校的高层领导没有不认识他的。

这个笑起来和蔼亲切的男人，是跺跺脚东林大学乃至东林市都会抖一抖的人物。

穆明海连忙走到了门口，跟男人握了握手，脸上挂满笑容，问："程董，您怎么来了？"如果他记得没错，程烨霖这几个月应该在明都市，他公司的总部吧。

这个被称呼为程董的男人，正是适才在程城身边的人。

傅丫格并不认识这个中年男人，也不知道为什么舅舅叫他程董。只是，此人姓程？

程？程城？

他们的眉眼……傅丫格定睛一看，越看越像，难道……

傅丫格还在胡思乱想的时候，却听程烨霖说道："这个学生刚才说的话，我在门口都听到了，这孩子说得很有道理，我个人是愿意相信她的。"

"您相信她，就代表她没有抄袭吗？"林书记皱眉说道。

"你说得对。仅仅我相信，不能代表她没有抄袭。同理，你们不相信，也不能代表她真的抄袭了。公正起见，我不会凭借自己的判断来确认这个孩子是否抄袭，你们也不该。"说完这句话，他侧过头，意味深长地看了林书记一眼，"我建议成立专门的调查小组，把所有相关监控和资料库都调出来查，无论付出再多人力、物力、资源，都要确保不让任何学生蒙受不白之冤。"

他既没有通过自己的身份来压人，也没有非要维护傅丫格，但说的每句话都有理有据，再加上之前傅丫格的一席话已经让不少人心生动摇，会议室里大多数人纷纷点头赞同。

"程董，您是不是要考虑一下成本问题？"林书记心中不满，强颜欢笑地问道。原本开一次会就可以解决的问题，这个程烨霖为什么要出来多事？难道他们是亲戚？可是刚才傅丫格自己说，她的背景普普通通。林书记心里盘算着这两人的关系，她的眼睛来回在董事长程烨霖和傅丫格的脸上转悠着，想看出什么蛛丝马迹来。

"在一个孩子的名誉和未来面前，还要算计这微不足道的成本吗？如此说来，我成立的奖学金或许在您眼里是否也属于一个没考虑成本的错误？"林书记三番两次反驳，程烨霖早已心生不快，他声音冷了下来。

"您说笑了，这哪能一样。"林书记笑得勉强。

"都事关学生们的未来，哪里不一样？"他声音不怒自威，没人再敢多说什么，纷纷附和。见林书记讪讪坐下，不再多言，程烨霖转头看向傅丫格，面色缓和了许多。"小姑娘，听说你上周没上课，先回去安心上课吧。"

无论傅丫格有没有作弊，事情闹到了程烨霖那里，不知是巧合还是……穆明海心里总觉得没有那么简单。如果傅丫格真的是清白的，那他真是要松一口气，否则也难以向妹妹妹夫交代。只不过，他也没想到，信任、维护他外甥女的竟然是程烨霖，心中莫名有些不是滋味了起来。

傅丫格摸了摸忽上忽下的心脏。她可算发现了，程烨霖一来，其他人大气都不敢出了。程烨霖扫视整个会议室，却见众人皆是一副惊疑不定的神情，眼睛在他和傅丫格的脸上来回转，其中，林书记怀疑的眼神尤甚。

"程董，这是令爱？"林书记快言快语，直接问道。

程烨霖有些孩子气地笑了："我家是个男孩。这个孩子，我们今天是初次见面。"

林书记有些莫名其妙，既然不是亲戚，学校最近也没什么需要程烨霖亲自来的事情，大老远放下公司的事情不管，来他们学校管一个孩子的事情，很闲？

程烨霖说"我家是个男孩"时，似笑非笑地看了傅丫格一眼，傅丫格心里惊疑不定，她对程烨霖说："谢谢您，那我先走了。"程烨霖点了点头。傅丫格匆匆朝着门外走去，完全没有注意到身后程烨霖玩味的微笑。

如果不是因为从未求自己帮过忙的儿子，火急火燎地飞到了明都市，在公司总部办公室里不眠不休地烦自己，最后甚至和他谈起了条件，应承了他几件事情，他怎么可能大老远从明都市飞到母校来。

上大学后程城很少回家了，也基本上不与父亲联系，哪怕是寒暑假，他也以各种借口待在外面。

程烨霖知道，程城不喜欢回家。

程城朋友不少，但真正知心的几乎没有。从小到大，他基本没有求过父亲什么事，也不愿意告诉别人自己的父亲是谁。

　　这一次，他竟破天荒地扔下学业跑回家，答应了他的条件，只为了让他帮这个忙。这让程烨霖讶异之外，对傅丫格也颇有些好奇。他前来此处更大的目的，其实是想看看这个出现在儿子生命里的女孩是什么样子，是格外漂亮，还是用花言巧语迷惑了他的儿子？虽说答应前来，但他早已做好了当场反悔，把这个女孩踢出学校的打算。

　　然而就在昨日，当助理把傅丫格的资料拿给他的时候，看到她和她父母的照片，惊讶之余，程烨霖才真正对这个女孩子有了兴趣，觉得这女孩未必是个"祸害"。

　　是那个人的女儿啊，程烨霖在飞机上的时候，脑海中一直是二十三年前那一幅幅惊艳的画作，以及这些画的作者，傅长鸣。那时，傅长鸣在他们隔壁的高中上学，是天才一般的少年画家，高中的时候他就在市里开了好几场画展。据说除他的画有名气外，他和班上另一个才女的恋爱也引得许多人羡慕忌妒恨。后来，傅长鸣因为专业能力突出被公派法国留学，再后来学成归国后，和那个才女举行了婚礼。可惜后来江郎才尽抑或隐姓埋名？总之，没听过他再开画展了。

　　见面之后，傅丫格确实不是他以为的那种女孩，甚至不是他想象中的任何一种女孩，而是他想象之外的一个女孩子。这个姑娘在会议室里的表现，她眼睛里的清明澄澈和磊落，她讲话的方式，都让他欣赏和喜欢。

　　从会议室里走出来的傅丫格，长舒了一口气。她穿过那片杏林回去，脚踩着地上的枝丫和枯叶，发出咯吱咯吱的响声，有些难言的刺耳。这里仍然有着遍地的杏树，和往年每个冬日的模样都未见什么差别，建筑群落也和幼年时看到的一样。仿佛什么都没变，可是，好像一切又都不一样了。

　　头顶的天空，似乎都不再一样。

　　傅丫格深吸了一口清冽的空气，看看头顶的天空，望着她小时候渴望的这片杏林，心中五味俱全。

　　"这就是我的大学……对于我的意义是什么呢？"

　　脚步匆匆，一如岁月匆匆。在这匆匆间，她都感觉到了自己的变化，可改变的究竟是什么，她又说不清楚。

第十二章　物是人已非

行政楼门口没有人，杏树林没有人，直到傅丫格走到宿舍楼下，才看到程城站在冷风里。这个每天都会换一套衣服的家伙，现在穿着的衣服，竟仍然是上周三走时的那一套。傅丫格向来大大咧咧，却注意到了这个细节，她的眼眶不由有些温热。

"谢谢你！"

程城看着傅丫格眼里重新燃起的光，在机场来回的折腾，在公司总部办公室外一天的等候，和在父亲面前争辩的唇干舌燥，连最终应下的那些条件，都变得有了意义。

"没事。"他的微笑里带着几分神采奕奕，长途的奔波仿佛并未使他疲惫。

她向来觉得程城冷漠、不好接近、城府深，直到经历了这样的变故，程城在她心里变得立体了起来。虽然，她仍不懂他到底是个什么样的人，可她好像不再觉得程城有那么强的距离感了。

"你……怎么这么好。"

她下意识地想给程城一个拥抱，却在快碰到他的时候停了下来。脑海里突然涌现出那个夜晚，在校门口附近，纪修远抱着她的场景。这让她心里有些莫名的发虚，她的手僵在半空，又缓缓放了下来，轻声说："真的……谢谢你啊。"

程城一愣，耳根有些发红。在飞机上的时候，程烨霖一直在打趣他，问他是不是看上人家姑娘了。不是的，程城一直告诉程烨霖，他只是为了捍卫真相，捍卫正义。

他自己也不想承认，其实只是想保护这个女孩眼里的光罢了。

这是他第一次这么强烈地想要帮助一个女孩子。这么多年来，以各种方式在他跟前出现的女孩子不少。从初中开始，他的防备心就格外强，那些想接近他的女孩子无一例外都越走越远，而傅丫格，却以一派天然，莫名地与他越来越近。

而这到底意味着什么，他也说不清。

从他骗走傅丫格脏掉的外套，只为了留下她联系方式的那时候起，很多东西，他都说不清了。

一切的行为，仿佛经过设计，却又发自本能。

"那是你爸爸吗？"傅丫格好奇的声音打破了空气里的尴尬。

"嗯。"犹豫片刻，程城点了点头。"我爸爸是学校校友。"他轻描淡写了过去。

"他可不是一般的校友吧，你真低调呀。"想起穆菲菲的张扬，鲜明的对比，让傅丫格不由感慨。

程城笑了笑，他其实不愿意提起自己的父亲。从小到大他自己本身就很优秀，也很自信，不需要借助父亲的身份来彰显些什么。

傅丫格又叫道："对了，第一次见面的时候你还骗我来着！"

程城一怔，他怎么又骗她了。

"你骗我说你付不起洗衣服的钱，害我去吃饭的时候一直提心吊胆，怕你付不起钱尴尬，以为你真的……"

"这个问题我们之前已经讨论过了。我可没说我付不起，我只是说价格有点高，我又不了解行情。"程城无辜地说。

"你就编吧！"

程城低头默默地笑。

学校开始大张旗鼓地查起了这件事，舆论也不再紧紧追着傅丫格骂了，各种声音都响了起来。看到学校在深入调查，不少人都觉得其中另有隐情。

吃晚饭的时候，傅丫格邀请了程城、南乔和倪风。虽然事情还未水落石出，但他们总算能稍微安心一些地吃上一顿热气腾腾的火锅了。

"看不出来啊！"知道了会议室里发生的事情后，倪风用手搭在程城的肩膀上感慨，"来，敬你一杯！要是这个学校没有了她叽叽喳喳的聒噪声音，我还真有些不习惯。"倪风拿起手里的啤酒，向程城举杯。

"倪风！你说我聒噪！"傅丫格跺脚。

几人笑作一团。

"上次看一个新闻，许多去国外旅游的人，住着偏远的青年旅舍，啃着面包喝着牛奶，省下钱只为了购买几件奢侈品。其实那种浑身挂满了名牌的反而未必真的有钱，精神贵族更加难得，人家不需要通过外在的东西去彰显自己。"说罢，倪风用胳膊肘撞了傅丫格一下。

"傅丫格，得找这样的男朋友！"

傅丫格脸涨得通红，她听不懂倪风那一通话在说什么，不过话里调侃她的意味她倒是明白了。于是她掩着脸，一头栽进了南乔的怀里，听着周围几人的笑声，更不好意思抬头了。

"其实穆校长是我舅舅，穆菲菲是我表妹。"傅丫格转移了话题。

南乔和程城都惊讶地抬头，这还真是意料之外。

"他怎么……"半分也不维护于你？程城抬眸，后半句话卡在了喉咙里。

南乔想明白了一些事情，比如穆菲菲和傅丫格的关系。但也多了一些难以理解的事情，比如这次穆校长的置身事外。

"你舅舅是爱你的，他只是在这种纪律严明的制度内待得太久了，守着他的公正和原则，就像装在套子里的人。"程城说。

倪风点头："是的，我感觉到，他其实也很难过。"

傅丫格低头不断地夹菜，吃着火锅。

"我难过的不是舅舅不帮我，我知道他是个公正的人。以前穆菲菲没考到好高中，他都没有帮忙找关系，让她自生自灭。从小他就是我眼里的英雄，是了不起的人物，我尊重他、崇拜他，也理解他的难处。我难过的是舅舅看着我长大却都不相信我。"

例会那天下午，调查员便问傅丫格要了她的论文原件和账户密码。原以为要过好几天才能查出点东西来，想不到第二天就已经查出了点眉目。

原来，上交的那篇被检测出相似度为百分之百的论文，并不是傅丫格以为的那篇。调查员说，有人登录了她的账户密码，把她之前的论文换过一次，换成了网上随便找来的一篇。

调查员又问："谁知道你的账户密码？"

傅丫格手攥得紧紧的，她的账户竟然被登录，论文也被调换了。

"记录显示你的论文第一次提交是 23 天前，第二次提交是 21 天前。第一次提交的记录就是你后来递交给学校的那篇论文，第二篇在网上有一模一样的文章。现在事情很清楚，有人把你写的论文换成了网上搜的论文。到底还有谁知道你的账户密码？"调查员一脸严肃地问傅丫格。

"换我论文的人会怎么处理？"

"这个我就不清楚了，性质这么恶劣，大概是开除。"调查员对这样故意坑害的行为显然比对作弊的行为还更加深恶痛绝，"到底谁还知道密码？"

"我……我记不清了……"傅丫格大脑一片混乱，支支吾吾。

这场对话在调查员狐疑的眼神中结束了，傅丫格跑出了办公室。在偌大的讲座教室里，她走到了穆菲菲面前："你出来。"

穆菲菲不耐烦道："马上要上课了，出去干什么？"

"你想在这里把话说清楚吗？"傅丫格语气不善。

穆菲菲脸色发白，她拿起东西，跟着傅丫格一起走了出去。

沉默。

久久的沉默。

只有呼呼吹过耳边的风，带着一丝丝沁人心脾的凉意。

"是因为林北乔吗？"傅丫格终于开口，她想不出别的原因。

穆菲菲脚步一顿，停了下来，她咬着嘴唇，死死盯着地面，一言不发。

"不仅仅是。"穆菲菲抬头，她的眼神带着一丝恨意。

傅丫格睁大双眼。

真的是她！

她心中抱着的最后一丝侥幸终于荡然无存。

"你总是这样，一脸无辜地夺走我的一切。明明我什么都不比你差，却什么也争不过你。我爸找宋晨曼帮我设计插画，结果她对爸爸说我水平不够，却帮你设计，还出版了。爷爷奶奶只疼姑姑，所以爱屋及乌地把你捧在手心里，还把房子过户在姑姑名下。而我自己的爸爸，对你比对我还好。"穆菲菲声音冰冷，她的眼神中似有一种悲凉，可是傅丫格想破头都想不通这种悲凉，以及她这样不切实际的感受到底从何而来。难道贪婪和不知足真的是人的天性？

"我们的记忆好像不太一样，从小所有人都叫我让着你啊。因为你是妹妹，因为你比我小两个月，我喜欢的许多东西，你只要撒个娇，都会成为你的。连我爸爸专门从外地带回给我的玩具，你看上了他们也让我让给你。外公外婆那么爱你，你怎么好意思说他们只疼我妈妈跟我？至于房子，舅舅有那么多房子，你住得过来吗？而我爸爸妈妈，至今还住在租的房子里。你说舅舅对我更好，我只问你一个问题，如果这次我们易地而处，他也会袖手旁观吗？"这些话、这些疑问，在傅丫格心里盘桓已久，她不知怎么说出口，更不知对谁去说。没想到，今日全数地倒给了穆菲菲。

穆菲菲眼神凝滞片刻，她冷冷一笑："就算我小时候抢你的玩具，那你也不用抢我男朋友来报复吧？"

看着不知因为泪水，还是因为恨意而眼睛泛红的穆菲菲，傅丫格的气突然全都消了。

头顶的这棵杏树，不记得是否是孩提时两人摇过的那棵。傅丫格抬头，看着天空，看着杏树深棕色的枝丫和冷风中颤颤巍巍的躯干。脑海中影影绰绰地浮现出两人五六岁时的场景，那是穆菲菲小时候摇着她的手对她笑的纯真模样。傅丫格的内心有一种难以言喻的悲伤。

倘若今天，穆菲菲只是一位普通的同学，她一定会觉得这是一个很坏的人。一定有很坏的心肠，才能做出这么过分的事情吧。

可她深知她。

明明一路闹着要吃零食，然而当小小的穆菲菲经过乞丐的身边时，不忍地看了一眼乞丐，又不舍地看了看手里的硬币，她还是把自己要买零食的硬币弯下腰来递给乞讨的老爷爷。一起成长的岁月里，有很多这样温暖的时刻。

那样的穆菲菲，她永远记得。

她当然是个好姑娘。

可是为什么……

傅丫格想不明白。

"我们是姐妹啊。"

穆菲菲愕然抬头，看到傅丫格的脸色已经没有一丝一毫的愤怒，她心中竖起的剑与芒恍然间竟不知刺向何处，只是惯性似的瞪着傅丫格。

晚上，傅丫格和几个朋友一起吃饭的时候，程城疑惑："调查员说有人用你的账户密码换了论文，你为什么不告诉他还有谁知道你的账户密码？"

傅丫格有些紧张："就是记不清了嘛。"

倪风摇着傅丫格的肩："我的姑奶奶啊，账户密码这么重要的东西，你怎么随便就给别人，还记不清给过谁？"

南乔却一脸了然："穆菲菲。"

倪风一拍脑袋："对了！肯定是她！"

程城愕然："你们不是表姐妹吗？"

"你不了解，她那个表妹不是省油的灯。她看上林北乔，北乔又喜欢傅丫格。她应该是为此记恨傅丫格，她们女生都这样，小心眼。"倪风向程城简单解释了一下，听到最后一句，傅丫格和南乔齐刷刷地白了他一眼，倪风挠挠头，嘿嘿一笑。

傅丫格小声道："你们千万别告诉别人。"看着南乔凉凉的眼神，傅丫格手足无措地补充着："查到这里，我的清白已经被证实了，也不一定非把换我论文的人抓到，可能要开除的。"

"你以为这就是证实了？如果抓不出罪魁祸首，所有人只会觉得，你是靠着和程董事长不为人知的关系躲过了这一劫。"南乔漂亮的大眼睛里满是前所未有的怒其不争，"善良是保护不了自己的。"

"难道不是吗？"傅丫格愣愣地说。

"什么？"南乔不解。

"你说，所有人只会觉得我是靠着和程董事长不为人知的关系躲过了这一劫。难道不是吗？"

几人语塞。

"如果没有程城爸爸，我已经被开除了。我还能待在学校里，靠的也不是我自己的清白，而正是所谓不为人知的关系啊。这不为人知的关系，不就是朋友的爸爸吗？"人世间的正义和逻辑，傅丫格以往对真和善必会战胜一切的信念，对学校规则与制度的信任，在这次事件里，早已变得模糊不清。

事实上，很多事物的边界都模糊不清了起来。

这几句话，让众人竟然一时间不知到底该如何辩驳。

"不管怎么说，别为难穆菲菲了，她没有你们想的那么坏。"最终，在一片寂静中，傅丫格淡淡说道。

"为难？你真是好坏不分，现在怎么成了我们为难她了？她害你的时候，怎么没想到你也会声名狼藉地被开除呢？还有那流言，你啊，你还真是宰相肚里能撑船。"倪风愤愤道。

"我不是心胸宽广，我只是想开开心心。如果那样对她，我也开心不起来。"傅丫格委委屈屈地说，不敢看两人，更不要提一直沉默着的程城了。他们为了证实自己的清白付出了这么多，自己确实是太不争气了。

"你想过代价吗？知道别人以后提到这件事会怎样误解你吗？"南乔问道。

"他们对我来说都是不重要的人。舅舅和表妹，是我的亲人。"傅丫格轻轻地说道，"以后妈妈知道菲菲被开除的话，她也会难受。她那么疼菲菲。我想要保护我的家人。"

"那你自己呢，你自己不重要吗？真相难道也不重要吗？"

"是的，真相不重要。"傅丫格眼里有一种让人恨铁不成钢的执着。

次周的例会，商议决策傅丫格作弊事件的现场。傅丫格再次来到这个会议室里时，已经平静了许多，全然没有了上一次来这个地方的情绪。

程烨霖坐在桌边并不起眼的位置上，翻动着手里的文件。

十分钟前，会议尚未开始的时候，他上楼巧遇穆明海。程烨霖拍了拍穆明海的肩，说："作为傅丫格的舅舅，你实在是铁面无私啊！"赞叹的语气，却让穆明海浑身难受。

调查到这里，尤其在大家看过第一版本的论文后，所有人已经对傅丫格的冤屈心知肚明，用简单的几句话撤回了开除的决议，并且通报了她真正论文的成绩，她熬了那么久写出来的论文，分数果然不错。

只是，短暂的通报后，又是那个无可避免的问题。

"傅丫格，你到底把校园网的密码告诉过什么人？"坐在一边的负责调查此次事件的王老师一脸严肃地问她。

所有人都盯着她，包括毫不知情的穆明海。

"刚开学的时候，我把所有的账号密码都写在一个备忘录小本子里，不知道什么时候，这个本子找不到了。除此以外，就没有告诉过别人了。"傅丫格搬出早已经想好的说辞。

"你没有在维护什么人吗？"王老师已是第二次听到这番说辞，可凭着直觉和傅丫格最初支支吾吾的表现，她总是不太相信。

傅丫格正待开口。

"她有。"

一个女孩的声音从门口传来，傅丫格回头。只见穆菲菲的身体挺得笔直，精致的脸上毫无血色，她缓缓走进会议室。

董事们大多认识穆菲菲，他们都面面相觑。

唯独不认识她的程烨霖，也被身边的董事低声告知了穆菲菲的身份。

"你来干什么，我们在开会！"看到女儿闯进来，穆明海心里有了一种不好的直觉，下意识地呵斥道。

穆菲菲没有理会父亲，对着会议室，她一字一句地说道："我知道她的密码，是我换了她的论文。"说完这话，穆菲菲仿佛卸下了重担。

穆明海握住笔的手越握越紧，紧到似乎要将这笔捏断，形形色色的目光明里暗里看着他，使他坐立难安。

董事们窃窃私语，目光都在穆菲菲和穆明海之间流转。

"傅丫格，这次是我对不起你。不过，我不想欠你什么。"

说罢，穆菲菲又对着董事们，尤其是自己的父亲说道："很抱歉让你们失望。无论是开除，或者任何其他处分，我都接受。"

这样的情况，之前在学校的档案里尚未有过先例，虽然穆明海坚持要开除穆菲菲，但东林大学的高层领导们仍然决定投票决策对穆菲菲的处置，当然，穆明海没有参与投票。可是剩下的十个董事，竟没有一个同意开除穆菲菲。

傅丫格心里完全不希望穆菲菲被开除，可是，面对这样 10 比 0 的结果，再想想上周自己的处理结果，她不由得感觉有些讽刺。

"不行，不能因为是我的女儿就网开一面。穆菲菲的行为按原则就应该开除。"穆明海还在坚持，镇定的表情也掩饰不住他脸上的惭愧。

正在争执不下的时候，程烨霖说话了："依我说还是按投票的结果来吧。一是可以明显地看出这是两个姑娘的私人矛盾，穆菲菲同学一时冲动做出了不成熟的行为；二是，她今天能来主动说明，也可以看出她的自我承担；三是，学校的重要任务是培养人，而不是惩罚人。所以，还是再给穆菲菲一个机会吧。"

话说到此，穆明海也不好再说什么。

于是对穆菲菲的处分就成了记大过，留校察看。

会议结束之后，程烨霖叫住了傅丫格："丫头，中午和我一起吃个饭？"

傅丫格对程烨霖深怀感激之情，被邀约吃饭，她心中虽然有些意外，却也毫不犹豫地答应了。

原以为程城也会一起，没想到到了程烨霖指定的校外的餐厅时，里面竟只有程烨霖一人。他明明看起来甚是和蔼可亲，傅丫格压力却很大。就像他在那间会议室，两次，每次说的话都并不多，态度也很平和，却总能直击要害。这样的温和下自有一种控制全局的气场。

傅丫格有些拘谨地坐下。

"你和你父亲很像。"程烨霖笑容可掬地看着傅丫格。

"您认识我父亲？"傅丫格惊讶地看着他，自己和父亲明明是风格完全不同的两个人呀。

"二十多年前，我还参加过你父亲的画展，和他有过一面之缘。"想起当时的场景，程烨霖至今仍然感叹，"那一年，他应该才十六七岁，如今女儿都这么大了。"

"听说你父亲被公派到了法国留学。后来我就没有他的消息了，你父亲如今仍在画画吗？"程烨霖问。

"也还在画画，主要画一些插画之类。不过很少举办画展了，他的学生倒是每年都举办画展。"

"哦，画插画，教学生，也挺好，也挺好。"

"怪不得您愿意帮我。"傅丫格又道，淡淡苦笑着。

程烨霖微笑着注视着她："我决定帮你，和你父母没有任何关系。我儿子飞回明都市，和我谈了你的事情。虽然我如他所愿来到这里，却也仍然并未决定帮你，直到那天，被你在会议室的话所打动。"

傅丫格惊诧地看着他。

"你可以理解为，是你自己帮了自己。"

"程城他……他……"

看着傅丫格紧咬着嘴唇，一副不知所措的样子，程烨霖一笑。

"这孩子内敛，不善于表达感情。不过作为父亲，我看得出来，他很在乎你。"

一顿饭下来，傅丫格几乎落荒而逃。虽然不明白为什么，她能感觉到，程烨霖还挺喜欢自己的。可是，关于程城，程烨霖一定是想多了……以前，程城就并不太搭理她，他跟南乔关系都要比跟她好啊，他们俩智商差不多，总在一起讨论问题。对她，大概是身为朋友的不忍，和对真相的坚持吧。

回去的路上，傅丫格碰到了穆菲菲和林北乔。看到傅丫格，林北乔很想同她讲几句话，却不知该说什么好。他总觉得这件事因他而起，如果不是他，穆菲菲也不会这样对她吧。如今，虽然是穆菲菲非要跟着他，可傅丫格看到他们走在一起，一定更讨厌他了吧。

心心念念的人就在眼前，可林北乔的脚却如同僵住一般，一步也迈不出去。

傅丫格微笑着朝他们点了点头，穆菲菲扭过头去。

擦肩而过。

穆菲菲身上淡淡的蓝风铃的香水味渐渐散开了。

傅丫格这一刻无比清晰地意识到了，疏远的，不只是她们的身影。

第十三章　庭前花谢了

往常食堂里穆菲菲和林北乔坐着的位置，现在都成了程城和倪风。这次风波后，程城和傅丫格的关系亲近了不少，见面的次数也多了。

偶尔，也会说几句话。

刘教授今日也端着餐盘来到了他们这桌，坐在了靠近傅丫格的地方。

"刘教授好！"傅丫格第一个笑眯眯地问好，她向几个朋友介绍道："这就是第一节课上，把我那幅没有色彩的《色彩》，挂在了我们系门口展厅里的刘教授。"

几人都笑了，纷纷和刘教授打了招呼。

"那幅《色彩》虽然没有色彩，却让我们看到一个充满着色彩的烂漫世界啊。"刘教授显然很喜欢傅丫格，"傅丫格，你刚完成的系列画我看完了，我打算跟系里申请一下在学校给你开个小型个人画展。"

"哐当"一声，嘴边的勺子掉到了餐盘里，傅丫格目瞪口呆地看着刘教授。

"教授你眼光要不要这么好！"

倪风大笑："你个自恋狂。"连程城也忍不住笑了出来。

"老师，哪个系列？"南乔讶异地问道。

"前段时间傅同学旷课一周，本来我打算罚她多交几幅画给我，谁知道，好家伙！这丫头给我拿了一沓画来，说是旷课的那周画的。每张画都太棒了，而且，风格大不相同啊！"刘教授露出了满意至极的微笑，"我怎么就不信，这是你一周能画出来的！每幅画都激情四射，天赋！天赋！竟让我感受到凡·高画作的某些东西！"

程城了然一笑，并不意外。

那段日子，倪风、南乔、林北乔都忙着替傅丫格组织游行，而去明都市的前几天，他全程陪着傅丫格，看她一幅又一幅，毫无章法地在纸上没日没夜地画画。正是那些画里的芭蕾舞女孩，沸腾的烈焰，燃烧的玫瑰……几十幅看起来毫不相关，却给人相似感觉的系列水彩画，让刘教授赞不绝口。

"反正那周是在等死，"傅丫格吐吐舌头，"我就只好画画嘛。"

"你的画不是死的，有情绪，有激情！"刘教授牛头不对马嘴地说道，他还沉浸在自己的世界里，一拍桌子，眼里闪烁着光。

傅丫格捂着脸直笑。

"说真的，我太情绪化了，所以常常很痛苦。但也多亏了这种丰富的情绪，才能创作艺术。或许把情绪转化成色彩的能力，就是上天给我的最好的礼物。"傅丫格的笑容里带着掩饰不住的得意。

"你才十八岁，我们要早早开始魔鬼训练。不只是水彩画，素描、国画、油画……还有，对了，人物肖像画！总之，还有太多要练！我会帮你勤加练习技巧，最大限度地把你的天赋展现出来！"刘教授又拍了拍腿，所幸在喧闹的餐厅里也没引起什么异样的眼光，只是他自己的情绪却是激动极了。

"啊……惨了，我……"傅丫格扶额长叹，除了宋晨曼，这是第二个认可她，并且竭尽全力教她帮她的老师。嘴上惨叫，心里却极其欢喜。

再次见到纪修远，仿佛已经过了一个世纪。

银色的耳钉在阳光下闪烁，反射的光线刺痛了傅丫格的眼睛。

场景有些似曾相识。

他把背包里的礼物发给小朋友们，他的笑容仍然爽朗。傅丫格的胸口仍有一种酸涩到想流泪的感觉。可这种感觉，却和曾经不太一样了。尤其当她想到窗台上看到的那一幕，纪修远对南乔和倪风的签名传单看了一眼便唯恐避之不及的样子。

傅丫格没有和纪修远打招呼，她直接无视了纪修远。

"你们还好吧？"

或许是因为傅丫格一见他便侧过身去，纪修远只和南乔打了个招呼。他看起来倒是风轻云淡，一副什么都未曾发生的样子。

南乔"嗯"了一声，俯下身去，看着一旁蹲在地上画画、似乎遇到困难的周周："周周，你去找傅姐姐教你，傅姐姐画得可好了。"

纪修远僵住了片刻。

周周眼睛一亮，突突突地朝着傅丫格跑过去，把水彩笔和纸都递给傅丫格。

"姐姐，这几个人我都画好了，我想画他们在树林里，可是我想不出来怎么画树林。"

傅丫格接过笔，笑吟吟地说："树林呀，你看，要先在最两边的空地上画几棵大树，你想不想要果树呀？"

"想啊，我最喜欢吃桃子！"

"那姐姐就给你画几棵桃树，然后，你看，我们在地上画几个熟透了的桃子，就像这样。然后……"她声音很温柔，充满耐心地帮周周把这幅画一点点填满，一点点变活。

纪修远看着傅丫格沉浸在创造的世界里，而不再是将注意力放在他的身上，他心里有些说不清道不明的滋味。

"哇，姐姐你太厉害了吧！"周周拿着那幅被傅丫格简简单单几下就变得丰富斑斓的画跳了起来，到处拿着给朋友们炫耀。

手机响了，傅丫格接起电话："到了啊，那我出来接你，你抬进来吧。"

她拽着南乔就往外走。"我给他们买的钢琴到了。"

南乔扭头，不可置信地问："这钢琴得一万多吧，你哪里来的钱？"虽然她知道傅丫格的爸爸妈妈从来不在钱上委屈她，可是毕竟只是普通的小康之家，也不至于到她能随手买钢琴送人的地步吧。

几周前傅丫格答应林鱼儿给教室里买一架钢琴，南乔本来还以为，她只是随口哄小孩子开心。

"爸妈给的，本来是参加冬令营的钱。前几天经过乐器店，看到钢琴，一冲动就付款了。冬令营就是去法国玩一周多，想想也没啥意义，还不如用这些钱给他们买架钢琴，可以用好几年。"

傅丫格明明期待冬令营已经很久了，南乔责备："你太冲动了。"

"冲动就冲动呗，又不是做了坏事。"傅丫格拉着她走到了外面，和江姨说了声，几个工人把钢琴搬进了教室。

工人把钢琴搬了进来。孩子们的尖叫声阵阵，纪修远也十分惊诧地看着这架钢琴。

只有林南乔偏头看着傅丫格，看到她眼里淡淡的满足感，想到她泡汤的冬令营，南乔不知该说些什么。

装钢琴的时候，孩子们都围成一堆，南乔也去帮忙。傅丫格坐在角落，拿起一支铅笔，随手淡淡勾勒着眼前的景象。

"画得真好看。"低沉的声音在耳边响起。

傅丫格猛一回头，脑袋差点和身后的纪修远撞个正着。

她迅速躲开，又低下头，继续画画。

"江姨说，这是你给他们买的钢琴？"纪修远问道。

傅丫格头也不抬。

"生我的气了？"纪修远低声问。

她仍不语。

"那时候，我是真的以为你作弊了，不能接受你做了这样的事情。你也知道，我们才见了几次面，我没有你的朋友们那么了解你。"纪修远认真地望着她的双眼。

傅丫格心头一动，抬眸说："你为什么要跟我解释这个？"

"可能是，"纪修远深深地望着她的眼睛，"不忍心每一次都让你失望吧。"

傅丫格的画展定在了寒假前的最后一周，为期一周，对整个大学所有的师生开放。

一切仿佛都步入了正轨，日渐亲密的朋友们，在刘教授严苛的魔鬼训练下逐渐纯熟的画技，还有……越来越温柔的纪修远。

作为这一届第一个也是唯一一个在校园举办个人画展的学生，傅丫格的这场画展在校内备受瞩目。加之抄袭风波和平反后许多人对她的怜意，画展尚未开始，就已经好评一片。

而画展开始的前一天的早晨，校园论坛上的一个帖子火了。

"揭秘美术系才女暗恋对象，才女疑成第三者插足别人感情。"

帖子里，是两张水彩肖像画。画里的男生正是纪修远，逼真得让人认不出也难，底下还有配文——想做你的光，傅丫格。

看到画的时候，刘教授脑海里的第一想法就是：他当初怎么会觉得傅丫格不擅长画人物肖像的？

可其他人看到这些画，想法却截然不同了。

尤其是那些画之后配有图文并茂的讲解。图片的主角，是纪修远和一个女生的背影。女生背着香奈儿的包，头发是深栗色的大波浪卷。那女孩抱着纪修远，头埋在纪修远怀里，看起来很甜蜜。讲解称，这是纪修远的正牌女友。

南乔在图书馆学习的时候，收到了程城的短信："论坛里那篇帖子你看到没有？"

南乔点开论坛，一眼便看到了那个触目惊心的标题。标题下的照片里，那女孩的背影，何止是眼熟，她一眼便认出来了，是沈安疏。

南乔坐在那里，她的表情很平静，睫毛却在微微颤抖。安静思考了几分钟，随后回了程城一条短信："我来处理，你发几张照片给我。"她整理好东西，走出图书馆。一边走，一边给倪风和周鑫打电话，要了两人的近照。

到了纪修远公寓的门口，恰巧碰见了纪修远和沈安疏嘻嘻哈哈、勾肩搭背地走了出来。

"纪修远。"南乔叫住了他。

沈安疏看到南乔，眼里有些忍不住的得意和警惕："你来干什么？"

南乔看都没有看她一眼，对纪修远淡淡地说道："我是来替傅丫格要回那两幅画的。"

"她为何不自己来要？"沈安疏的笑容里饱含不战而胜的愉悦，"我还得谢谢她呢，如果不是因为她，我不会住到这个校外公寓，如果没有住进来，我也不会遇见我男朋友。"

南乔对沈安疏的话充耳不闻，只冷冷看着纪修远。

纪修远被她盯得不自觉地手心冒汗，忙解释说："我没有传过什么照片。"

"我只是想要回傅丫格的两幅画。"南乔看着纪修远，淡淡地说道。

见他不作声，南乔有些不耐烦："你已经有女朋友了，留别人的东西做什么？"

纪修远刚想说什么，沈安疏摇着他的胳膊不满道："是啊，你留着她的画想干什么？"

"好好好，我去取。"

他回转身进到公寓里，过了一会儿，将画拿了出来。

南乔接过画，转身便走，听到身后沈安疏说："告诉傅丫格，以后不要随便给男生画画！"

原本已经走了几步的南乔又转身回来，走到了纪修远和沈安疏面前，说："不要自作多情了，画个画怎么了？你当作宝的东西，别人可能看着还是垃圾呢，就像你身上背的包，到底价值几何你自己真的不清楚吗？还有，纪修远，看你那一身行头，别以为穿上它们你就人模狗样了，你不会明白什么是好，什么是坏，什么要珍惜，什么可以不在乎。祝你们幸福，你们俩很般配。你跟傅丫格确实不是一个世界的人。"

说完想说的，南乔头也不回地离开了，她才懒得去在乎那两人的想法和表情。与此同时，她又觉得自己有些好笑，不爱说话的自己为了傅丫格变得越来越浑身是刺了。

太阳升起来了，身后的大楼在阳光下拉出了两道长长的阴影。

回到宿舍，屋子里很暗，窗帘紧紧拉着，灯也没有开。

傅丫格窝在沙发里一动不动。

南乔以为傅丫格在哭，她拉开窗帘，走近一看，傅丫格的小脸看起来煞是严肃，她看起来一副若有所思的样子，脸上却并无丝毫流过泪的痕迹。

"如果他有女朋友，他为什么要对我说那些话，为什么最近还给我打了好几次电话？"傅丫格脸色极差，"这次，我算是看明白他了。"

"你知道他女朋友是谁吗？"

"我怎么知道。"

"沈安疏。"

"啊！"傅丫格惊讶地捂住了嘴巴，"她不会是为了报复我吧，还是真的这么巧啊。网上那个帖子，难道也是沈安疏发的？"

"那还用说，一看她的神情，我就知道是怎么回事了。我说纪修远不是什么好东西吧，你当时还不信。"南乔白她一眼。

傅丫格垂头丧气，她没想到自己的初恋就这样告终了，简直还没有开始，就画上了句号，还是以如此惊天动地的方式。

"你的画，我要回来了。"说罢，她把两幅画放在了书柜上。

"要回来有什么用，脸已经丢尽了。"

"画展明天才开始，现在一切都来得及。如果接下来你按照我说的去做，丢人的就不会是你。"南乔笃定地说道。

"我信你。"

看着南乔，傅丫格的心安定了下来。

南乔给她几张在图书馆彩印出来的照片，让她画纪修远"同款"的水彩肖像画。倪风的肖像、程城的肖像、周鑫的肖像、南乔的肖像，还有她自己的肖像，每个都画上两到三幅。

傅丫格的画技相较于以前已经成熟了许多，第一幅用了三个小时，画到第二幅的时候，速度也明显地提了上来，不到两个小时便画完了。细节之处没法细细刻画，所幸整体并不失美观和傅丫格的风格。

各种各样姿态的好看的少年少女都被她在画纸上赋予了灵魂。

南乔在厨房里帮傅丫格简单地弄好了午饭，随后她去了刘教授的办公室。

"刘教授，傅丫格还有一个肖像画系列想在画展的时候展出。"

听到是类似纪修远那两幅画的一个系列，刘教授连连说好："地方也够大，那就加上吧。"

"只是，明天早上才能给您。明早六点我们去会场布置可以吗？"

刘教授皱了皱眉，明早九点开始展览，六点去布置有点太仓促了吧。他犹豫地说道："这太赶了，以后还有展示机会。"

南乔执意地一再请求他。

刘教授见南乔神态坚定又执着，再想想今天学校论坛里的风言风语，似乎有些明白了南乔的用意。他最终同意了，把美术室和展览厅的钥匙都给了南乔。

事情办妥之后，南乔也在公寓里开始做自己的事情。房间里很安静，安静得只剩下南乔翻书的声音，还有傅丫格的笔和画纸摩擦的声音。

傅丫格一刻也没敢懈怠，直到凌晨四点多的时候，她终于画完了，头已经疼得快要裂开。看了看在沙发上睡着的南乔，傅丫格没忍心叫醒她，只给南乔披了件衣服，拿着一沓画和南乔昨天交给她的两把钥匙匆匆出门。她打开美术室走了进去，装裱好画之后，抱着十几幅画，又走到展厅。"想做你的光"几个字已经被南乔做成展板放在展厅的右侧。傅丫格小心翼翼地把自己的画挨个挂了上去。

大功告成，傅丫格看着面前的画作，看到混在一堆肖像里的纪修远的画像，仿佛真的没什么特别的。

她心里有些酸涩，却很快消失不见。

是的，纪修远，再也不见。

上午九点，画展如期而至。

画展里，除傅丫格曾经画的画以外，还有十几幅人物肖像画。有倪风、程城、经管系的周鑫、林南乔，还有傅丫格自己，每个人两到三幅，却并未重复，神态各异，纪修远的那两幅肖像也赫然出现在了展厅里。

每幅画的下面，都标注着"想做你的光，傅丫格"，这个肖像系列的主题，也叫"想做你的光"。

倪风拍了几张展览的照片发到了论坛里。

他写道：傅丫格喜欢的是我吧，把我画得这么传神。

周鑫跟评：她明明把我画得更好，分明是喜欢小爷我！

两人一来一往，玩笑一般。

那个说傅丫格喜欢纪修远的帖子霎时间也变得滑稽可笑。从始至终傅丫格没有出面解释过，流言却不攻自破。之前的风波倒是替傅丫格做了宣传，展览的第一天下午，展厅里已经挤满不知是对傅丫格的画感兴趣，还是对八卦感兴趣的人了。

放寒假的前一天，傅丫格的画展圆满结束。傅丫格和南乔打算在公寓里做一顿晚餐。邀请了程城、倪风和周鑫。几个人一起准备食材，一起做饭。饭桌上，傅丫格难得别扭地对几个朋友说了谢谢。

"真不知道你怎么会看上纪修远。"倪风无语。

"难道你们认识？"南乔问。

"与世隔绝啊你们，不关注校园八卦的吗？大二计算机系的系草，追他的女生何止几个。不过这人换女朋友换得很勤。"说罢，倪风意味深长地看了眼傅丫格那低头认罪的乖巧相，"也就是某些涉世未深的小姑娘，才会对这样的人动心。"

傅丫格又不自觉地揪起南乔的衣角。

"不是我说你，傅丫格，从小到大，眼神不好、喜欢你的好男生也不少吧，你怎么看上这么个花花公子。"他撇了撇嘴，"你这眼光不行啊。"

"你还喜欢他吗？"程城问。

傅丫格拼命地摇头："不不不，怪我之前不了解他！"

"所以嘛，倪风，你也不要再说她了。"

"唉，好好好，不说纪修远，那咱们说说林北乔吧。傅丫格，你为什么不考虑一下林北乔？你不是整天屁颠屁颠跟着南乔吗，你们俩要是在一起，你跟南乔就成亲戚了。"

傅丫格不禁笑出了声："是不是我太久没有欺负你了？"

倪风道："你也知道你平时欺负我！"

"我就欺负你，你过来挨打……"

看到两个人又开始日常斗嘴，南乔抿着嘴笑了，周鑫也乐呵呵地笑了起来，一切都恢复如常。

"你是不是也报名参加了冬令营？"程城侧头问傅丫格。

"我不去了。"提到冬令营，傅丫格的神色有些异样。

倪风有些惊讶："你不是很想去玩吗？"

"我已经跟负责的老师说过了，让他把我从名单里除名。"傅丫格答非所问。

"为什么？"倪风锲而不舍地问道。

傅丫格眼珠子转啊转，她忍住心中的失落，故作嬉皮笑脸道："因为我要好好学习呀！"

程城若有所思地看了她一眼。

厨房里灯光温柔，灯光下谈笑风生。两位女孩都没有任何的妆容，看起来却各有各的美，男孩子虽然衣着朴素，也都生机勃勃。几个人谈笑风生，时间也格外匆匆。送走几人后，傅丫格和南乔正在沙发里准备一起看一个电影，南乔的手机响了起来。

"喂，程城？"

不知道程城说了些什么，南乔走出门去，只留下傅丫格一个人在房间里待着。

她是和程城去说悄悄话了吗？傅丫格好像发现什么秘密一般惊讶，难道程城喜欢南乔？也是，谁会不喜欢南乔呢。

不一会儿，南乔就回来了。

"你什么时候和程城关系这么好了？"傅丫格眨巴着眼睛看着她好奇地问道。

"吃醋了？"南乔的眼里有一丝难以捉摸的笑意。

"我当然吃醋呀，你接到他的电话就不要我了。"

南乔忍不住翻一个白眼。"你是真傻还是装傻？"看着傅丫格一脸无辜，南乔叹了口气，"你赢了。"

第二天一早，傅丫格接到了负责冬令营的老师的电话。

听完电话后，她直接从床上蹦了起来。南乔，你猜我运气有多好！

南乔侧目看着她："怎么了？"

"免费！"傅丫格几乎是用喊的，"这次冬令营竟然给我们都免费！"

"全部都免费？"南乔一愣。

"是啊，全部都免费，因为有公司赞助！我运气是不是太好了，老师问我还要不要去！可惜……"

"可惜什么？"

"可惜没有多余的名额了，我好想和你待在一起啊。"傅丫格的脸上充满了纠结。

"你吵了我一整个学期了，寒假就让我清静清静吧。"南乔笑吟吟地看着她，"何况我又不是你，我没有法国签证，再过一周要出发，现在办也来不及了。"

傅丫格为了这次冬令营，大半年前就办好了法国签证，这次，当然不用为签证的事操心了。

"那你可不要想我想到哭鼻子。"傅丫格对南乔狂眨眼，南乔噗嗤一笑。

晚上，傅丫格走到了舅舅家门前，敲了敲门。她心里有些忐忑。那次之后，她很久没有来看过舅舅了。都这么久了，她当然没有生穆菲菲的气，更不会迁怒于舅舅，她只是不知如何面对舅舅。

开门的是穆菲菲，原来今天她也在这里。看到傅丫格，她神色有些异样："是你。"

"嗯，舅舅呢？"傅丫格不知道该跟她说些什么。

"他在书房。"穆菲菲指了一下，一侧身，让傅丫格进去。虽然两人没有多说话，但是傅丫格能感觉到，穆菲菲对她的敌意好像少了些。

穆明海的脸色尚有些阴郁疲乏，看到走进来的是傅丫格，笑容逐渐出现在他的脸上，夹杂在脸上淡淡的纹路中，也加深了脸上的纹路。拘谨而生涩的笑容让傅丫格看着心头一酸。

"丫丫，你怎么来了，快坐。"穆明海从书房走到客厅。

穆菲菲面无表情地拿起放在客厅茶几上的书，走进了书房里。"我去看书了。"说完便合上了门。

穆明海脸色一冷，正想说什么，傅丫格拉了一下舅舅的胳膊，等他坐下后，自己才坐在了穆明海的对面，说："舅舅，让菲菲去看书吧，还有，你也不用这么客气。"

"之前论文的事，是舅舅不好，没有查清楚，没想到……"穆明海有些说不下去，他不知该说什么是好，只好责备地看着书房的方向。

隔着隔音并不那么好的门，穆菲菲都能感觉到那股视线灼烧着她的皮肤。

空气中弥漫着难以言喻的氛围。

"都是一家人，以后不要提过去的事情了。我来是想谢谢舅舅同意刘教授在学校里给我办画展，这对我是个很难得的锻炼机会。"

傅丫格虽然这样说，但其实心里也明白，许多事情发生后，就永远也抹不去了。

苦难不是永恒的，可伤疤是，多好的药也不能治愈如初。

"总觉得你还是那个揪着舅舅裤脚的小不点。一晃眼，长大了，舅舅也老了啊。开画展的事情，是你自己的作品足够优秀，我信任老刘的眼光，也信任你的能力。"

傅丫格的眼睛和嘴角不由弯了起来，夹杂着难言的心酸。

第十四章　是君旧游处

冬令营之所以让傅丫格一直心心念念，除她贪玩外，主要因为举办地在巴黎高等师范学院，那是她老爸傅长鸣的母校。她将在这个学校上整整两周的课，中间还能出去玩。

一直拖到了出发前一天的晚上，傅丫格才开始磨磨蹭蹭地收拾行李。她一边拿着手里的清单找东西，一边干扰正坐在沙发上看书的南乔。

"南乔，你什么时候回家呀？"

"两天后的火车。"

"你长得这么好看，路上一定要注意安全，千万不能被人拐卖了。"傅丫格嘴里说着玩笑话，脸上却有些失落。这次去冬令营的这些同学里，她只认识程城和倪风。要是南乔也去，那该多好。

晚上，母亲给她打了一个电话。

傅丫格不敢告诉母亲这次的游学活动是免费的，更不敢让母亲知道她把钱给城西福利院的孩子们买了钢琴。毕竟这是他们的钱，不是她的。

"你别丢三落四，这次可没我跟你爸爸充当你的'左右拾遗'，给你拿东西捡东西放东西了。"

傅丫格笑嘻嘻："我没小时候那么傻了！"

"哦？"隔着手机傅丫格都想象得到那头母亲温柔笑着的样子。

第二天一早，学生们在校园门口集合。

傅丫格裹着粉红色的羽绒服，脚踩着白色的小短靴。

"哎呀，差点迟到！"看到人都来得差不多了，倪风和程城已经坐上了校车，傅丫格也急匆匆上了车。目光所至，都是一些不熟悉的面孔。坐在靠后位置的倪风和程城前面的一排还有空座，空座旁是个披着长长的直发的女孩，女孩正侧头看着窗外，长发垂下来，挡住了她的侧脸，她的身侧放了个白色的可爱小熊背包。

"嗨！"

女孩偏过头看着傅丫格。她的眼睛又圆又大，脸蛋也有些婴儿肥，脸却并不大。看起来很可爱。

"请问你旁边有人吗？"

女孩连忙拿开了自己的包，说："没有，你坐吧。"

傅丫格笑嘻嘻坐下。"我叫傅丫格，学画画的，你叫什么名字呀？"

"你好，我叫奚唯依，读的国际关系专业。"女孩朝着她甜甜一笑，露出两颗小虎牙来。

这两颗小虎牙也太可爱了吧！

傅丫格不由自主地就喜欢上她了。

"你书包上的这个熊本熊好可爱！"

"我最喜欢熊本熊了，你看！"奚唯依从背包里翻出几个印着熊本熊的笔。

"哇哇哇！"傅丫格难得碰到一个品位和她相似的人。

大巴一路开到机场，傅丫格一路忙着跟奚唯依聊天。原来奚唯依和程城是早已经认识的同学，难怪她坐在程城前面。后排的倪风和程城相对安静许多，睡觉，翻书，还有被迫听前排两个女生不知所云的闲谈。

"我爸妈觉得这个冬令营不是出来学习，是出来玩的，所以不给我钱。我自己攒了好久还借了点才凑够，谁知道来之前，突然被通知有公司赞助我们游学，真是太幸运了！"奚唯依感慨。

"我比你还惊险呢，差点都来不了，唉，幸亏运气好。"说起这事，傅丫格不停地笑。

无论走到哪里，带队老师都要一遍遍清点人数，生怕漏了什么人。坐了一天一夜的飞机和大巴，到巴黎高师隔壁酒店的时候已经是当地时间的晚上八点多了。傅丫格和奚唯依在飞机上聊得欢，两人一天一夜都没睡觉。在酒店里，放好东西，顷刻之间，两个女孩都沉沉入睡。

墙壁上充满了风吹雨打的痕迹，有一种褪色后的沉重色泽。尽管充满了年代感，恢宏大气的建筑仍让傅丫格眼前一亮。她想起家里有许多褪了色的照片。照片上的父亲年轻英俊，他的背后，正是这些恢宏大气的校园建筑。

而今天，她也站在了这里。

程城和倪风到校门口的时候，意外地看到傅丫格和奚唯依早已到了，奚唯依拿着手机正在自拍，而傅丫格则专心地看着校园建筑。

程城拿着他很少离身的单反相机，拍了几张眼前的景象后，走近笑着说："今天怎么没迟到？"

傅丫格一跺脚，正想说点什么。

奚唯依浅笑："因为有我啊！"她声音甜甜，看着程城的眼睛。

程城看着两人浅笑。

奚唯依脸颊泛红，低下头去。

课上老师讲了一些风土人情，还有一些最基础的法语知识。奚唯依听得津津有味，傅丫格看着窗外，心显然早已经飞出去了。

好不容易熬到下课，傅丫格拉着奚唯依非要跑到美术学院去看看。

"我们两个单独去美术学院会不会不安全，万一迷路了怎么办？"奚唯依忧心忡忡地说道。

"怎么会呢！"

"其他人也不熟，要不，你把他们也叫上？"奚唯依小声说，目光看向在楼道聊天的程城和倪风。

"好吧好吧。"

傅丫格不由分说上前拉着倪风就要走，看了看程城，虽然她心里也把程城当很好的朋友，可仍不太敢在他面前像在倪风面前一样放得开。

"快快快，我要去美术学院。"

"你去就好了，拉我干吗？"倪风瞪她。

"唯依不是担心我们俩不安全嘛，而且我是路痴，你知道的。"傅丫格朝他眨了眨眼睛。

想到傅丫格的确路痴得厉害，倪风虽然沉着脸，还是同意了。

"一起去？"倪风看了眼程城。

程城的视线从手机转移到倪风脸上，又转移到傅丫格的脸上，点了点头。

美术学院有条长廊，长廊两侧的墙壁上挂着许多画作，地上还有一些雕塑，都是优秀校友的作品。傅丫格走进去后，一个个看过去。

果然和她想的一样，往里面走了走，几幅熟悉的画作映入眼帘。熟悉的笔触，熟悉的明暗分布，而画的右下角，果然是那个名字——Changming Fu。

傅丫格唇角翘起，小小的深深的酒窝，仿佛有微波荡漾其中。

倪风和奚唯依都顺着她的目光，看向墙上的画。程城却不由自主拿起手里的单反，对着眉眼弯弯的傅丫格连拍了几张照片。看着奚唯依的目光转向突然拿起单反的自己，程城仿佛被窥到什么秘密一般，白净的皮肤开始一点点透红，难得有些慌乱地说："要不要我帮你们拍照？"

奚唯依点头，倒也没察觉到单反相机背后他脸色的异样，对着程城的镜头比了个剪刀手，程城便帮她在长廊拍了几张照。

傅丫格仍在笑，奚唯依好奇地问："你为什么这么开心？"

"啊？"傅丫格一愣，转头看向奚唯依，"没什么，觉得这些画都画得好棒。"

"专业人士就是不一样！我对艺术就没什么感觉，怎么看都看不出一朵花来。"奚唯依吐吐舌头。

傅丫格笑嘻嘻的，不接话。

她一幅接一幅地看过去，突然，有一幅标记着父亲名字的画映入了她的眼帘，这是一幅油画，画中的女子虽然一看就是个法国姑娘，但容貌清丽，目光脉脉含情，整个画面简洁而有光感，能想象到这幅画大概是在春日的明媚中完成的。不论是画中的女子表情，还是画家的笔触，都是那么丰富而明丽。看着看着，傅丫格突然觉得这女子有些熟悉，再一想，分明和家里那幅古风画中影影绰绰的人物面庞有点相似，就说呢，从小她就觉得那幅画中的女子面容有些奇怪，现在明白了，她的原型是个法国姑娘。

"南有乔木，不可休思；汉有游女，不可求思。"

傅丫格轻轻地读出了这幅画最下面的小字，她清晰地记得，这句子，家里那幅古风画上也有。

刚才还兴冲冲的傅丫格，心情突然有些复杂起来。

"算了，不看了，我们走吧。"

她莫名没有了兴致。

晚上回酒店后，傅丫格洗完澡出来，看到奚唯依正坐在床沿笑。

"笑啥呢？一副恋爱的样子。"傅丫格打趣她。

没想到奚唯依耳根都红了，捂着脸，她推了傅丫格一把，却不说话。

"啊，不会被我猜中了吧？"傅丫格惊呼。

这次同行的二十人里，有一半左右都是男生，她莫非和谁瞅对眼了？傅丫格歪着头想着。可明明奚唯依这两天都跟她待在一起的啊，难道是——

"倪风还是程城？"傅丫格摇晃着奚唯依，叫道。

"我这次来冬令营，本来就是为了他。"奚唯依小声说道，脸颊通红。

这次冬令营，奚唯依和倪风分明是第一次见面，而她和程城却是同专业的同学。想想这两天的一些小细节，傅丫格一拍脑袋，回过神来。

"原来你喜欢程城！"

"你可以不告诉他吗？"奚唯依握着傅丫格的手。

"当然啦，不过既然喜欢他，为什么不让他知道呢？"傅丫格笑嘻嘻问道。

"我们导师说，他是他带过的最优秀的学生，他人长得又帅，专业能力又强，我在他面前……不太自信。"

"可是你也很棒啊！"

看着傅丫格真诚的眼睛，奚唯依笑了，眼里闪烁着光："谢谢你。我想，等一个合适的时机，我自己告诉他。"

次日，学生们刚刚坐好在座位上，想不到快上课的时候，傅丫格跑到倪风的桌前。

"你过来,跟我坐,有事问你!"她笑得贼兮兮。

倪风以为她真的有事,便跟她到了她的座位旁,傅丫格把身边的奚唯依推到了程城旁边,也就是原本倪风的座位上。

"来,坐!"傅丫格笑嘻嘻地对倪风说。

倪风不明所以地坐下。

奚唯依看了眼身边的程城,心里有些说不出的欢喜,想着傅丫格果然仗义。程城和倪风一样,也以为傅丫格是真的有什么事情想和倪风说,所以起初不以为意,对着坐在自己身旁的奚唯依点点头算是打招呼了,随后继续翻着手里的书。

"到底什么事?"倪风问。

"以后有机会再告诉你。"傅丫格笑嘻嘻的,看着倪风翻了个白眼,她连忙拉住他的袖子,"你可不许走,不然我就喊了!"

"神经!"倪风气得翻了个白眼,怕她胡闹,还是坐在了那里。

下午,傅丫格仍拉着倪风和她一起坐。

几天以来,傅丫格每日都和倪风坐在一起,尽职尽责地给奚唯依创造着机会。哪怕是毫不知情的程城和倪风,也嗅到了几丝不寻常的气息。

回国前两天,傅丫格提议一起去埃菲尔铁塔看看,想逛的地方,都逛得差不多了,只剩下了还没有见过的夜晚的埃菲尔铁塔。四个人商量好后便一起出发。

天色渐暗的时候,他们到了埃菲尔铁塔附近,傅丫格开心得蹦蹦跳跳,她眼巴巴等着埃菲尔铁塔灯亮起来的一瞬间。

程城笑看着奚唯依和傅丫格手拉手走在前面,他喊了声:"再帮你们拍几张照片吧!"

拍完后,傅丫格拉着奚唯依跑到程城身边。

"你跟唯依站着别动,我也帮你们拍几张!"

程城一怔,还没反应过来,奚唯依就被傅丫格用力地推到了他的怀里。奚唯依羞得满脸通红,傅丫格欢笑着跑开几步,拿起手机对着两人开始"咔咔咔"地拍照。

程城接住了被推上来的奚唯依,单手扶着她的背,后退两步,脸色晦暗不明。他咬牙切齿地看着一边拍照、一边欢笑的傅丫格。这几天的一切,在他的脑海里也清晰了起来。看着奚唯依害羞的脸，程城心里一阵阵地烦躁。

他天生不擅长忍气吞声。

傅丫格看到手机屏幕里，程城俯身，在奚唯依耳边低声说着什么。

那一瞬间，背景里的埃菲尔铁塔亮了起来。

傅丫格以为自己见证了一段美好爱情的产生，程城一定在她耳边说了甜甜的悄悄话吧，他本就是那种最会逗女孩开心的男生。

然而，尽管天色已经暗了下来，衬着街边的灯，傅丫格仍然看到了奚唯依脸上的血色顷刻间褪尽，变得煞白，她那看向傅丫格的目光也同样冰凉。

随即，傅丫格看到程城抬头看向自己，笑容在他的脸上转瞬即逝。

傅丫格手一抖，手机险些滑落。

傍晚回去后，奚唯依拿着行李换到了另一个酒店房间。

傅丫格追着奚唯依问她到底怎么了，明明是好心好意，她自己都不明白自己到底哪里做得不对。可奚唯依每次都快步离开，没有理会过她。而且，每次奚唯依看向她的眼神，都让她心里很受伤。

隔天，也是他们在巴黎的最后一天。两天前她和奚唯依还约好了去玩，可是一大早她已经完全找不到奚唯依了，敲门也不应，她室友说，奚唯依跟着另外几个人早早就出发去了卢浮宫。

傅丫格满腹委屈地下楼吃早饭，看到倪风和程城正谈笑风生，她坐到他们身边。

"昨天晚上你跟她说什么了，她为什么不理我了？"傅丫格气呼呼地问程城。

"你们女生关系真复杂，之前还好得恨不得绑在一起，才几天就翻脸。啧啧，吓人。"倪风咂舌，一脸状况之外的表情。

"我没问你！"

倪风摊了摊手，一脸无辜，低头继续吃着他叉子上的薯饼。

"你猜。"程城似笑非笑地看着她。

"你不会说你不喜欢她吧。"

程城耸耸肩，说："差不多吧，没这么直白。"

"啊，她挺好的啊，为什么不喜欢她？而且，而且如果这样的话她不理你不就行了，怎么连我也一起跟着不理睬了！"傅丫格闷闷不乐地吃着东西。

"我说傅丫格，你怎么那么爱多管闲事啊。"倪风一边吃一边吐槽，"你都不问清楚程城的想法，就在那里瞎撮合。"

傅丫格唉声叹气，她自己也后悔得不得了。

早知道她就不插手了，就让奚唯依自己找一个好时机告白就好了，起码不会影响她们俩的关系。现在可好，也难怪奚唯依讨厌她，可能这几天她的举止真的有些莽撞。

吃完早餐，他们一路沿着塞纳河走，程城和倪风都说要去香榭丽舍大街买点东西带回国。

傅丫格心不在焉地跟着他们乱晃。

走了会儿，看到傅丫格仍然闷闷不乐，程城不由问道："你为什么要乱撮合，是担心我的终身大事？"

"当然是担心她的终身大事！你这面相，一看桃花运就旺得很，还是混迹于酒吧的浪子，不知招惹过多少女孩子了，还用我替你担心吗？"傅丫格没好气地说。

"我哪里混迹酒吧？"程城哭笑不得，他去酒吧的次数屈指可数，只是幸与不幸皆是——恰好在唯一酩酊大醉的那次遇见了傅丫格。

傅丫格"哼"了一声，不再说什么。

"你怎么不替自己操心？"程城试探地问道。

风吹来，傅丫格张开手臂，脸上是浅浅的笑。

"我一个人挺好的，再说，我也没什么勇气去喜欢上一个人了。"

很多事就是这么奇怪，譬如女孩子间的友情。

来得像暴风雨，消散得也毫无预警。

奚唯依再也没有跟傅丫格说过一句话。

她们以飞快的速度成为朋友，又以飞快的速度断绝了往来。

回国后，傅丫格到了公寓，想给奚唯依发个微信，问问她有没有安全到家时，发现自己被她删除了好友。

原来临别时傅丫格对奚唯依说的那句再见，竟成了再也不见。

傅丫格心里除了委屈，更多的是莫名其妙。她把这段不愉快的事情抛之脑后，可是有些东西，还是在她心里留下了朦胧的阴影。她找了些干净的衣服，收拾到行李箱里。

知道她要回国的母亲打电话问她什么时候回家，快过年了，她的生日也快到了。

傅丫格说，几天后她就回去。

然后，她的眼前莫名浮现出在巴黎看到的父亲画的那张肖像画，想想母亲，她竟有些难过。

回家的路上会经过蒲海市。想了想，傅丫格决定先去一趟蒲海市。她早就问到了南乔家的住址，想去看看她，想把从巴黎带回的礼物拿给她。

坐在大巴上的傅丫格，倚在椅子上，静静地观察着车窗外景象的变化。

高耸的建筑物仿佛有默契一般，随着大巴的前行，一点点变矮。路边的小摊贩多起来了，人情味儿仿佛也重了。

没到站的时候，傅丫格就已经喜欢上了这个城市。

一下车，车站的门口，很多晒得黝黑的青年正吆喝着乘客，他们或者开着电动三轮车，或者在不远处停着出租车。

傅丫格并不想坐车。

她跟着导航，朝南乔家的方向走去，大概二十多分钟就能走到了。

南乔说的没错，她的家乡，是个很小的城市，是个不用走很久就能抵达任何一个角落的城市，也是一个从任何角落都能走到海边的城市。

傅丫格突然想起南乔曾说过的一句话，她说故乡太小，装不下她父亲。

到底是故乡太小，还是人心太大呢？

虽然街道也不算干净，虽然人群稀稀落落也嘈杂着，虽然走在街上步伐都不由自主地随着这里的节奏变慢了，傅丫格却觉得这个城市出乎意料地娴静美好。

她一边走，一边买着路边的小吃。

卖烤饼的婆婆脸上的笑容也让她觉得温暖，尚未吃午饭的她挨个吃了过去，又带了两串糖油果子，打算拿给南乔。

不知不觉，竟然看到了蒲海一中，深红色的字，破旧的大门，看起来平凡无奇的中学，却培养出了林南乔和赵樾这样特别的人物。这个看起来普普通通的地方，一定发生过很多故事吧。

校门口卖冰糖葫芦的老爷爷踩着自行车，车轮吱吱呀呀地转动着，发出并不优美的声音。时光流转，上了大学的傅丫格，已经很少吃冰糖葫芦了，如今更没有曾经那种看到都想流口水的感觉了。仿佛更适合静静地停留在记忆中，伴随着那些让她每次想起便要酸涩到流泪的人和故事。车轮还在转动着，老爷爷浑然不觉，脸上是可掬的微笑，骑着车经过一个又一个成长起来的孩子，仿佛脚下踩着的是生命的年轮。

第十五章　当时已惘然

咬着冰糖葫芦，拎着糖油果子，傅丫格跟着导航穿梭在小巷里。当她在巷子里开始有些晕晕乎乎，考虑着是不是给南乔打个电话的时候，熟悉的名字从拐角处传来："林南乔，你别恶心我了！看我什么都有了，想吸引我的注意，又不敢自己来，就让你妈烦我？你不会以为现在的我还会要你吧?!"

顶着熊熊怒火，傅丫格踩了风火轮一般冲上前去，拐了个弯，另一条路上，果然看到了赵樾和南乔。

南乔脸色苍白，声音喑哑："我没有让我妈找你。"

傅丫格冲上去手脚并用把赵樾推开。

"又来欺负南乔！我真的瞎了，上次吃饭，居然还产生了你没准是个好人的错觉！"

赵樾被猛地一推，头无意中重重撞在了身后的墙上，他一只手扶住墙，一只手摸了摸自己被撞得生疼的后脑勺，冷冷看着傅丫格，不驯的脸紧紧皱在了一起。

南乔看到傅丫格，惊讶之余，脸色更难看了，转头就走。

当初的玩笑一语成谶，生命里的窘迫时刻，果然总被傅丫格撞见。

傅丫格本来想去追南乔，瞅了眼地图，看她走向的方向不远处应是她的家，便停下脚步，转头对着赵樾，打算警告几句再走。盯着赵樾，她眼睛瞪得滚圆。"林南乔是全世界最好的女孩。你拥有的东西就算比现在多一百倍，也配不上她。在我眼里，你就像个可怜虫，可怜得以为自己那点名和利能吸引到所有人，可怜得只能靠那点名和利去吸引女生。你要是再来找南乔的碴儿，我、我就想办法告诉所有人，看你经营的假形象还怎么维持下去！"

赵樾轻笑一声，用一脸不与她计较的冷傲，说："是她说自己不爱名利吗？真是笑话。"

"不用她说，我自己有眼睛！我不像你，我不瞎！"傅丫格咬牙切齿。

看到南乔快速远去的背影消失在了道路尽头，赵樾表情有些颓废，他靠着墙壁，慢慢蹲了下来。从口袋里拿出烟和打火机，点了一根。烟雾缭绕在他的面部，傅丫格看不清他的表情，只听他缓缓说："你叫傅丫格？"

"你怎么会知道我的名字？"

赵樾吸了口烟，说："听林北乔说起过。"

"你这么欺负南乔，林北乔居然还愿意跟你说话，我也真是不知道他在想些什么，何必对每个人都那么周到，尤其像你这种欺负自己亲姐姐的人，呵呵。"她没好气地说着，"总之，总之你以后离她远点！"

"高中的时候，我们艺术课是高一到高三的学生可以一起选修的。高二第一个月，我和刚入学的她一起选了手工课，那是我第一次看见她。因为盯着她一直看，我不小心把手指划破了。"赵樾低低笑了声，他伸出左手，左手大拇指背，俨然一道深色的疤痕，隐约看出当年割得不浅。

看到这条深深的疤痕，傅丫格正要离开的脚被钉在了原地。

"开学就听说高一（4）班有一个漂亮的学妹，被夸得神乎其神，我还不信，直到自己亲眼见到，才觉得果然如此。我一直心高气傲觉得自己不俗，而那之后我却也不能免俗地喜欢上了她。"

"那你为什么还要找她碴儿？你的喜欢到底算什么啊！"

"那时候我一心研究代码程序，不喜欢的学科向来是一个字不看，成绩偏科严重。而且整天打架斗殴、闯祸惹事，也瞧不起那些闷头学习的同学。直到遇到她，她不仅仅长得好看，她除了冷漠好像没有任何缺点。我意识到自己的不堪和不相匹配，喜欢，但只能藏在心里。在学校，我更加惹是生非，想引起她的注意，每天下晚自习后，我默默地跟在她身后，看着她走出校门，穿过巷子，走进家门。

"那扇每晚关上的门，对于我来说，仿佛是一堵厚厚的墙，永远也打不开。但我仍然每天晚上这样护送着她，不为人所知的。一百多天就是这么恍恍惚惚地走了过来。每次考试，除了数理化，我仍然是门门倒数。直到有一天午后，我又假装无意地经过高一（4）班的教室，远远听到一阵污言秽语和一记响亮的耳光之后，看到学校一个有名的男生站在南乔的书桌前，正在毁掉南乔的作业。我冲上去，和他打了起来。后来，男生的父亲找到我们当地的公安局局长，到学校声言要抓我，要让学校开除我。还好，学校调查清楚事情的经过之后，只给了我一个记过的处分。这个过程中，南乔当然起了很关键的作用。

"没有想到，我也因祸得福。以前从不正眼看我的南乔，竟然开始理我了。在我又一次晚上跟在她身后时，她停下来，叫住了我。"

烟雾散开，赵樾的脸上浮现出前所未有的孩子气的微笑，这样的微笑让傅丫格看得心都有些疼痛了起来，他说："那是我第一次抱她，原来那就是拥有全世界的感觉。

"她肩上的负担是那么沉重，她又个性要强，努力、勤勉，可我成绩偏科严重又整日胡作非为。我绞尽脑汁地开始想，如何给她未来，我要把她肩上沉甸甸的东西全部卸下，让她自由地快乐地为自己而活！所以，我把目光投向了自己一直感兴趣的互联网领域，不再是单纯的研究了，而是慢慢了解和进入市场，课下也接了很多程序设计的私活。我从小就喜欢捣鼓这些，这对我来说并不难……难得的是，她没有像父母老师一样逼着我去学我不喜欢的科目，反而格外支持我在自己喜欢的领域探索，那段时间，我们每天为了未来一起努力，周末偶尔的约会都在聊彼此遇见的难题，我们给对方许多启发，虽然真的很辛苦，可那却是我人生最好的时光。"

赵樾从口袋里摸索出打火机来，又点了根烟，猛吸了一口，缓缓吐了出来。

"你说，我现在配得上她了吗？"他看着傅丫格的眼睛，自嘲地一笑。

"后来呢，后来你们怎么了？"

赵樾脑海里涌现出巨大的轰鸣声，南乔那成了他日日夜夜噩梦的决绝的模样在他脑海里闪现——"我太冷了，你温暖不了我，没有什么能温暖我……我只想要看得见、抓得住的东西，我没有资格去拥有爱情。"

看得见抓得住的东西？

赵樾弹了弹烟灰，讥讽一笑，不再回忆。

"你该走了。"赵樾站了起来。

"嘶！"他倒抽一口气，脚麻了，仿佛有无数只蚂蚁在啃噬他的双腿。

为何讲了一半戛然而止，傅丫格不解地看着他。

"放心，我再也不会去找林南乔了。你替我祝她得偿所愿。"赵樾淡淡一笑，沿着马路的另一头走了下去。

傅丫格站在那里，刚才的怒火已经尽数消散，看到赵樾骄傲而孤独的背影，她心中阵阵迷惘。

可无论怎样的迷惘，她都绝不会相信，南乔是一个势利的人。到底是什么，让两个原本那么相爱的人，有了今生今世不再相见的决绝。

快到南乔家的单元楼下，傅丫格正准备给南乔打电话，抬头却看到熟悉的身影正站在楼下。

"没迷路？"

"南乔，我想你了……"傅丫格拽着南乔的衣袖左右摇摆，仰着脸甜甜笑着。

"你应该提前说一声。"

"我想给你一个惊喜嘛。"

南乔没有问傅丫格赵樾同她说了什么，傅丫格也没有转告南乔赵樾让她转告的话。两人有默契地没有提起这件事。认识这么久，傅丫格知道南乔从来不喜欢别人过问她的私事，如果想说，她自然会说。所以这次，她什么也没问。

两人一起上楼，到了南乔家里。

在外面的时候，傅丫格虽觉得这单元楼很有年代感，却也不以为意。一路走来，蒲海市这样的楼不少。

走进门去，她还是愣了一下。屋内有些潮湿。客厅是个很小的四四方方的区域，因为面积小的缘故，东西虽然不多，看起来仍有些拥挤。靠着墙壁摆放着一个小型双人沙发，上面铺着干净的罩子。靠着沙发，紧挨墙壁的，是几摞堪比人高的书。外面狭窄的小阳台上挂着几件刚洗干净的衣服，衣服下面整齐地放了三个盆子，衣角的水滴滴答答落在其中。

客厅另一头的深褐色的桌子上，放着一些厨具，几个锅碗，还有桌旁的两把没有靠背的简单椅子。朝里面看去，有两扇门。一扇门半开着，隐约看得出是个小小的洗手间。另一扇门紧闭，大约是卧室。

看着这简陋到不能再简陋的屋子，傅丫格咬着唇，内心深处涩涩的，难言的滋味，让她有点想流泪。可接触到南乔的目光时，傅丫格却笑了，笑得比往常都要好看。

"我带了礼物给你。"傅丫格从包里把从法国远远背过来的东西都倒了出来。

看到她像宝贝一样小心递给自己的那些东西，南乔噗嗤一笑。

五彩斑斓，竟然全是吃的！

巧克力、饼干、果酱、马卡龙……

大老远地带了这么多吃的，尤其是那几瓶五彩斑斓的果酱，她可真是不嫌重。

"送礼物不是应该送别人喜欢的东西吗，你怎么送的都是自己喜欢的东西？"南乔拉着傅丫格一起坐在了沙发上，揶揄道。

傅丫格脸一红，把头倚在南乔肩膀上，不好意思看她。

"我觉得我喜欢的就是最好的呀。"

"没事，我很喜欢。"南乔揉揉她的头，笑盈盈地说。

傅丫格欢呼雀跃。

"你生日是哪天？"南乔问。她这几月被塞着吃了不少好吃的了，倒是没给过傅丫格礼物呢。她印象中，傅丫格提过，她的生日仿佛就在冬天。

傅丫格很得意："是个超级特别的日子！"

"哦？"

"大年初一呀！"

果然快到了。

傅丫格拉着她，眉飞色舞地讲起了十八年前的大年初一，母亲早产，比预产期提前了一个半月就生下了她，还有生产那天他们一家人惊心动魄的故事。

……

"哎呀！母亲就在救护车里把我生下来了，你说险不险！好像我有多性急，巴不得早点看到这个世界似的。"

南乔正被她一惊一乍折磨得哭笑不得，门口传来了钥匙开门的声音。

"我妈回来了。"

听到这话，适才还在手舞足蹈的傅丫格立刻手脚乖乖放好，安安静静跟在南乔身后一起去开门。

门一打开，便看到南乔母亲正站在门口，看起来竟比自己母亲苍老了十岁不止，可从五官却隐约能看出她当年的容貌和现在的南乔有几分像，绝对是个美人。她裹着厚厚的深棕色的大衣和围巾，看起来却仍然瘦弱得快要散架了一般。

"阿姨好，我是南乔最最最好的朋友傅丫格。"傅丫格踊跃介绍自己。

"你好啊丫格，今晚不做饭了，我们出去吃。"南乔母亲温和的笑容里带着一些局促，这还是十几年来南乔第一次带朋友回家。

南乔接过母亲手里的袋子和背包，淡淡地说道："妈，不用跟她客气，我来做饭吧。"

"你这孩子。"南乔母亲看向傅丫格，却见傅丫格仍是笑盈盈的模样，心里不由亲切了起来。

"对呀，阿姨，你千万不要把我当外人，今晚我和南乔一起做饭吧，阿姨你负责吃就好啦。"傅丫格一副积极的模样。

看傅丫格自来熟的样子，南乔母亲直笑。

"妈，你坐着休息会儿吧。"南乔带着傅丫格走到客厅一角放着厨具的桌前。"我家没有厨房。"

"没事没事，我觉得挺好的，这样也很好啊。"

南乔点点头，和傅丫格一起开始做饭。

傅丫格把南乔妈妈买的菜泡在水里洗，洗好之后拿给南乔。只见南乔妈妈打开电视，把音量调小，而后突然说了句："厂里又要裁人了。"

"我倒希望你别工作，太累了。"南乔娴熟地切着菜。

"不工作？不工作哪里来的钱供你。你不要上了大学就小看我做的流水线工作，现在工资也不算太少。"

南乔沉默不语。

南乔妈妈切换着电视频道，电视上突然闪出赵樾的采访，她赶紧切换，却仍忍不住叹了口气，说："唉，早知道这个赵樾后来那么有出息，妈当初就不拦你了。"

"你是不是去找过赵樾？"

"找他？我哪里找他了，就是今天上班的路上碰到了，随便说了几句。"南乔母亲的声音有些不自然。

"我跟他早分手了，你还找他干什么，能不能以后不找他？"南乔沉声道。

"行行行，我不找。要我说，你就应该自己去找他。嫁给了他，你以后还有什么好愁的。"

"妈！"南乔放下手里的东西，回头冷冷看着母亲。

"好，不说了不说了。反正我女儿长得俊，闭着眼都能嫁个好的。"

南乔嘴唇紧紧抿着，低着头，脸色隐晦不明。

傅丫格默默地洗着菜，屋子里的氛围让她有些难堪，她只得装作什么也没听到。两个人合力，半个多小时已经弄好了几道菜。

"丫格，你什么时候回家？"南乔妈妈问。

"我后天早上的票。"

"怎么不多待几天？"

"这不赶着回家过年嘛，从机场回我老家，经过蒲海市，就来找南乔玩两天！"

"还是你懂事，我们家南乔，好端端的，大过年竟然要去东林，跟一个公益组织给福利院里的小孩过年，大年三十也不回来。"南乔妈妈叹了口气。

大年三十也不在家过年？傅丫格不解。

"你不是跟舅舅外婆他们一起过年，干吗非要我回来，我跟他们说不到一起。"南乔皱皱眉。

"什么公益组织，大过年的把人叫出去。"傅丫格问道。

"爱乐组织的，这次爱乐理事长也会亲自到场。"

自从傅丫格和南乔一样开始关心公益事业后，她便对那个圈子有了一些了解。爱乐公益基金会的理事长她也听说过，叫秦皓东，是公益界的名人。

"他好像挺有名的，你会见到他吗？"傅丫格问。

"可能吧。"

当着南乔母亲的面，傅丫格收敛了很多，话也少了些。

她好像渐渐能明白，在这样一个家庭长大的林南乔，为什么会独立又冷漠了。

夜色渐深，南乔倒腾了会儿客厅的双人沙发，这沙发原来是折叠的，拉开就是一张床了。"不好意思，我们家只有一个卧室，平时我回家都和我妈住在一起。她非要我去给你开个酒店，但我猜你也不愿意，我们晚上要不就睡这儿？"

"没有关系，这儿挺好，真得挺好，只要能和你说悄悄话睡哪里都行。"傅丫格笑嘻嘻道。

躺下之后，傅丫格有些辗转反侧。"你们分手，是不是和阿姨有关系？"

南乔侧过脸来，她把盖在身上的被子裹紧了些，眼神清透："他不全都告诉你了吗？"

"你倒是聪明。"傅丫格轻笑一声，"不过，他没提你们分手的事情。"

傅丫格真是不能理解，为什么很多人心里有那么多的想法，却不愿意说出来，而是互相猜测，甚至互相猜忌。如果每个人都只会"以为"，只会"觉得"，而不去求证，不去清清楚楚地弄明白，这其中会有多少的误会啊。

"你不懂。"

"是我不懂，还是你想得太复杂？"傅丫格从没有像今天这样问南乔这些话。

"高中的时候，他来我家找过我，被我妈用一些伤人的话赶走了。"

"阿姨为什么不喜欢他？"

"因为他家境贫寒。"

"没有人决定自己的出身。"傅丫格心里沉重，她正色看着南乔。

看到傅丫格一脸严肃的样子，南乔笑了："你太孩子气了。"

"我觉得家境不会局限一个人，也不应该成为爱情的前提条件。"傅丫格缓缓说道，她打心眼里不能接受南乔母亲的想法。

"傅丫格，你从来没有经历过我经历的一切。"南乔神色冷漠，"我知道你相信爱情，我也相信爱情，但我绝不相信爱情会发生在我身上。"

"当初在你和赵樾之间存在的，难道不是爱？"傅丫格反驳。

"我爸当年追我妈的时候，比赵樾做得还好，他们谈恋爱的时候，对我妈更是爱若珍宝。你说，那是爱吗？"南乔讽刺地一笑。

傅丫格喃喃说："可赵樾是无辜的，他没有对不起你，你只是不信任他，就判了他死刑。"

"我妈年轻时非常漂亮，有很多有钱人追求她，可她却选择了一无所有的我爸。她陪我爸熬过了最难的岁月，而我爸却在事业越来越好的时候有了外遇。这样的凤凰男，我爸也不是独一个，你仔细数数我们身边的成人，有几对干干净净白头到老的。"

"不，我舅舅和我舅妈感情就很好，一直到我舅妈去世。我爸爸妈妈感情也很好。而且，明明你们的爱情里赵樾没做错什么，你怎么能给他扣这样一个原罪呢？出身贫寒却优秀专情的人一定也有很多，如果你们坚持下来，或许，他和你爸爸是不一样的！"

"人性本来就经不起考验，甚至有时凉薄得让人毛骨悚然。有些人不是好，而是没有资本和机会，有了资本和机会后，没有几个能禁得住诱惑。以后不要提他了。"南乔不欲和她聊这个。

傅丫格又心疼又气闷，却无可奈何，她把被子往头上一蒙，不知该说什么好。直到南乔把灯都按了，她才又把头从被窝里伸出来。

"不知道为什么，我觉得赵樾现在还很爱你……"

"那我也不会回头。"

第十六章　花开亦有落

在蒲海住了两晚，傅丫格和南乔一起，在海边踩浪，享受海风，傅丫格竟觉得在蒲海比在巴黎还要开心。

还有一周就要过年了啊。

南乔送她到了车站。临别，傅丫格有些依依不舍："我会想你的。"

"我过两天也去东林了，忙完公益，年后找你玩。"南乔微笑。

坐上大巴的前一刻，南乔一直在目送着她。

走下大巴的前一刻，她已经远远地看到了来接她的父母。

"你们都来了！"傅丫格开心地抱住了母亲。

"来，我看看，几个月不见，我女儿越来越漂亮啦！"母亲搂着傅丫格。

"哪里漂亮，明明胖成球了。"父亲的声音从一边传来。

傅丫格手指戳了下父亲圆鼓鼓的肚子："你还好意思说我胖？"

看着父亲冲着她调皮地一笑，她也忍不住咯咯咯地笑了起来，小手又柔柔地搂住了父亲。

父亲牵着母亲的手走在她前面，她在他们后面，仿佛从来也没长大一般。

"把东西放一下，先去外婆家吧，外婆这几天总叨念你。"母亲转头对她说。

她快走两步，挽起母亲的胳膊："菲菲回来了吗？"

"回是回来了，但她应该不会来你外婆家的。"母亲神色异样。

"为什么？"傅丫格问道。难道是因为穆菲菲不想见她？

"跟你没关系。"父亲一眼看穿了她心里的想法，"大人的事情，小孩就不要管了。等看完你外公外婆，你就找穆菲菲玩去。"

"我才不是小孩！"

到了外婆家里，傅丫格终于知道了父亲嘴里"大人的事情"究竟是什么。

半年不来，房子里还是熟悉的样子，简洁，明亮。宽敞的大厅，奶白色的长长的大沙发，温暖的灯光。

外公外婆正坐在客厅沙发上，而临窗的餐桌上竟是正在吃饭的舅舅和宋晨曼。舅舅握着宋晨曼的手，在看到几人进门的一瞬，匆忙挪开。

傅丫格呆在那里，觉得自己真像个傻瓜，这么久了，竟然什么也没看出来。

"舅舅，小宋老师，你们……你们……"傅丫格进门的第一反应也不是问候外公外婆，而是直接惊讶地看着舅舅和宋晨曼惊呼起来。

宋晨曼有些羞涩地低下头，舅舅黑里透红的脸上也浮现出一种奇特的尴尬，看得傅丫格噗嗤一笑，还从未见过舅舅这样的窘态呢。

"天哪。"傅丫格感叹，难怪穆菲菲不再来了，她那脾气怎么接受得了自己多了个后妈，还是年纪轻轻的宋晨曼。他们不会已经结婚了吧，舅舅竟然把小宋老师直接带来家里过年，带到外公外婆面前。

也是，小宋老师和舅舅在一起，一个伟岸，一个温柔。一个如藤，一个如蔓。细细想来，竟然异常般配。

"丫丫来了！"看到她进来，外婆欢喜地说道。外公也笑着看向她。

傅丫格看到外公外婆虽然年迈，气色却都很好，宽敞的房子里到处都是他们养的花花草草，她十分乖巧："外公好，外婆好！"

舅舅和宋晨曼从餐厅也走到了客厅，大家都坐在沙发上，一时间场面有些尴尬。

"真好，真好！"傅丫格笑呵呵地打破了这种沉默。

虽然她喜欢舅妈，可是没有理由让舅舅孤单地过下半生，舅舅和宋晨曼在一起，也不是什么坏事。她相信自己此刻内心的波涛涌动只是因为一时间被冲击到了，过段时间适应后就好了。

宋晨曼脸更红了。

"傅丫格，刚才跟你说什么来着！"爸爸呵斥她。

"……"

"凶孩子干什么！"外婆看了父亲一眼，傅丫格朝父亲做个鬼脸，得意一笑。

"乖孩子，还是你最通情达理，有空你开解开解菲菲。"外婆转头就换了张慈爱的笑脸对着傅丫格，傅丫格点了点头。

"我也觉得晨曼挺好，你舅舅也不能一直就这样下去。"

外婆声音有些哽咽。

可当傅丫格下午到穆菲菲家里的时候，才发现事情没她想的那么简单。

傅丫格还没说什么，就被穆菲菲激烈的用词和砸得乱七八糟的房间吓了一跳。

"别告诉我你是来替那对狗男女说情的，我知道你喜欢那个狐狸精！"穆菲菲开门看到是傅丫格，直接甩给她一句话。

这个词可把傅丫格震傻了。

"什么狗男女，那可是你爸！"

穆菲菲的眼睛还有些红肿，她冷冷说道："他和爷爷奶奶现在只关心那个不要脸的女人肚子里的孩子，人家是三世同堂，我算什么！"

"你别这么叫小宋老师！等等，你说什么？"傅丫格动作僵住了，"她怀孕了?!"

"原来你还不知道。"穆菲菲嗤笑一声，"都三个多月了，一直以来瞒得滴水不漏，现在，你知道那对狗男女多恶心了？"是的，从此她不再是家里最小的孩子，她会有一个同父异母的弟弟，想到这点，穆菲菲恨得咬牙切齿。

"难道你愿意你爸爸一辈子孤孤单单吗！"

"好，他们都去追求幸福了，那我呢，我的幸福呢？傅丫格，你怎么好意思跑到这里来替那个绿茶婊说话，你又比她好多少？"穆菲菲斜坐在沙发上，冷冷看着她，"哦，对了，我差点忘了，那个女人帮过你，你们都是一个鼻孔出气！"

"你……"

傅丫格被穆菲菲这样一番抢白，觉得什么都说不清了，转身就走。

"走了好，都走了，走吧！"

关门前，傅丫格听到穆菲菲的声音，伴随着巨大的砸东西的声响。她下楼时步伐沉沉，险些摔倒，她又有些心疼穆菲菲，又觉得宋晨曼和舅舅也没做错什么吧。一时间，头脑一片混乱。

刻意躲着宋晨曼和舅舅，傅丫格几天都没去外婆家。

她也不知道自己为什么不想见到他们，明明都是她爱的人。

几天后，就是大年三十了，母亲也已经提前订好了她的生日蛋糕，傅丫格却没什么过年和过生日的兴致。

大年三十，一直躲在家里的她最终还是不得不被父母拎去外婆家。

"大过年的，怎么了？"母亲还在房间里换衣服，父女俩坐在客厅里，父亲见傅丫格看起来有些烦躁，问她。

"心里总是闷闷的，没有以往过年时那么开心了。爸爸，你知道我跟菲菲在学校里发生了多少事情吗？"

"我知道，我也知道你选择了原谅，爸爸为你骄傲。"

傅丫格小声地说道："事情要复杂得多，我一时也说不清。还有小宋老师的事情，我虽然理解，可心里其实也怪怪的。"

"世界上的事情都是复杂的，并非简单的好坏黑白可以判定，你要学着体谅人性，理解不同的价值观和不同的选择。无论别人怎样，记得并坚持自己该坚守的东西。其他东西，要学着洒脱点，学着从旁观者的角度去看。"

"可我不知道自己该坚守什么。"

"那要看你自己想成为什么样的人了。"父亲笑了笑，满意地看了她一眼，"其实你已经知道了。"

父亲的话，她听得似懂非懂。

这时，傅丫格妈妈穿着大红色的风衣走了出来，尽管岁月在她脸上留下了痕迹，可在傅丫格眼里，妈妈仍然很美丽。看到她走出来的那瞬间，傅丫格的爸爸满脸笑意，立刻把傅丫格扔在了一边，走上去牵住妻子的手："老婆，你每天都这么美。"

"又来了！"傅丫格翻了个白眼，气呼呼地带着自己的小背包，跟在两人身后屁颠屁颠走了出去。

到了外婆家，傅丫格竟然看到穆菲菲温顺地坐在外婆身边。舅舅和宋晨曼也在饭桌旁坐着。满满一大桌的菜，傅丫格不用看都知道，这熟悉的味道，是宋晨曼做的饭。

"小宋老师辛苦了！"

宋晨曼看着她，宠溺地一笑："没事，不累，你吃得开心就好。"

听到一桌菜都是宋晨曼做的，傅丫格妈妈有些不太好意思，她原以为会像往年一样大家一起做一点，想到宋晨曼还有身孕，她关心道："晨曼，你身子没有不舒服吧。应该跟我打个招呼，我也能帮帮你。"

"没事的，真的不累。"

且不说她肚子里怀着舅舅的孩子，单单是她的善解人意，她的小心翼翼，她对别人的照顾和对自己感受的忽视，傅丫格都不由感觉到宋晨曼真的很爱舅舅。

窗外鞭炮声响起，还有一波一波璀璨的烟花。

傅丫格看到饭桌上的家人，看到舅舅和宋晨曼偶尔的相视一笑，看到父母在彼此耳边说着悄悄话，看到穆菲菲也变得平和起来，淡淡的幸福感又开始涌上傅丫格的心头。

这氛围又是傅丫格熟悉的热乎乎的感觉了。

一阵敲门声响起。

"我给丫丫定的蛋糕怎么这么早就送到了。"

每个大年三十的午夜时分，全家人都会陪傅丫格一起过生日，今年也不例外。

"我去开门！"

傅丫格赶紧跑到了门口，打开门，惊呼："哥！"

太久不见，穆萧萧更高了，看起来有一米八五，他的脸也更英俊了，透着一股成熟的魅力。可是他阴郁的眼神里带着阵阵冷意，眼里也布满了红血丝，仿佛几天没有睡过觉一般。

"哥，你回来了！"穆菲菲飞奔而来，扑到了穆萧萧怀里，情绪一下绷不住了，眼泪悄无声息地流在了他的怀里。前天才给哥哥打电话哭诉，想不到今天他就回来了！

穆萧萧手搭在妹妹的背上，感受到她的眼泪浸湿了他敞开的羽绒服里薄薄的衬衣。他扶着穆菲菲，一步步地走到饭桌前。

傅丫格把门一关，开心地叫道："太好了，这下我们一家人可算是齐了！"

外公外婆也欢喜地迎上来。打了那么多电话让他回家过年，他都各种推脱。没想到，居然给了他们一个惊喜。

"一家人？"穆萧萧冷笑着逼近宋晨曼。

众人这才发现穆萧萧的不对劲。

傅丫格挡在了宋晨曼前面："哥，怎么了？"

这样的日子，连穆菲菲都知道收敛的啊。

"丫头，你先去旁边，这里没你的事。"穆萧萧的目光转到傅丫格身上时，柔和了些。两个妹妹，都是他从小疼爱到大的。

"哥，你不要这样，好不容易团聚，我们大家能不能开开心心地过年啊。"傅丫格揪着穆萧萧的袖子试图撒娇，以前这招最有效。

可穆萧萧拂开了她的手，从包里拿出一个相框，扔在了餐桌上，一言不发。

那相框里俨然是一张舅妈的黑白照。

"这是你阿姨做的一桌饭，也是她的心意。你懂事点，先好好吃饭。"穆明海缓缓说道。

"哗啦"一声，穆萧萧抓起桌布一抽，整张桌子上的碗碟都摔得稀巴烂，酱汁和菜还有碗碟的碎片混杂在一起，飞溅到了傅丫格的身上。

傅丫格吓得一哆嗦，看母亲用手示意她过去，她不自觉地跑过去，缩在母亲怀里，心里"突突突"直打鼓。

看着宋晨曼紧咬着嘴唇，眼圈变红，傅丫格内心深处憎恨起穆萧萧这种和穆菲菲如出一辙的反应模式，她更憎恨的是自己此刻躲在母亲怀里不敢吱声的软弱。

傅长鸣走上前去拉住穆萧萧，厉声道："适可而止。"

"姑父，你以为我大年三十来闹场，是因为不满他找新女友吗？"

"无论为什么，你爷爷奶奶都在，他们年纪也大了。"

"姑父，你不会告诉我，你不知道四年前为什么这个女人可以获得留校资格吧？"

傅长鸣的面色一滞，震惊地看着他。

穆萧萧这话让外公外婆也愣住了。

"五年前，这个女人还在读研究生的时候，他们就好上了。"穆萧萧自嘲地一笑，随后紧紧看着穆明海，"我回国前打电话给你，让你来接我，你说你下午开会，让我妈来接我。可是你那天下午根本没有会，你一整天都跟这个女人在一起。"

"哥……你说什么……"

"是的。就是那天，妈发生了车祸。"

穆菲菲颤抖着退了几步，瘫软在椅子上。

穆萧萧眼里是巨大的沉痛，穆明海双手颤抖，宋晨曼更是脸色煞白，仿佛一具空壳一样坐在那里。

"萧萧，你说的都是真的?!"傅丫格外公站起来，老人的眼睛里闪烁着巨大的失望和痛惜。

"你和这个小三好了多久，连我都一清二楚，我妈能不知道吗？她只是一直不说。可今天，你竟然堂而皇之地把这个贱人带进了家里，坐在我妈坐过的位置上。我问你，她配吗？别忘了，你们这对狗男女的手上，都沾着我妈的血！"穆萧萧一步步逼近穆明海和宋晨曼，"该死的本来应该是你们，你们怎么不去死！"

宋晨曼咬着嘴唇，眼泪不断地流下来，却发不出一点声音。她看着一点点逼近的穆萧萧，后退几步，脚下不知踩到了她几小时前忐忑不安做好的哪一盘菜，一滑，重重地摔在了地上。

全场寂静，傅丫格含泪站在角落里。

穆菲菲抽鼻子的声音，外公咳嗽的声音，穆萧萧剧烈的喘息声，餐桌桌沿酱汁滴落的滴答声，都仿佛被扩大了无数倍。

而窗外鞭炮的声音，却渐渐远了。

剧痛，伴随着下半身逐渐涌现的湿热感，宋晨曼用手颤抖着触碰了一下自己大腿内侧的黑色裤子，白净的手指上，粘上的那一抹红色触目惊心。

"晨曼！"穆明海二话不说抱起宋晨曼就要往外冲，傅丫格妈妈赶紧拿起手机打电话叫救护车。

外公眼前一暗，往前走了几步，发出了剧烈的咳嗽，整个人都蜷了起来。

"爸，你怎么了？"傅丫格的父亲拍着她外公的背，眉头紧锁，他抬头和妻子对视一眼。"爸也一起到医院看看！"

救护车呼啸而至。

傅丫格曾经无数次地听到过救护车的鸣笛声，却没有哪次像今天这样让她震耳欲聋，伴着鸣笛声的渐渐消失，房间里只剩下了穆菲菲、穆萧萧和傅丫格。

"这就是你想要的？"傅丫格冷冷地看着穆萧萧，她小拳头紧紧握住。

穆萧萧脸色惨白。

"你滚！"穆菲菲一把推开她。

傅丫格被推得往后退了几步，她的视线渐渐模糊，只看到穆萧萧走上来想要扶她。她躲开，转身，开门，出去。

一个捧着大大的蛋糕盒的外卖小哥正站在门口，看到傅丫格出来，外卖小哥展颜一笑，露出了白得发亮的牙齿。

"我正准备敲门。您好，这是您订购的生日蛋糕！确认好的话麻烦您签个字。"

傅丫格恍惚了一下，她拿起笔，签了个字，顺手把身后的门合上，往外走去。

"等等，您的蛋糕！"

"你留着吃吧，新年快乐。"傅丫格空洞地笑了笑。

留下一脸惊诧不知所措的外卖小哥，傅丫格走了。

万家灯火，街道上却几乎没有人。她似乎隔着一扇扇窗户，感受到了里面蔓延出来的快乐，可那快乐，或许从此，她再也不能拥有了。

不知流浪了多久，空荡荡的街道，竟然看到一个熟悉的人影。是她眼花了吧，怎么会在这里看到他？

越走近，越清晰。

傅丫格揉了揉眼睛："程、程城？"

那个在昏黄灯光下清澈的少年，他捧着一束玫瑰，眼睛比头上的月光还要明亮好看。这样的目光打在傅丫格身上，傅丫格一阵战栗。

程城快步走近她，仿佛走慢点她就会跑掉。

他把花束塞在傅丫格手里，随即霸道地把傅丫格环在了他的怀里。"找到你了。"

傅丫格尝试挣脱，程城的右手却紧紧把她圈住。

认识这么久，她还是第一次和他靠得这么近。近到可以听见彼此的心跳，近到能闻到他身上的味道，那是一股说不清楚的淡淡草木清香。傅丫格身体僵直，不能动弹。

"程城。"

"为了来给你送生日礼物，我可是连家里的年夜饭都翘掉了。"程城在她耳边轻声说，"想不到，半路就遇见你。嗯？怎么不在家待着？"

傅丫格的脸悄悄红了，她反问："你怎么知道我的生日？"

"我怎么能不知道。"

"你干吗对我这么好？"她问。

"因为我有所求。"程城低声笑道，那是他一贯逗她的语气。

"可是我什么都没有啊，你想要什么？"傅丫格傻傻地抬头。

"我要你爱我。"

夜色下，漫长的沉默，漫长的相拥，刚刚经历了那番动荡的傅丫格真的需要有个肩膀可以靠靠。

不知过了多久，程城放开了她。傅丫格兀自没有察觉，靠在他怀里。

"你还要赖在我怀里多久？"程城的脸上满是笑意。

"啊！"傅丫格慌乱地退了几步，脸却全然红了，"你你你，你混蛋！"

程城笑道："怎样？"

傅丫格左手抓起自己的袖子悄悄揪了起来。

"以后你紧张的时候，我的袖子可以给你揪。"程城含笑看着她说。傅丫格无奈地想，自己一紧张就要揪袖子的这个小习惯，越来越频繁了。

"你怎么知……"傅丫格把左手张开，不知所措，只好两只手一起抱着花。"我才没有紧张！"

程城垂眸，微笑不语。

他从怀里拿出一个蓝色的盒子，傅丫格看着他打开那个盒子，里面是一根细细的银色项链，简单的四叶形状，镶嵌着明晃晃的四颗透明小石。

傅丫格惊讶地看着他。

"你的生日礼物。"

傅丫格腾出一只手，看了眼手机上的时间："还有一个多小时才是我的生日呢！"

手机里恰好跳出一条短信，她看到发件人的名字，便顺手点开。

程城把项链正从盒子里拿出来，说："我会一直陪着你的。来，给你戴上。"

没想到，傅丫格的脸瞬间失去了所有的血色，她握着手机的手颤抖着垂下去，随即把那束花塞回到程城的手里，看也没看他一眼，转身就跑。

"傅丫格，你确定你要把我扔在这里？"

身后，程城有些发抖的声音渐渐远去。

傅丫格奔跑的脚步没有半分迟疑。

程城没有接住那束花，花就那样落在了地上，伴随着一起掉下的还有那个项链。看着傅丫格狂奔而去的背影，他觉得自己该哭的，可他却笑了。

一大早，他就带上早已准备好的礼物，母亲不许他离开，也不许家里的司机载他来。他傍晚趁着母亲在接待客人，好不容易从窗户翻出来，一辆车都打不到，走了四个多小时，才走到这里，还险些错过。他只想跟她多待一会儿。可她……

看也没看地上掉落的东西，程城大步离开。

傅丫格记不清自己跑了多久，路上一辆出租车都没碰到，只觉得快要累得昏死过去的时候，终于跑到了短信里的酒店。

她一步三个台阶，冲上二楼，到了213房间。

门没关，有个小小的缝。

傅丫格猛推开门，里面漆黑一片，她打开灯，目光所及，她腿一软，差点摔倒。

南乔没有穿衣服，裹着被子，蜷缩在床的一角，露出的雪白的肩膀上有着瘀青。床单一片凌乱，上面有点点血迹。

满地散落的，是南乔的衣服，被扯烂的内衣，纸巾，还有用过的避孕套。

"你来了。"看到她，南乔抬起头来，她眼神空洞，那张曾经清冷美丽的脸庞上，印着暗红色的巴掌印。

"生日快乐，包里，有我给你的生日礼物。"南乔的声音微微颤抖。

傅丫格清楚地感觉到自己的心被一点点撕裂，痛入骨髓也不过如此吧。血液一点点变冷，颤颤巍巍地走到床前，傅丫格一边哭，一边脱下自己的外套，围住南乔的双肩。"我不要礼物，我不要礼物！"

我只要你，好好的啊……

她紧紧抱着南乔，大口喘着气，哭得比哪一次都伤心。

南乔闭上眼，头轻轻靠在傅丫格的肩上。

肩头湿了。

恍恍惚惚中，不知哪一刻，傅丫格仿佛听到了午夜十二点的钟声。

这是她十九岁的开端。

第十七章　明月照沟渠

一年半后。

"十八岁女大学生被性侵案将于今日上午十点在东林市人民法院正式开庭审理，该案件的被告人为爱乐公益基金会理事长秦皓东先生，秦皓东先生是我国著名公益人士，因此，该案件获得了社会各界人士的广泛关注。涉及被告人的隐私利益，该案件一审不公开审理，但许多记者和媒体此刻仍集聚东林市人民法院的门口，等待着审理结果。这里是东林市早报，我们将随时为您播报案件进程。"

傅丫格坐在出租车后排，静静地听着这则新闻。

她常常在车上听到各种新闻，如果是往常，她或许也会叹息一声，却转头就忘。可这则新闻，她大概一辈子也忘不了。

因为新闻的女主角，是她最好的朋友——林南乔。

"师傅，还有多久？"傅丫格看了看时间，问道。

"快了快了，不塞车的话五分钟就到了。"司机从后视镜看了傅丫格一眼，"小姑娘，你去法院，也是为了今天开庭的那起案子吗？"

"嗯。"

"今天去的记者可不少哟，你也是记者吗？"

傅丫格摇头。

"那你去法院干什么哟？"

"我是受害人家属。"

声音平静得仿佛真的毫无波澜。

"啊？"司机有些惊讶地又看了她一眼，看到她头偏向窗外，脸上看不出什么情绪，沉默了。

法院前围着一群记者，一片嘈杂。

下车后，傅丫格穿过人流，缓缓走向法院。

一只手从后搭上她的肩，傅丫格回头一看，倪风来了，站在他旁边的，还有很久不见的程城。

看到他们，傅丫格并不惊讶。

"这么大的事情，都一年多过去了，我们竟然是从新闻里知道的。"倪风气急败坏。

傅丫格沉默。

"南乔不说，你竟然也不说？为什么现在才审理，当时为什么没有第一时间验伤、报警？你们是不是傻子？"倪风的手重重压在傅丫格的肩上。

"这件事，是什么时候发生的？"程城紧盯着傅丫格。

"先进去吧。"傅丫格垂头，声音有些轻颤。当初没有验伤、报警，也是她慢慢懂事之后最后悔的事情。

旁听席上，林北乔已经坐在了那里。

傅丫格示意倪风和程城坐在旁听席上。"证人不能旁听庭审，我先去里面了。"

"你是证人?!"倪风惊道。

傅丫格点点头，往里走去。

"全体起立！"

开庭后，倪风的目光在南乔和秦皓东的脸上来回流转。南乔的面具仿佛更厚了，厚得已经看不出她任何的喜怒哀乐，这一年，她拒绝用任何形式表达自己的真实情感。他始终不知道为什么，直到这两天看到新闻时，终于明白了原因。

而秦皓东，本人看上去比网上的照片更加正派。他身形微胖，个子不高，剃了寸头，一副忠厚老实的模样，腰杆挺得笔直。看着他假仁假义的脸，倪风恨不能冲上去揍他。

"原告自称被我当事人性侵。试问，如果她真的遭受性侵，为什么不在第一时间报警取证，而选在我当事人创建新的公益基金之际，也就是她自称事发的一年半后？"秦皓东的律师质问。

"我的当事人在被被告秦皓东先生侵犯之前，没有任何的性经历，被侵犯的时候我当事人也只是一个不满十九岁的大一学生。她没有足够的法律意识，但现在维权也不算晚。正义会迟到，但不会缺席。我当事人起诉被告人秦皓东，不是为了她自己，更不是为了被告人嘴里的利益纠纷，而是为了不让这样的悲剧发生在下一个女大学生身上。"南乔律师站了起来，他递交了两份证物，"我当事人至今仍保留着当天的衣物，两天前，我们刚拿到了司法机关的鉴定书，上面有被告的 DNA。酒店的监控也显示了当晚十点十分，秦皓东敲门进入了我当事人的房间，十一点离开。"

"原告律师，秦皓东先生年仅 31 岁，是爱乐公益基金会的理事长，也是一位单身的成功人士，深受女性的青睐和追捧。如你所说，秦皓东先生是敲门进入房间，并非闯入，可以见得，是原告主动给秦皓东先生开的门。"

现场开始有些嘈杂，倪风一拳砸在桌上："又老又丑的王八蛋，也不照照镜子！"程城握住他的手腕，示意他冷静。

法官说了声"肃静"，又逐渐安静下来。

南乔美丽的脸上没有一丝血色。

"我方请求证人出庭。"又一轮博弈后,南乔律师道。

傅丫格走出来的时候,和南乔对视一眼。傅丫格从早上到现在一直没有表情的面容,在看到南乔的时候,笑了一下,似是想告诉她,别怕。

"大年三十那晚,我收到了南乔的短信,她短信写了酒店名和房间号,还有句话:我被强奸了,你一个人过来好吗?"她缓缓说道。

似乎感受到旁听席上灼热的视线,傅丫格看了眼程城,歉意一笑,程城握紧拳头。

他该追上去的!他又一次以为自己看清了她,却又一次误解了她。

在傅丫格澄澈的目光里,程城为自己的小聪明和猜忌羞愧无比。

"我跑到酒店房间的时候,门半掩着,里面只有南乔一个人。她的脸上有深红色的巴掌印,身上都是伤。因为秦皓东让她不要反抗,可她一直在反抗。"傅丫格咬牙切齿。

"你可有拍照留证?"法官问道。

"没有,只有南乔给我发的短信还保存着。"

秦皓东的律师站了起来:"据我所知,证人和原告是形影不离的好闺蜜,我方对这些有利于原告的证词提出质疑。"

傅丫格冷笑一声。

秦皓东看到傅丫格的眼神,不由打了个冷战。

那天晚上……

他住在南乔楼上,那天回到自己的酒店房间后,他洗了澡,本来打算睡觉,却被一阵剧烈的敲门声惊醒。

然后他第一次看到了这个长了一张天真孩子脸的女生,傅丫格。

可她的行为,却和她的模样有着天壤之别。傅丫格赤红着眼用尽全身力气一拳一拳地砸在他身上,他一时间吓得失去了反应。反应过来,想反抗的时候,却见傅丫格拿出了刚从酒店餐厅专门顺过来的一把水果刀,一步步逼近。

秦皓东手无寸铁,他吓得魂飞魄散,想去抢,但臃肿的身体并不灵活,眼看傅丫格拿着刀一点点逼近,秦皓东向来伶俐的口舌结结巴巴:"你……你别冲动……杀人要偿命的!"

"你去死吧。"

傅丫格闭上眼睛，眼见手里的刀就要捅下去，门口传来了南乔的大喊："傅丫格，你干什么！"

手一滑，刀划到了秦皓东抱着头的手臂上，划得不重，只有几丝血迹渗了出来。傅丫格握着刀的手开始颤抖，她渐渐恢复平静，手却越抖越厉害。后退几步，被南乔用力拉走。

这个疯子！秦皓东低头，避开傅丫格火辣辣的视线。

作为证人的傅丫格离席后，庭审还在继续进行着，傅丫格只能在庭外焦急地等着结果。

"我当事人和原告是男女朋友关系，说性侵是不成立的，这是双方自愿的性行为。秦皓东先生一直以来致力于公益事业，他的为人是整个社会有目共睹的。"

两方各执一词。

直至半小时后，法院给出了判决。

"法院在此宣判被告人一审判决无罪，原告如果不服，可以在判决书送达之日起15日内再次提出上诉。"

秦皓东松了口气。

旁听席上的林北乔、倪风、程城，都变了脸色。

还未出法院，林北乔已经上去给了秦皓东一拳。

倪风拦住他，说："这是法院！"

几个安保人员围了上来，林北乔愤怒地看着秦皓东，秦皓东挨了一拳，他捂住自己脸上受伤的地方，一副正义凛然却无辜受辱的样子。"年轻人，我知道你没有恶意，只是为了伸张正义，我不会同你计较。但是我还是要劝你几句，不要冲动行事，一定要弄明白真相之后再去打抱不平。我和林南乔曾经是情侣，我也帮助过许许多多的人，我不是恶人。"他叹了口气，看起来竟有些可怜。

林北乔气急，大步上前，却被几人拉住。

"门口的记者太多，我们从后面离开，我准备了帽子口罩和眼镜，不能让南乔露脸。"程城拿出一个袋子，递给南乔。他看南乔神情恍惚，双目无神，不由说道："南乔，这只是一审，二审我们会想出办法的。"

林北乔看到南乔的模样，心中悲恸至极，他也是昨天才从电视上知道了这件事情。他走上前去，站在南乔面前，他不忍看姐姐那张美丽的脸。

傅丫格从后面出来，腿直哆嗦，紧紧抱住南乔，她的情绪不由又有些失控。程城看着她的眼睛，这一年，他有意无意躲着傅丫格。如今，这双曾是他的世界里最清澈最纯净的眼睛，这双只应该承载着美好的眼睛，是什么时候暗淡下去的，他竟茫然不知。

一审判决结果出来的当天下午，铺天盖地的新闻淹没了网络。

舆论之所以发酵得如此凶猛，是因为南乔的照片终是被网友扒了出来。校园论坛里有太多她的照片。那顾盼生姿的回眸，偶尔动人的微笑，大多时候都很沉静的美丽面容，在无数网络评论里，都成了她勾引有钱老男人的工具。

到处都是支持秦皓东的声音。

有人将秦皓东历年来在公益界的贡献整理出来，并宣称这样的奉献可歌可泣，就算他真的强奸了，也只是犯了一个小错误，何况女生肯定是半推半就，之后勒索不到钱财就心生歹意要告上法庭。

有人说南乔那天穿着裙子，因此，是故意勾人犯罪。

他们说秦皓东是勇士，鼓励他"整理心情，重新出发"。

还有媒体堂而皇之地将这个事件描述为"公益界的仙人跳"。

公寓里，只有南乔和傅丫格。

一年半前的那个噩梦一样的夜晚后，南乔拖着疼痛的身体，和傅丫格一起到了学校旁边的公寓里。后来，开学后，她们搬离了宿舍，彻底住了过来。

她们每天睡在一起，即便是南乔洗澡的时候，傅丫格也不许她关上门，她总怕南乔想不开。

傅丫格好几次建议南乔报警，可是南乔一直在犹豫。她知道南乔在犹豫什么，她有一个保守的母亲，一个保守的家庭，还绝不能出现任何差错的未来。南乔曾对傅丫格说："我知道我应该报警，可我不相信这个世界，我也不信任社会，我不敢将遍体鳞伤的自己放心地交给他们。"

傅丫格当时还觉得南乔懦弱，她觉得大家一定会支持南乔，社会一定是公正的，直至今日，看到网络上铺天盖地的恶言恶语，看到判决书上的一字一句，傅丫格才觉得，是自己太单纯了，南乔当时说的一点也没错。

报警后的二次伤害，不是旁观者能替南乔承受的，她也不能。

傅丫格能做的就是不许南乔看手机、看电脑，不许她接触网络。南乔的个人信息被曝光后，傅丫格陪着南乔，两人都不去学校了。

但南乔的反应却让傅丫格出乎意料，她说，这一切都是意料中的，不到最后一刻，她还要上诉。几个月前的一次社团活动，当南乔知道那件事情后，当她下决心起诉秦皓东的时候，她就做好了这一切准备。

几天后的一个晚上，傅丫格接到了一通电话。

"您好，我是徐洪律师，程先生委托我来协助林女士进行第二次上诉。"电话里是个声音浑厚的男音。

几个月前他们开始忙着立案后，傅丫格就研究过国内的律师，徐洪律师是最顶尖的律师之一，尤其擅长打强奸案的官司，可他价格高昂，最终南乔只选了一个普通律师。

"程先生是程城吗？"

"是的，程先生已经支付了所有费用。明天是否方便商讨一下案件细节？"

"方便方便。"傅丫格连连点头。

徐洪的来电，又给了她希望。

第二天一大早，她到了约好的咖啡馆。

看到只有她一人，徐洪有些不解："林小姐呢？"

"她的一切我都知道，您跟我商讨就行了，有什么能做的，我也都可以替她做。"傅丫格焦急地说道。傅丫格不想让南乔来，一遍遍重复她受过的伤。自从报警后，警察面前，检察官面前，律师面前……南乔总是迫不得已反反复复地陈述那些伤痛。

傅丫格感受得到南乔每次重复时内心的痛。

"好吧。经过和案件记录我昨天已经连夜研究过了，我只问你一个问题，林小姐确实不是自愿的？希望你一定信任我，并且如实告诉我，否则对方在庭审时拿出什么不利的证据就棘手了。"徐洪严肃地看着她。

"她不是自愿的，我到现场的时候，她因为激烈的反抗被那个禽兽打得遍体鳞伤。"傅丫格咬牙切齿地说道。

"秦皓东进入房间好像是林南乔亲自开的门？这个如何解释？"徐洪律师再一次以质疑的语调问傅丫格。

"他说要商量公益的事情，南乔因为他是公益界的知名人士，就没有怀疑地为他打开了门。"傅丫格焦急地解释。

"为什么当时你们没有选择立刻验伤、报警？"

"徐律师，你被强奸过吗？你了解一个人遭遇这种事之后的悲痛吗？你觉得我们想得了那么多吗？你看看现在南乔报警的后果吧！"傅丫格有点生气。

"咳咳。"徐洪面色尴尬，被傅丫格问得几乎哑然失笑，"既然不愿揭开伤痛，为什么林小姐一年半后又选择了报警？"

"因为一个人。"

"什么人？"

"另一个做公益的女孩子。一个社团活动上，南乔听到有人问另一个女孩：你和秦皓东玩过？那个女生脸色当场变了，出门痛哭。南乔陪她聊了很久，才知道自己不是唯一的受害人。那之后，她决定揭穿秦皓东这个禽兽，不让他伤害更多的人。"

"原来是这样。"徐洪的笔在纸上来回游走。几分钟后，他抬头说："秦皓东的公信力强，知名度高，但这也恰恰是他的弱点。我有一个想法。"

"什么想法？"

"如你所说，秦皓东性侵过的女孩绝对不止一个。我们只要把她们找出来，让她们出庭作证，就有胜算。"徐洪说道，"我会去大量搜集秦皓东私生活不检点的细节证据，但关键还是那些受害女孩的证词。"

傅丫格看着徐洪，问："这样就可以了吗？把同样的受害人找来作证就可以了吗？"她眼睛燃起希望。

"可是……"

"可是什么？"

"人家愿不愿意是另一回事，这对她们来说毕竟是二次伤害，而且案件关注度太高，女性一般都不愿意因为这种事情出名的。"徐洪皱着眉头说。

傅丫格眼神坚定："不管愿不愿意，我一定要去试试，求也要把她们求过来！"

第十八章　待到雪化时

在傅丫格会面徐洪之时，南乔接到了母亲打来的电话。

"新闻上那个……"母亲的声音在颤抖。

"是我。"南乔平静地说。

"你为什么要报警啊？为什么要闹得全世界都知道！"母亲喊道。

"妈。"南乔声音嘶哑。原来这几天，判决的结果，傅丫格不许她看的网络舆论，加起来，还不如今天听到母亲这样的质问时她内心的伤痛。

"你怎么能报警啊，你看看网上那些人都是怎么说你的！"母亲边哭边责怪她，"以后可怎么办啊？"

"这是我自己的事情。"

"你怎么不跟我商量，你太糊涂了！看你以后还怎么嫁人。"

"妈，"南乔忍着心中剧痛，缓缓说道，"商量？你替我给赵樾发了分手短信，还把所有他送我的东西都以我的名义还给他的时候，跟我商量过吗？你替我填报志愿，写了金融专业的时候，跟我商量过吗？你说赵樾没钱，你说学金融能赚钱……妈，我知道我们家没钱，我知道你一个人带我不容易，我也心疼你，所以我一直告诉自己要隐忍、要懂事。可是，钱不是生活里最重要的东西，我不想为它活着，我有自己的选择，我会为自己的选择承担后果。"手机那头安静了下来。"妈，我挺好的，我的生活没你想的那么糟。"

"可是，这下闹得全世界都知道了，别说赵樾了，哪个男人能不在乎，你以后可咋做人呀？"母亲哭道。"你不用管！"南乔挂了电话。

她一动不动地坐在窗前，看着窗外人来人往。

开始找其他受害人的时候，傅丫格发现这远比她想象的要艰难。

她和徐洪的助理律师一起找了大量秦皓东参加公益活动的照片，一张一张仔细看着那些照片，每张照片里离秦皓东比较近，或是姿势较为亲密的女孩，她都整理出来。频繁出现的几个女孩里，有一个就是南乔见过的女孩。

傅丫格首先拿着那个女孩的照片，挨个问那个社团的同学，终于问到了她是谁。梁曼文，英语系大二。

傅丫格在英语系的教学楼里走了几趟也没找到梁曼文，可她竟然碰到了很久不见的舒瑶。自从一年前她和南乔搬出去后，听说舒瑶也搬到了其他寝室，她们和舒瑶从此更是没有了什么联系。

此时，舒瑶走在一个男孩的身边，这个男孩寸头，戴着银色的项链，看起来很酷。

"舒瑶！"她疾步走到舒瑶面前。

舒瑶一愣。但她看到傅丫格白皙的皮肤变得有些暗沉，眼睛微肿，整个人都显出憔悴的样子时，隐隐猜到了原因。这几天，她也听说了南乔的事情。

"好久不见，你来外语学院是有什么事吗？"舒瑶朝她笑了笑。

"找一个英语系的女生。"

"你找谁啊，我看我男朋友认不认识，他是英语系的。"说罢，舒瑶扯了扯身边男生的手臂。

"她叫梁曼文。"傅丫格急切地问她。

"可以去自习室看看。"舒瑶的男朋友竟真的认识，他指了指上方，"就是楼上那间，我老见她在那儿自习。"

傅丫格一怔，她只忙着在教室里面找，竟忘了自习室。匆匆说了谢谢，她朝楼上跑去。

自习室的角落里，灯光微暗处，有一个清瘦的身影，是照片上的女孩子。

"梁曼文。"傅丫格跑过去，小声地叫她。

梁曼文回头看着她，疑惑地问道："你是谁？"

"我们出去说。"傅丫格拉着梁曼文走到外面，到了一个周围无人的地方。"我是傅丫格，是林南乔的朋友。"

听到林南乔的名字，梁曼文脸色一变，转身就要走。

"等等，我知道你也受到过和她一样的伤害。"傅丫格拉住她，看到她脸色瞬间变得苍白，傅丫格继续说，"真的很对不起，我知道仅仅是说出这些，对你都是一种很大的伤害。可是我真的希望你能在法庭上帮南乔作证。"

"我不会去的。"梁曼文甩开她的手。

"你不恨他吗？难道你想看着秦皓东逍遥法外，继续伤害一个又一个的女孩吗？"

"我当然恨他，但我不会去法庭作证。网上那些流言你没看到？难道，难道你要我成为第二个林南乔吗？"梁曼文颤抖着嘴唇。

"你知道南乔为什么要起诉他吗？"傅丫格紧紧盯着梁曼文，"是因为你。因为她痛惜你的遭遇，她不愿意让更多女孩遭遇这样的事情，才决定站出来。替自己发声，替你发声，也替那许多受到伤害却一言不发的女孩子发声！"

梁曼文拼命地摇头："那是她自愿的，我不要，我不要！"

甩开傅丫格的手，她远远跑开。

傅丫格站在原地，她内心除了愤怒，还有难以疏解的悲哀。

呼唤正义的人那么多，挺身而出为正义而战的人那么少，难道，人性注定就是懦弱而自私的吗？

回去后，徐洪助理找到了另外两个照片里高频出现的女生的信息。傅丫格拿着其中一个人的信息，一路磕磕绊绊，最终在她的家里找到了她。

"你认识秦皓东吗？"

那女人看了她一眼，没好气地说："不认识。"

"你们在很多照片里都站在一起，有时还手挽手，很亲密的样子，你怎么说你不认识他呢？"傅丫格焦急地问道。

"你是谁？记者吗？"女人神色不善。

"不是，我只是想问你有没有被秦皓东性骚扰过……"

"啪"的一声，傅丫格捂着脸，瞪大眼睛看着女人。

女人打了她一巴掌后，冷笑一声："你嘴巴放干净点，别想从我这里套到什么信息编排秦总。"

等她关上门之后很久，傅丫格还愣在原地。

这是她人生第一次挨巴掌，从小到大，父母都不舍得打她。

她的眼眶渐渐地噙满了泪水，内心的难过和悲愤让她寸步难行。她多希望有个人能陪着她，能递给她一张纸，不管是谁都好。

可是一个人都没有，连路上的保洁工都没有多看她一眼，每个人都在自己的世界里忙碌着，对别人的喜怒哀乐毫无觉察。她这才明白，曾经那些有人可以哭诉、有人安慰她的委屈，都不算真的委屈。

真正的委屈，是无处言说。

眼泪滴落在只有她一个人的世界。

她用袖子胡乱擦了擦眼泪，咬着嘴唇，抱着手里的资料，继续往前走去，她还要去找其他人。

令她惊喜的是，回去的时候，徐洪的团队已经找到了一个受害者，并且，她也同意出庭作证。虽然只有一个，但一个人的证词也能大大地提升这次庭审的胜算。这位女生甚至同意实名写一封指控信，在网上发布。

再次见徐洪的时候，傅丫格喜上眉梢："你们团队也太厉害了，到底是怎么做到的！"有这样大的进展，就算不是她的功劳，这两天受的委屈，仿佛也都不算什么了。

徐洪笑而不语。

"我就是太菜了，什么事都做不好，什么事都能搞砸，早知道，梁曼文和那个研究生也应该让你们出马，现在好了，她们都有戒心了。"傅丫格自责地嘟囔着。

"身在福中不知福。"徐洪没头没脑地说了这么一句。

听到这话，傅丫格怔了下，也没多想，很快和他商议起了后面的事情。

二审的日子转眼到了。

这次，不再担任证人的傅丫格坐在了旁听席上。

林北乔和倪风已经到了。

而庭审前几分钟的时候，程城也走了进来，他和徐洪握了握手，在徐洪耳边轻声说了点什么，徐洪惊讶地看着他。

傅丫格这才想起来，徐洪是程城找的律师，连律师费都是程城付了，她这两天竟忙得完全忘了这档事儿。

程城走上旁听席，看了看傅丫格身边的空位，还在犹豫的时候，傅丫格却拍了拍旁边，说："你坐这儿吧。"

程城点点头，坐在了她旁边。

"谢谢你呀。"傅丫格轻轻说道。

程城微微一笑："不客气。"

相同的程序，相似的陈述，但傅丫格却神经紧绷，目光如炬地看着场内。

秦皓东的律师反复强调秦皓东和林南乔的情侣关系，甚至暗指南乔为了钱勾引了秦皓东，给他下了这样一个套，而秦皓东为人老实，才中了计。

傅丫格听得恨不能掐死他，而徐洪也没让她失望，他直接晒出了爱乐公益基金会的收益情况，还有秦皓东的个人资产和负债状况，并指出他根本不是一个有资本用钱泡妞的人，以林南乔的容貌，如果她愿意，完全可以找到一个真正有钱的人，而绝不是他。

一番争执后——

"我方请求 1 号证人出庭。"

徐洪说出这句话的时候，傅丫格怔了一下，什么 1 号，难道还有 2 号证人？南乔也不解地和傅丫格对视一眼，不是只有一个受害人会来么？

难道是梁曼文良心发现了？

女生站出来，在证人席上，一字一句地讲出了半年前她做公益时被秦皓东侵犯的全过程。

秦皓东一口咬定，这个女生和他也曾是情侣关系。

新一轮的争执。

徐洪道："被告律师一直强调被告和我当事人曾是情侣关系，但事实上，我当事人当时不是他的女朋友，因为我当事人当时是有男朋友的。"

南乔震惊地看着徐洪，傅丫格也呆住了。这不是说好的剧本啊，徐洪到底在搞什么？

"你瞎说，她根本没男朋友。"秦皓东喊道。

"肃静！"法官敲了敲桌子，说，"如果原告有男朋友，为什么一审的时候没有提及，材料里也没有注明此事？"

徐洪道："因为我当事人的男朋友已经有一定的名气和社会地位，出于对他的保护，我当事人才选择了不公布恋情。原以为不公布他们的恋情隐私也可以胜诉，但一审败诉后，我当事人的男朋友决定承担责任，出庭作证，为我当事人洗脱冤屈。"

"好，请 2 号证人出庭。"法官道。

一个在场所有人都熟悉的男人走了进来。

南乔僵住了，看着赵樾一步一步走来，四目相对，他的眼里没有一丝一毫的嫌弃，皆是热烈，好像回到了刚认识的时候，那个温暖如春的少年。

傅丫格亦是看呆了，她从来没觉得赵樾这么帅。她目不转睛地看着赵樾高大的身影一步一步地穿过走道，走上证人席。

"我是赵樾，林南乔的男朋友。"

全场一片哗然。

南乔含着泪，他到底知不知道，这样说会给他带来什么样的后果？

法官也不可置信，忘了喊"肃静"。

"我和林南乔在高中时期都就读于蒲海一中，我们高二开始恋爱，虽然我们的恋爱很低调，却也不是无迹可寻的，我手机里更是保存着大量恋爱时的照片。一年半前，我女朋友来到东林大学读书，为了她，我还专门来东林大学做了开学典礼的演讲。当时，我的个人资产已经过千万，事发时，我名下的财产更是远远超过了这位自认为我女朋友看上他钱的秦皓东先生。"

秦皓东霎时间万念俱灰，千算万算，没有算到林南乔竟然真的有一位这样的男朋友。

"为了我的个人形象和事业，恋爱三年多来，我的女朋友承受了巨大的委屈。最近一段时间，更是饱受流言的困扰。所以我必须站出来保护她了，我也要为我自己的自私和疏于关心，向她道歉。南乔，对不起！"

赵樾对着南乔，深深鞠了一躬。

巨大的震撼和感动让傅丫格眼泪唰唰地流下。

二审的判决结果毫无悬念，秦皓东被判 7 年有期徒刑。

林北乔和傅丫格一起跑到赵樾面前，有些语无伦次地感谢了他一番。赵樾却径直朝着南乔走去。

南乔看着走到自己面前的赵樾，她尽力忍住眼泪，说："你不应该这样。"

赵樾看着南乔，他的嘴唇轻轻颤抖，一时间却说不出什么话来。半晌，他沉沉说道："我必须如此。"

铿锵有力的声音，南乔想起了赵樾当年为她打架时冲动的模样。

"我们要不要出法院再说呀！"傅丫格抹了把眼泪，露出久违的笑，"老样子，墨镜、口罩、帽子，南乔快来戴上！"

赵樾大步上前，拦住了傅丫格，说："不，我要带着她从大门正大光明地走出去。"

傅丫格捂着嘴敬仰地看着他。

南乔怔怔地看着赵樾，问："你知道，从这里出去，你会面对什么吗？"

"我只知道我爱你。"

赵樾牵起南乔的手，走出法院的大门。

闪光灯的照射，蜂拥而至的人群，各色震惊的目光，巨大的未知和冒险，压上了前途、名誉、一切的一切……原来都抵不上手心里实实在在的温暖。

看着赵樾娴熟地开着车，南乔竟不由怔住了。他是什么时候学会开车的？记忆中那个穿着磨破了几个洞的蓝色校服的高中男生，已经西装革履、风度翩翩。他比同龄人提前进入社会，而在社会里的这一年多时间，竟足以让一个人发生这样翻天覆地的变化吗？

分手后，两人几乎没有碰过面，偶尔的几次见面，她也没有心境好好观察他。她曾经颤抖地在网上搜过赵樾的访谈，浏览过他一路走来取得的所有成就和遇到的所有困难。可是网络上的那个他，无论她怎么看都是那样的不真实，和她记忆里痞里痞气的张扬少年判若两人。

今天，看到一身正装的他出现在她的面前，不再针锋相对，不再剑拔弩张，这样心平气和地并排坐在一起。她终于能静下心来好好看看他时，看到的，却是分别三年以来，早已隔在两人之间的巨大鸿沟。

南乔不觉想到，刚恋爱的时候，她一本正经问赵樾："我肯定能考上好大学，你呢，你考不上怎么办？"

想不到，追不上另一个人脚步的，却成了她。

时光果然可以将一切颠倒。

南乔看着车窗外，看着倏地划过的人河、模糊闪过的树影，说："谢谢你，为了帮我赢这场官司做出这么大的牺牲。"

听到她这样说，赵樾挑了挑眉："是啊，单身形象不再，卷入刑事案件，公司上市计划估计要延迟，微博粉丝也不知要掉多少，这牺牲的确不小。"

南乔有些悲伤地合上双眼，感受到眼里那一阵阵的酸涩被眼眶吞噬。

"我刚才一直在猜，上车后，你沉默这么久以后，第一句对我说的会是什么。还以为你会说：滚，我不需要你的怜悯。"他惟妙惟肖的模仿让南乔差点不应景地笑了出来。

"所以啊，你这些屁话对我没有杀伤力。我们彼此伤害得还不够吗？"赵樾看了她一眼，嘴角还挂着高中时那种痞气十足的笑容，"你听好了林南乔，我是一个成功的商人，别跟我说什么牺牲不牺牲的话，我不做亏本的买卖。"

"我听不懂你在说什么。"南乔垂眸。

"现在全世界都知道我爱你，你还要装傻吗？"

"你是怜悯我吧。"

"你看，我多了解你。"赵樾脸上浮现出不羁的微笑。

"我们回不去了。"

赵樾把车停到一边，问："为什么？"

"我们之间发生的事情太多了，你不再是当初的你，我也不再是曾经你喜欢的那个我了。"

"我从没有想过回去，我想我们重新开始。当我知道这件事情的时候，"赵樾攥紧了拳头，眼里是南乔从没有见过的愤怒和伤痛，还有深深的心疼，他一字一句地说，"我突然明白，这几年来，我不是在跟你较劲，我是在跟我自己较劲。我不敢承认我仍然深爱着你。我恨自己的懦弱，恨自己没有保护好你。"

眼泪又溢出了眼眶，顺着南乔美丽的脸颊滚落。

"我从没有嫌你贫穷。"

赵樾伸手把南乔的头拥到了自己的怀里，说："我都知道。"

这是久远的记忆，是南乔快要忘记的味道。

光雾氤氲，暮色沉沉。

一抹斜阳照射进傅丫格公寓的客厅里，正好打在她的身上。

她把支架搭起，画纸铺好，蘸了水的笔在调色盘上轻轻拨动。专注地看着窗外的晚霞，时至今日，她终于有了画画的时间和心情。

和网络上因为赵樾和南乔的恋情，以及秦皓东案几个匿名受害者的公开信所引起的轩然大波相比，家里安静得不可思议。

傅丫格享受着这样来之不易的平静，可她却发现，这一年来，自己越来越难以专注地画画了。从绘画技法上来说，她进步了很多，这得力于刘教授对她的严格要求，但从创作灵感上来说，她仿佛陷入了一种瓶颈，基本上再难画出什么打动人的作品。就像此刻，拿起笔，却不知要画什么——各种各样的东西充斥在她的脑海里，穆萧萧眼里的恨意，宋晨曼失去的那个孩子，舅舅一夜间苍老了十岁的面容，外公病房里淡淡消毒水的味道，程城脚下散落的玫瑰花和项链，南乔的眼泪，还有赵樾走上证人席时的义无反顾。

世界变得很嘈杂。

她放下画笔，深呼吸，穿好外套，决定出去走走。

校园里，虽然是夏天，在傅丫格的眼中却有一种萧瑟。在她的记忆里，总是有着杏花飘飘的杏树林，不知是否因为她心境的变化，竟也显得无精打采。

傅丫格很久没有开心地笑过了，能让她开心的事也越来越少了。

不知不觉，她拐进了一栋教学楼里，在楼道间慢慢走着。

正对面走来了奚唯依，很久没见，她及腰的长发已经剪短，可爱的模样倒是没怎么变，手里正拿着一台相机。奚唯依唇边的笑意，在看到傅丫格的时候，渐渐消失。她们对视一眼，却没有说话。看到奚唯依脸色变冷，傅丫格也提不起和她打招呼的兴致了。

一年以来，她们只碰见过两次，两次都无视了彼此。

这一次，也不例外。

奚唯依拐个弯，走进了楼道右侧的活动室。

傅丫格往前走着，在经过活动室的时候，不由驻足在了门口。想不到她竟然走到了摄影社团活动室的门口。

活动室里有十几个学生，可傅丫格一眼望去，看到的只有程城和奚唯依。程城正坐在里面，拿着单反，不知正在对奚唯依讲什么，两人有说有笑。他的声音传到傅丫格的耳边，傅丫格心里有些不是滋味。

他们在一起了吗？

那个年三十的夜里，当那束玫瑰掉在地上的时候，很多东西好像就变了。虽然随着南乔的案子公开，程城知道了当时的原因，可两人早已在这一年多的时光里疏远了距离，谁也没有再去捡拾那段感情。

正当她站在活动室门口发呆的时候，肩膀被人拍了一下。转头，是两个不认识的男生，正对着她笑。

"同学，来摄影社吗？"

听到声音，程城看了眼门口，是她！

傅丫格仓皇地躲开了他的眼神，对两个男生摇摇头，低头走开。

两个男生快走几步追上她，兴许是她看着小，他们拉住她便笑嘻嘻地问："是大一的学妹吗？别怕啊，我们不是坏人。"

傅丫格看了看两个男生后面的门，还好，他没有追出来。

可是，心中浅浅的失落又是怎么回事？

"不是，我大二了。"傅丫格仔细看了看这两个男生，一个留着长发，颇有艺术家的感觉，另一个看起来也很开朗。她在他们美术系见过的长发男生着实不少，倒也不觉得新奇。

"那你也是学妹！我们今年读完就研究生毕业了。算起来，比你大了……"长发男生掰着指头数着，"大了五六岁吧！"长发男生突然仔细地盯了她几秒，戳了戳身边的男生，说："咦？你看她，是不是……"

"是是是，我刚才就觉得是！"另一个男生也看了她几眼，连连点头。

他们在打什么暗号呢，傅丫格莫名其妙。

"小学妹，看你站在我们社团门口，是不是想加入又不好意思？我们带你进去吧，不用不好意思。我们这个社团呀，小空间，大世界。"长发男生朝她眨眨眼睛。

傅丫格作擦汗状，说："你们都是摄影社团的啊？"

"当然，来来来，跟我们进来，给你介绍一下我们社团的人。我叫叶博尘，博是博古通今的博，尘是超凡绝尘的尘。他是夏煊，夏天的夏，煊是名声煊赫的煊。是不是从我们的名字就可以知道我们摄影社的都是不凡之士呀？"长发学长不由分说，把她拉进了教室里。

"大家来，给你们介绍一个小学妹。"叶博尘吹了吹口哨。

傅丫格站在他身后，感觉到目光聚焦在她身上，她觉得有些无地自容。

"你……"程城看着她，欲言又止。

奚唯依抬头看着傅丫格，眼里充满冷冷的敌意。

"哇，原来你们认识呀，社长！"叶博尘和夏煊对视了一眼，却并不惊讶，反而带着笑意。

傅丫格低着头，讷讷地说道："盛情难却。"

程城的心沉了下去，他侧头问叶博尘和夏煊："你们和她很熟？"

"刚认识刚认识。"两人连连撇清，一脸坏笑。

"我们社团这样门庭冷落吗，人家明明不愿意，你们怎么还强迫着别人来？"

"社长，话不能这么说，人家小姑娘明显喜欢摄影。再说，我们哪里门庭冷落了，我们是门槛高，招的都是高雅之士，一般人我们看不上，看不上。"叶博尘拖长声调笑呵呵地说。

"你喜欢吗？"程城低头问傅丫格。

傅丫格局促不安，说喜欢也不是，不喜欢也不是。犹豫了半天，她点了点头。

听程城的口气，她明显能感觉到一种距离感。她知道，程城还在在意大年三十她把他丢在大街上的事，但还是点了点头，因为她确实喜欢摄影，在她眼里，摄影和绘画本就是一体的事。

"你看！不是被我强迫的吧。"叶博尘叫道。

"行，那你们带她。"程城淡淡说了句，他看了傅丫格一眼，神情有些奇怪，很快又一副淡然的样子，继续和奚唯依聊天。这次傅丫格听到了，他正在给奚唯依讲摄影的构图。看到他们亲密的样子，傅丫格扭过头去，有些不明所以的气闷。

叶博尘和夏煊把她带到了一张圆桌边上，又用那种奇怪的方式介绍了一遍社里的成员，接着便开始给她讲摄影。傅丫格僵坐在那里，心里默默想着，为什么每一次她都能让自己陷入最尴尬的境地，早知现在的局促不安，她就该待在家里别出来。半个多小时过去了，傅丫格找了个借口离开。适才叶博尘和夏煊讲的那些专业知识，说实话，她一个字也没有听进去。

谁知她才走出活动室，程城便追了上来。

"林南乔怎么样了？"

"肯定是好得不得了呀。"傅丫格笑了，"哦，对了，律师的事情，我还没有好好谢谢你。赵樾也知道了，他还要替南乔把律师费还给你。"

"你跟他说不必了，反正我也不是为了他和林南乔。"

傅丫格一怔，不知该说些什么。

程城靠着楼道的墙壁，双手交叉放在胸前，感慨："我听林北乔讲了他们的事情。能在林南乔最狼狈的时候选择来到她身边，赵樾是个男人。"

"是啊。南乔还说，爱情永远不会降临到她身上，身在福中不知福。我可真羡慕她。"傅丫格轻轻一笑，说罢，她却突然想起徐洪律师也曾经对她这样说过——身在福中不知福。

"你羡慕她什么？"程城目光沉沉。

傅丫格正要开口，就看到奚唯依从门口走出来，看了他们一眼，转身离开。

"唯依好像生气了，你去追她吧。"

说出这话时，傅丫格觉得自己好虚伪，明明心里想的都是，不要理她，不要理她。

"你让我去追她？"程城眯了眯眼睛。

傅丫格后退两步，小心翼翼地点了点头。

"傅丫格！"程城一步步靠近傅丫格，直到把她逼到墙边，"为了林南乔，你一次次甩开我、晾着我、无视我。现在，连奚唯依你也要多管闲事地关心。我呢，你把我置于何地？"

"我没有，"傅丫格缩在墙边上，"我以为你和她……"

"你难道，真的什么都感受不到吗？"程城额头上暴起的青筋隐约可见，他声音发抖，两手抓着傅丫格的肩膀，目光如炬。

傅丫格愣住了，只觉得呼吸困难，一句话也说不出来。在她眼里，程城向来都是云淡风轻、镇定从容，什么都不当一回事的。

空气凝滞了。

过了一会儿，看着傅丫格毫无反应地呆愣在那里，程城抓着她肩膀的手缓缓松开，转身，拖着沉沉的步伐离去了。

傅丫格站在原地，一动不动，半晌，她缓缓蹲了下来，周身毫无力气。脑海中有很多画面闪过，那个初遇时一眼能看透人心的少年，后来却跟她一起经历了那么多的故事。那天晚上，如果南乔没有出事，现在她和程城又该是什么样子？

"咦，小学妹，你还在呀？哈哈哈，我就说呢，你怎么能轻易走掉呢，我们社团那可是魅力四射的！"叶博尘摇摇晃晃地走出教室，看到蹲在门口的傅丫格，十分惊讶，他停下了充满戏剧性的魔鬼步伐，表情严肃地说，"程城那小子欺负你了？"

"没有。"傅丫格闷声道。

"来来来，进来。"叶博尘把傅丫格扶起来，到活动室角落坐着，夏煊也靠了过来。

"你跟师兄说实话，到底是不是程城那个臭小子对不起你。我们替你出头！"叶博尘一脸义愤填膺，夏煊也在一旁狂点头。

傅丫格愣了。什么对不起她嘛！

"你们肯定是情侣吧！"夏煊一副熟知内情的样子。

"不是。"傅丫格白了两人一眼。

"怎么可能，那家伙的摄影机里全是你的照片，我们偷偷看过。你说，你们要不是情侣，那他为什么拍了那么多张你的照片？"傅丫格越听眼睛睁得越大。

"就是！还精心定制成相册！我拿过来之后，你就不许抵赖了，如实交代内情。"夏煊贼兮兮地笑着，"也不知道怎么回事，这小子去年好像把相册收起来了，不过我知道他藏在哪！"说着，他去程城放在角落的大收纳袋底下，翻出了一个精致的相册，献宝似的拿了过来。

傅丫格翻着相册，酒吧里，初遇的时候，他竟然拍下了在桌上睡着的自己。他果然是一个生活即摄影的人。后面，一张一张，记录了他们相识的许多瞬间。原来有那么多她未曾留神的时刻，他都在远处看着她。

翻到了最后一页，傅丫格瞳孔倏地变大，照片里扎着马尾辫、笑意盈盈的自己站在学校的大门口，父母也在照片里，这分明是大学第一天报到的时候。原来，开学的时候，他们就遇见过吗？傅丫格仔细回忆着，有些被遗忘的记忆越来越清晰，确实有一个男生，那时，她盯着人家直笑，男生的妈妈也在一旁，叫他程城。

傅丫格抓起背包，跑出教室，一路狂奔，她跑得上气不接下气，心里却是从未有过的安然。

下篇

朝露待晞

第十九章 君心似我心

到了程城家门口，傅丫格小心翼翼地敲了敲门，轻得连她自己都有些听不清，"咯噔"一声，门却开了。

程城穿着一身灰色的休闲套装，脸色苍白。

"你怎么来了？"

傅丫格沉默，心里明明已经准备好的话，看到他，她却一个字也说不出口。她的手紧紧抓着自己的衣服，脸色一会儿红一会儿白，长长的眼睫毛也在颤抖。

"怎么了？"程城看着她脸色反复不定，困惑道。

闭上眼睛，傅丫格一副视死如归的样子，踮起脚，搂着程城的脖子，亲了下去。

程城僵住了。

唇上软软的触感真实地传到了他的大脑里。

亲了一下，她立刻离开了。蜻蜓点水般的吻，傅丫格脸却涨得通红，紧张得不知该看哪里。她闻到程城身上淡淡的烟草香味，那股味道真好闻，让她晕晕乎乎的。捂着脸，傅丫格转身就跑。

"又想跑？"

程城声音中带着止不住的笑意，这样的语气，和他们刚认识的时候他讲话的语气一模一样。傅丫格心中一动，被程城一把拉近，把门一关，他便捧着她的脸，深深地吻了下去。

傅丫格"唔"了两声，热气在脸上蒸腾，她浑身发烫，紧张得不能自已。最终，傅丫格还是乖乖闭上了眼睛。她感觉到程城清凉的嘴唇温度一点点升高，好久之后，他才松开了她，转而将她抱在了怀里。

贴着他格外温暖的胸膛，傅丫格听到了他剧烈的心跳声，在耳边一下又一下地轰鸣着。

世界从未如此寂静。

不知过了多久，程城在她耳边饱含笑意地说道："你是不是要对我负责？"

傅丫格怔住了，呆呆点了点头。听到他的笑声后，她才反应过来，又羞又恼，想打程城几下，却被他握住了两只手。

程城把她的手放进了自己的口袋里，说："你是我的女朋友了哦。"

傅丫格害羞地转过头去。她仍然有些迷糊，可是她清楚自己喜欢程城。早在生日前夕，他捧着满怀的玫瑰走向她的时候，那一刻心里的战栗，就让她知道，她喜欢上程城了。

"我会努力做一个好女朋友的。"

程城被逗得一笑，再次拥住了她。

"你不用努力。"

程城家里岁月静好，赵樾家里却巨浪滔天。

赵樾的助理高杨看着正优哉游哉一起做着饭的两人，急得团团转。

"外面铺天盖地的新闻都传疯了，你们怎么还有心情躲在这里做饭！"

高杨手机又振动了起来，他走到两人面前，举起手机，焦急地说："看看，又来了，记者电话。"

"不是有公关团队吗？"赵樾淡定地削着土豆皮。

"可是您本尊好歹回应一下吧，你的粉丝百分之六十四都是女性啊！"高杨把手机放在一边，任由它不断地振动。

"我已经让白总安排了新闻发布会，明天下午我会去参加。"赵樾看了他一眼，放下手里的土豆，"你去公司吧。"

"新闻发布会？"高杨惊叫，"赵总，你要澄清吗？"

"她一毕业，我就会娶她。"赵樾仍在专注地削土豆。

南乔怔怔看着他。这一切都在意料之外，她到现在还有些没适应过来，可赵樾竟如此坚定。想到他们的曾经，想到母亲用自己手机给他发的短信，还有那许多伤人的话，想到被判刑7年的秦皓东，想到那些噩梦和伤痛，南乔心里总有些隐隐的不安。她生怕此时此刻是随时会破碎的一场梦。

"老板，醒醒！"高杨哀号，"林小姐刚从这样的一个案件里脱身，就算你们要公开，能不能等风头过去再说。"

"我已经决定了，现在，你可以离开我家了吗？"赵樾下了逐客令。

高杨只好收起文件离开，临出门前看了眼林南乔，穿着简单的白衬衫黑短裙，头发束着马尾，素面朝天，一颦一笑却都让人挪不开眼睛。唉，果然都说英雄难过美人关。

赵樾擦干净双手，从南乔身后搂住了她的腰。

南乔放下了手里的蔬菜，问："怎么了？"

"高杨的话，你不要在意。"赵樾把头抵在她的肩上，轻轻说。

"我没在意。"南乔心中一凛，高助理在说她刚从这样一个案件脱身时，话里的那些意味，让她一瞬间有些敏感的心痛。这样细微的情绪，赵樾竟也感觉到了。

"你要是不喜欢……"

赵樾话没说完，敲门的声音响起。

他皱着眉头走向门口，一边开门，一边有些不耐烦地说道："高助理，你是不是不想……妈？"赵樾下意识地回头看了南乔一眼。

门口站着的面色冷凝的中年女人，正是赵樾的母亲李沉凌。她黑色的头发卷成了小卷，脸上有许多沧桑和岁月的痕迹，看起来便是一个经历磨难的女人。她衣着雍容华贵，黑色的套装裙，镶嵌着珍珠和精致的金边，脖子上戴的项链也价格不菲。

南乔一脸震惊地看着李沉凌，手里的东西滑落在了地板上，一股莫名的恐慌开始在她心里蔓延。

李沉凌走了进来，把门重重地一关。"砰"的一声，房间里安静了下来，只听到李沉凌一步一步重重地走到客厅里的声音。

"妈……"

"林南乔？"李沉凌没有理会儿子，径直走向几米外厨房桌边站着的南乔。

赵樾神色一紧，看向南乔。

南乔强作镇定："阿姨好，我是林南乔。"

李沉凌上下打量了她一番，冷冷一笑："果然比高中时出落得更标致了，难怪我儿子念念不忘。"

南乔一怔，这话的意思，难道她们高中时见过？她努力搜索记忆，却也想不出到底何时见过李沅凌。

"我们家不会接受一个你这种有历史的女人。"李沅凌冷声说道。

南乔脸色一白，咬紧嘴唇，正要说话，却听赵樾说："妈！南乔唯一的历史就是我！"他走到南乔身侧，紧紧握着她的手。

李沅凌的目光从南乔身上转到了赵樾身上，里面的冷意也化成了一种深深的失望痛惜。"儿子，几年前她嫌我们家穷跟你分手的事情，你都抛诸脑后了吗？今天你名声、地位都有了，她却丑闻缠身，你这时候要为了她毁掉你自己？"

南乔手冷得发颤，轻轻一挣，便从赵樾的手里挣脱了出来。

"听妈的话，找一个清清白白的女孩子。"

赵樾一把抓住南乔的手，斩钉截铁道："南乔就是一个清清白白的好女孩。如果您还想认我这个儿子，就必须认她这个儿媳妇。"

南乔感受到他手掌传来的温度，温暖，厚重。她心里一点点地安宁了。

李沅凌脸色大变，虽然知道赵樾从小叛逆，可她怎么也想不到，这样的大事赵樾竟然也任意草率，她怒火中烧地质问道："我知道你觉得她漂亮，可任她长得再漂亮，咱们家也丢不起这么大的人！再说，以你现在的地位，找个比她漂亮的很容易！"

"妈，这些年你反对的事情很多，可哪一件我没做成，哪一件最终又让你失望了？如果你想让我幸福，就相信我的选择。"

南乔眼眶有些酸涩，好像，她越来越容易流泪了。

李沅凌的脸色浮现出一丝凄哀，她心疼儿子，正因为心疼，才更不能接受这样一个丑闻缠身，还抛弃过自己儿子的"虚荣女生"。

"你非她不可，可她呢，她非你不可吗？谁知道那个秦皓东的事儿是不是她主动……"

"妈！"赵樾上前一步，愤怒地打断了母亲的话。

李沅凌冷笑一声，看着脸色惨白的南乔，说："我最了解我儿子，我就不信他不记恨你，不嫌弃你。识相你就自己走，否则，我就等着看，看你被我儿子抛弃！"

说完，李沅凌拿起茶几上深红色的包，转身走了出去。

"啪！"又是重重摔门的声音。

"你妈说得对，与其让你将来后悔，还不如现在就结束。"沉默了一会儿，南乔抓起桌子上的包，跑了出去。

"南乔！南乔！"赵樾的声音没有追上南乔的步伐，南乔把他隔在了电梯之外。当他等到电梯，终于下楼之后，南乔早不见了踪影。

南乔不想回学校面对同学的指指点点，也不想回家看母亲愁苦的脸。她一个人晃晃悠悠地在街上转悠。为什么，明明自己是受害者，却处处遭人鄙夷。虽然这些她在打官司之前就想到了，但当现实真实地呈现在面前的时候，她还是感到心被踩踏的痛苦。

不知不觉中，她走到了那条穿城而过的大桥边。桥下，江水滔滔。南乔闭上眼睛，想象中她的身体似乎飞了起来。

也许，这是最好的，这样，什么都不用再想了。

"嗞——"突然身后传来急刹车的声音。

赵樾急急地下车，冲过来，抱住了南乔。

"你这是干什么！你怎么能这么不相信你自己，不相信我！我妈，你也知道，她只是个没什么文化的农村妇女。"

南乔趴在赵樾的肩膀上，颤抖不已。

"你妈说的也没错。你真的，不嫌弃我吗？"

"你胡说什么？"赵樾心中剧痛。看到南乔这样无助，他突然很想念她那副骄傲的模样。如果他早点放下心中的成见，早点追回南乔，那些事情，她就不必承受了。

都怪他！

想到这里，他把南乔抱得更紧了，恨不得把她揉进自己的身体里，恨不得替她分担所有的伤痛。

"我不明白。"南乔喃喃道。

"不明白什么？"

"你明明是恨我的。"

赵樾声音颤抖："我是太爱你了，才会想不开。我早该理解你的，我其实早就理解你了，只是自尊心作祟……"他知道南乔家里的艰难，知道南乔母亲给她的压力。那些短信，他看到的时候就知道是南乔母亲发的，那不是南乔说话的语气，南乔虽然高傲，他却懂她从不会说那样伤人的话。可当他收到短信，跑去问南乔的时候，南乔却承认了她想分手。他自尊心太强，才会一直记恨。可那时的他冲动又平庸，南乔怎么能在他身上看到希望。

可惜这些，他都明白得太晚了。白白浪费了他们那么多的光阴，又给两人都造成了巨大的伤害。

"我伤害过你。"南乔摇着头，并不相信赵樾的话。与其说不相信赵樾，不如说在赵樾面前，她丧失了自信。

"南乔，我记住的是你对我的爱，你亲手做的小礼物，以及那些鼓励我成长起来的点点滴滴。如果没有你，我现在还是蒲海市的一个小混混，因为你，我才有了今天。与这些相比，你对我的伤害算得了什么？难道我没有伤害过你吗？如果我们放不下这些因彼此不成熟导致的错误，还怎么往前走。"

"可是，我放不下……"

想到赵樾一年多前看着她时眼里的恨意，想到赵樾母亲嫌恶的样子，南乔纤长的手指捂住眼睛，眼泪从指缝里滑下。

几年前的分手，她从没觉得自己做错，可是到了今天，为什么连她自己都觉得自己对不起赵樾。十八岁那年，她只是想专心高考，她只是看不到丝毫的未来，她只是太过恐惧重复母亲的命运。

"南乔，过去我们经历的，只是人生很短的一段旅程，未来更远的路我们都会手牵手，你要对我有信心。"

南乔静静靠在了他身上。

第二十章　相见不相识

虽然懒，但每周两次的摄影社团活动，傅丫格都风雨无阻。在她和程城第一次光明正大手牵手走进摄影社团时，伴随叶博尘、夏煊，还有摄影社团里其他人的欢呼和口哨声，最突兀不过的就是奚唯依可爱的脸上逐渐僵硬的神色。

奚唯依没有退出摄影社团，傅丫格也坚持每周两次必去，渐渐地，两人除了必要的时候，一句话都不会说，她们也习惯了这样的状态，养成了"相见不相识"的默契。

偶尔程城上课或有别的事，去不了摄影社团，傅丫格也会独自过去。她喜欢摄影，喜欢听学长讲相机、讲摄影、讲录像、讲剪辑，更喜欢社团里这种因为热爱同一件事而成为朋友的气氛。最重要的是，她拍出来的照片越来越专业。

"啊，是不是时间快到了！"从社团回去的路上，傅丫格才想起今天约了饭，进门就惊呼。

"都是自己人，迟到几分钟也没关系。"南乔从洗手间走了出来。

"不行不行，这可是我们四个第一次一起吃饭。"傅丫格火急火燎地牵起南乔往外跑。

餐厅是赵樾订的，是个有点僻静的茶室一样的餐厅。从石壁中间圆拱形的入口进去，潺潺小溪，木桥，一派古韵。赵樾的品位果然和南乔有点相似。

点完餐后，傅丫格开始滔滔不绝："每天晚上睡觉前，我跟程城都会在微信上聊一会儿天，聊到困了为止。可是我觉得好神奇！"

"怎么神奇？"

"好像我们的作息都变得差不多了！每次我说我好困，我要睡了，他就会说，好巧，我也困了。是不是很神奇！"

"这么巧呀。"

见程城有些不好意思地转过头去，南乔莞尔。和傅丫格生活在一起，她早就看出，恋爱以来，傅丫格对程城的依赖感越来越强。经常黏着程城，总说程城是她的真爱。

南乔有一些莫名的忧虑，她也没想通自己的忧虑从何而来，毕竟谁都看得出来，程城是真的对傅丫格好。

"你们公司的事情，还忙得过来吧？"程城岔开话题，转头问赵樾。

自从赵樾在发布会上表态之后，他的粉丝竟出乎意料地飙升，尤其女性粉丝激增。在这个人们不再相信爱情的年代，赵樾给了大家一个梦。当然也有人嘲笑赵樾，话说得极其难听，但赵樾毫不在意。

这件事情对他最主要的影响，是延迟了公司的上市计划。

"我的用户群需要刷新。上市推迟也是好事，毕竟公司上市需要大量资金，如果按原计划匆忙上市，未必挺得过去。最近我投了部分资金研发新项目，刚刚也和几个公司达成了项目合作。"

"你们团队的公关能力和专业能力都很强啊。"但程城最佩服的还是赵樾做事不惧外界目光的魄力，当然，还有深情。

几人正聊着天，却见一个熟悉的身影从外面走了进来，坐在了靠窗的桌边。

在傅丫格看到宋晨曼的同时，宋晨曼也看到了她。

宋晨曼和往常一样浅浅一笑，可任傅丫格怎么看，都像是在强颜欢笑。傅丫格起身，对饭桌上的几人说："我去和小宋老师说几句。"

程城拍了拍她的手背。

"去吧。"

傅丫格走到宋晨曼面前的时候，才看到她身形竟然消瘦了一大圈。那个大年三十的晚上过后，她听说宋晨曼流产，后来，便没有在学校见到过她了，连偶遇都没有。只听说她仍然在学校里上课，但是每周除了上课，鲜少出现。

"小宋老师。"傅丫格坐在了宋晨曼的对面，轻声道。

宋晨曼一笑，说："好巧，在这里碰见了。"

"是啊，好巧。"傅丫格有一肚子的话，一时间，却一个字都说不出口。

"刚才坐在你旁边的那个男孩，是你男朋友？"宋晨曼问道。

"嗯。"傅丫格点了点头，有点害羞。

"祝福你啊，你可把咱们学校里条件最好的男生拐走了。"宋晨曼一笑。

傅丫格一怔，她喃喃道："条件……其实无所谓的。小宋老师，你身体现在怎么样，怎么瘦了这么多。"

"我不能再怀孕了。"

傅丫格震惊地看着宋晨曼，胸口一阵又一阵疼痛。她不能接受宋晨曼和舅舅的婚外情，想到这段婚外情间接导致了舅妈的死亡，她更是揪心。可任她怎么看，宋晨曼都是另一个受害者。

"你是不是也觉得我罪有应得。"宋晨曼自嘲地一笑。

傅丫格不停地摇头。

她不会忘记，当自己被诬作弊，没有老师相信自己，连舅舅都不相信自己时，是宋晨曼在用她微弱的力量保护她，替她叫屈。她也不会忘记，高三的时候，宋晨曼没日没夜陪她一起做插画的场景。可是，舅妈……

心中巨大的矛盾，令傅丫格几欲窒息。

以前，她觉得所有的小三都罪大恶极，所有出轨的男人也罪大恶极。可是，看到宋晨曼，想到穆明海，他们真的罪大恶极吗，他们真的是坏人吗？

傅丫格心中已经有了答案。

"小宋老师，我不知道应该怎么看待你们之间的事情。可是，你是个很好的老师，也是个很好的人，我真的希望你能很幸福。"傅丫格看着宋晨曼，目光柔软地说，"所以，每顿饭都要多吃一点，把自己养胖一点，孩子的事情，现在医疗技术这么发达，会有办法的。"

宋晨曼握住了傅丫格的手，说："谢谢。"

"可能我和你舅舅的事情，在你看来很不道德，我也无法为自己开脱。我爱上他的时候，才二十出头。

"我从小没有父亲，跟着母亲颠沛流离，穆校长让我第一次有了一种安全感。在他身上，我第一次感受到一种山一样的力量感。"宋晨曼眼睛看向窗外，仿佛在喃喃自语。

"是他帮助我留在了大学任教。我没想到陈教授会因为我发生意外，我没有想要伤害她的，虽然，我确实伤害了她，我无法为自己辩解。"说到这里，宋晨曼的眼圈红了，"如果早知道，我绝不会和他在一起的。"

"小宋老师，你不用说这些。"傅丫格轻轻说。

宋晨曼苦涩地一笑，她看了看餐厅另一头程城不时看过来的目光，对傅丫格说道："丫丫，你也长大了，你单纯，程城成熟，你们很合适，要彼此珍惜啊！你一定会比我幸福。"

"我们都会的。"傅丫格心头酸涩。

回到餐桌后，饭菜已经上齐了。傅丫格夹着菜，有些心不在焉。饭桌上几乎只有程城和赵樾在聊天。

四个人很快吃完，坐车回去了。路上，傅丫格坐在后排程城的身边。看着窗外车水马龙，她突然问："是非曲直的判断，到底以什么为标准呢？"

她心中疑惑而悲哀。

三个人都怔住了，不知如何回应。半晌，程城说："世界不是黑白分明的，人性复杂，每个人都有自己的不易，成人的世界本来就很狗血。"

"别想这些，开心一点。"程城揉了揉她的头发，说，"我喜欢你快快乐乐的样子。"

傅丫格对程城笑了笑。

可心中久久不能散去的郁结之气，仍然让她有些轻微的窒息感。她也想永远像以前那样快快乐乐，可是，心中阵阵的酸涩和苦楚总是一次又一次侵蚀着她的内心，让她怎么都找不到刚上大学时的感觉了。

她自己都不喜欢这样的自己，程城更不会喜欢吧。想到这里，傅丫格强颜欢笑，靠在了程城的肩上，闭上眼，假装睡着了。

摄影社团难得聚一次餐，傅丫格主动承担起了选餐厅的工作。程城看到她忙前忙后，挑来选去，没去干涉她。在被傅丫格拉着试吃了六七家餐厅后，傅丫格终于选中了市中心一家口味正宗的中餐馆，预订了一个有两张桌子的大包间。

到了周五下午，傅丫格挑了套裙子，还让南乔为她化了个淡妆，欢欣雀跃地下楼，扑倒在楼下等着她的程城的怀里。

程城一把接住她。

"你不觉得我今天很漂亮吗？"傅丫格笑嘻嘻地问。

"你每天都很漂亮呀！"程城笑眯眯地捏了捏她的脸，"以后别麻烦南乔啦。你化不化妆，都很好看。"

傅丫格脸一红："你怎么知道我麻烦南乔了。"

"上次，也不知道是谁把眉毛描得和蜡笔小新的眉毛一样。你那化妆技术……"程城调侃。

"你讨厌！"傅丫格气急。

"所以以后不用为难自己，说了，你不化妆也很好看。"

傅丫格低头，脸泛起微红。

两人提前十几分钟到了定好的包厢，那时已经有七八个人到了。傅丫格热情地和几人打了招呼，和程城一起坐了下来。人越来越多，聊得火热的时候，只见奚唯依带着一个女生走了进来。整个包厢刹那间安静了下来。

大家都看着奚唯依和她身边的女孩。傅丫格疑惑地抬头，不明所以，是不是因为那个女孩子生得好看，大家才安静了下来呢？

奚唯依身边的女生长得的确很漂亮，眼睛大而明亮，五官立体，妆容精致。那种美和南乔的美不同，是一种浓烈的美，却并不妖娆。那个女生走进来时，目光扫向两桌人，怔了一下，她用有些责备的目光看着奚唯依。奚唯依闪躲开她的目光。

"傅丫格，我带了个朋友过来，没关系吧。"奚唯依看着傅丫格。

"当然可以！"

奚唯依竟然主动和她说话，这倒是稀奇。

桌上众人的脸色都有些古怪，叶博尘张了张嘴，想说什么，却说不出口，只频频看向程城。傅丫格疑惑地转头，只见程城面无表情，脸上全然没有了刚才的笑意。

"那就在你们这桌加两把椅子吧。"奚唯依似笑非笑。

"好呀。"

傅丫格看着那个漂亮的女孩，说："我叫傅丫格，你呢？"

"你好，我是林辰安。"林辰安朝她微笑着打了个招呼，随后对搬来椅子的服务员说了声谢谢，坐在了桌边。一举一动，都透着一股优雅。

"你是我们学校的吗？"傅丫格好奇地问道，这样的品貌气质，在学校里应该不是无名之辈呀，怎么她从来都没有听过。

"我在外省读书，家在这边。"林辰安答道。

一来一往，全场只有她们俩清晰的说话声，还有另一桌压得很低很低的窃窃私语声。傅丫格看到叶博尘对她在使眼色，有点蒙。

"你和唯依是怎么认识的呀？"眼看有点冷场，傅丫格随便问了林辰安一个问题。

林辰安一怔，不知该说什么好。

奚唯依淡淡笑了，说："是她当时的男朋友把她带到我们饭局上的。"

"唯依！"林辰安不悦地看了奚唯依一眼。

"是吗，你男朋友是哪个啊，我认识吗？"傅丫格好奇地问。

　　程城握住傅丫格的手，目光难测，正要开口，奚唯依打断了他："现在不是她男朋友了，是你男朋友了。"奚唯依一脸看好戏的神情。

　　傅丫格震惊地看向程城，程城紧张的脸色无疑证明了奚唯依所说的话。她很想理智地坚持吃完这顿饭，可是她还是太弱，坐都坐不稳。看着傅丫格的脸色一瞬间变得煞白，站起来快速走了出去，程城也站起来往外追。

　　"程城，抱歉，唯依只说约我吃饭，我不知道除了我和她还有其他人，我这就回去。"林辰安对着他的背影急急说道。

　　程城转身，回来几步。却是看也没看林辰安，他拿起傅丫格的包，大步走了出去。

　　留下冷冷的一句——"随便你。"

　　落荒而逃啊。

　　傅丫格一边小跑一边哭。她没注意到地上的台阶，跑出餐厅不久，就被台阶绊倒，摔在了地上。小腿被地上的石子划出一道伤口，她呆呆看着血一点点渗出来，咬了咬牙，忍痛站起来。一双手扶住了她，伴随着急促的呼吸声。

　　不用转头就知道身后是谁。她用力甩开了程城的手，一跛一跛地往学校的方向走，一边走一边看着路边是否有空的出租。

　　"那都是过去的事情了。"程城紧紧跟着她，双手护着，怕她摔倒，"你的腿在流血，我们先去医院，其他事情等会儿再说，好不好？"

　　"我们在一起这么久，你从来没和我提过这段过去，活该我被他们当成笑话！"傅丫格嘴唇哆嗦着，在夜里显得格外苍白。

　　程城把她用力圈在怀里："我现在爱的是你。"

　　傅丫格拼命挣扎，可是她一点力气都没有。

　　"程城，你和她发生过你和我之间发生的一切吗？"

　　程城不语。

　　"你也牵过她的手，你也吻过她，你也对她说过那些一生一世的话，你也为她准备过或许不止一个的纪念日吗？"傅丫格颤抖着问。

　　在程城的沉默中，刺骨的冷意，从脚底到头顶，几乎要渗进了傅丫格的灵魂里。

　　"我和她已经结束了，我爱你。"程城一遍又一遍地重复着这句话。大街上，人来人往，不少人看着他们俩，他却不敢松手。

"你现在说爱我，以前说爱她，那你到底爱谁，你未来又会爱谁？"

傅丫格心里并不多的安全感荡然无存。她觉得自己很可怜，傻到一度以为自己是程城的唯一。

程城把头埋在傅丫格的肩上，感受到傅丫格身体剧烈的颤抖和抽泣，他沉沉说道："如果早知道会遇见你，我绝不会和她在一起。"

"你们在一起多久，什么时候分手的？"

程城沉默。

"到现在你还要瞒着我吗？"

"她是我高中同学，我们在一起一年多，分手是在大一，我……我在酒吧遇见你的那天。"程城犹豫再三，还是说了实话。

傅丫格嘴角泛起凄冷的微笑。

原来她自以为他们缘分的开始，命运的注定，却是他在为另一个女孩伤心的时刻。想到后来从未醉过酒的他，那天，一杯又一杯的酒下肚，傅丫格用尽全身的力气，把他推开。

"我再也不想看到你！"

她跌跌撞撞地拦住路边一辆恰好经过的出租，坐了上去。

"啪"的一声，程城被她隔在了门外。

"师傅，你快点开走，他是个变态。"司机师傅看到傅丫格满脸泪痕，不齿地瞪了程城一眼，一脚油门，扬长而去。

程城看到地上一滴滴的血迹，心如刀割。他拦了一辆车，拿出两张钞票递给司机，让他一定要紧紧跟着傅丫格在的那辆车。

到了小区门口，傅丫格下车，一拐一拐地往自己住的那栋楼走着，却见程城从后面的一辆车上下来，车门都没关，狂奔而至。

"你能不能别烦我！"傅丫格想一个人待着，程城的如影随形让她烦躁。

一直看着傅丫格上了楼，程城才没有再跟着。他站在她的楼下，看着她家里亮着的灯——南乔在家，程城的心稍微放下了一些。

腿一软，他险些跌倒，颓然坐在了台阶上。

第二十一章　茫如云烟海

傅丫格到了宿舍门口，才想起钥匙和包都在程城手里。她用手砸着门，才两下，门就开了。

"你怎么了？"看到傅丫格脸上的泪和她被血糊了一片的小腿，南乔赶紧把她扶了进来，关上了门。

见傅丫格还在哭，她不再多问。拿出急救箱，安静地帮傅丫格的伤口消毒、涂药、裹上纱布。傅丫格痛得直叫。

收拾好她的伤口后，南乔放好药箱，说："伤口不小，去医院看看吧。"

傅丫格连连摇头："我不去医院。"

"那明天去，打个针，以防伤口感染。"南乔注视着她，"现在可以告诉我到底怎么了吗？"

傅丫格哭得稀里哗啦，上气不接下气地讲完了晚上的遭遇。

林辰安是那么美丽、高雅。相比之下，她就像一只丑小鸭。傅丫格第一次尝到了嫉妒的滋味。

"不能怪程城。"听完后，南乔叹了口气，又抽了些纸递给她。

"为什么？"傅丫格瞪着南乔。

"你不能要求别人没有过去呀。他优秀，长得帅，当然有很多女孩喜欢他，就算人家以前有过女朋友，也不奇怪吧。一生只爱一人的人在这个时代早都是稀缺品了。"

"可他为什么不告诉我？"

"你也没问啊，他傻了才会主动和你讲前女友的事呢！"南乔扶额一笑。

"我一直以为，我是独一无二的。"傅丫格捂着胸口，那里闷闷地疼。

"你就是独一无二的。"南乔抱了抱她，说，"程城是真的很爱你，他不说是怕你像现在这样伤心。我和赵樾也是高中谈的恋爱，现在的社会，这没什么的，你不要太把他以前的经历当回事。重要的是现在和未来。"

"可是赵樾从头到尾只有你一个啊。"傅丫格从没有这样羡慕过南乔。

"你忘了吗，我发生过那样的事，赵樾也没有在意。过去的事情要学会让它过去。"南乔声音有些黯淡，傅丫格心疼地握住南乔的手。

可她还是，忍不住地在意。

"南乔……"

"我在。"

"我以为他说的那些话都是真的。"傅丫格怔怔地流泪。

"怎么就不是真的呢？"南乔反问。

"他的话原来一点都不能信。他也一定对林辰安许下过很多承诺，他也曾经想和林辰安永远在一起。可是，他现在还是来到了我的身边。有一天，他或许也会去另一个人的身边。"

"或许会吧，人本来就是会变的，任何人都如此。但你不应该因为这样，就否认他此时此刻的真心。如果你和他在一起是幸福的，就珍惜此时此刻。"

"我已经没有自信了。"傅丫格喃喃道。

"我和赵樾复合后，更努力了。想和他并肩，而不是成为一个依附于他、受他保护的脆弱女人。所以其实我觉得你要把重点放在如何让自己变得更优秀上，而不是放在如何取悦别人上，这才是自信的根本。"

最后这句话，让傅丫格振聋发聩。

这晚，傅丫格硬挤在南乔房间不走，她们睡在一起。

傅丫格听着南乔均匀的呼吸声，睁着眼睛，看着黑夜，一夜未眠。

早晨七点多，南乔醒来，看到傅丫格坐在了窗边，十分惊讶。

"你今天起得好早。"

傅丫格点点头："以后，我每天都要六点起床。"

她出去洗漱，换衣服，和往常一样热了牛奶，煮了鸡蛋，吃完就拿着书和南乔挥挥手走出门去，仿佛昨晚也是一夜好觉。

到楼下，傅丫格看到了满眼红血丝的程城，手里还拿着她昨夜落下的包。

他穿着这么单薄的衣服，在楼下站了一夜？傅丫格一阵心悸。

看到傅丫格，程城眼睛明显一亮，却不知该说什么好。

傅丫格径直走过去，就在程城以为，傅丫格会擦肩而过，无视他的时候，她抱住了他。

　　虽然傅丫格不再提这件事，但程城知道，这件事远没有翻篇。

　　傅丫格不再缠着他了。她甚至不再主动找他。尽管，每当程城找傅丫格聊天，或是叫她一起吃饭的时候，她都神色如常，看不出半分生气的模样。

　　以前他有时还觉得傅丫格叽叽喳喳吵得要命，现在身边突然冷清起来，程城却一点都不习惯了。好多次打电话过去，傅丫格要么在画画，要么在图书馆。程城也不好说什么，总不能让傅丫格不学习来陪他谈恋爱吧。

　　摄影社团成了他们最常见面的地方。傅丫格并没有因为之前的尴尬而不再去摄影社团，她每次都会去。可她每次去，都目不斜视，各种询问摄影上的专业问题。程城一眼就能看出，吸引傅丫格去摄影社团的真的只是摄影本身。这一点，让他很沮丧。

　　"要是辰安，肯定不会拍成这样。"又是奚唯依熟悉的嘲讽声。

　　身旁几人都紧张地看了眼傅丫格，程城也看着傅丫格，却见她神色如常继续和夏煊一起整理着上次拍的照片，仿佛什么也没听到。

　　傅丫格心中并不是真的毫无波动。可她不想不体面地生气，她知道那正是奚唯依想看到的。偶尔，傅丫格也会想到曾经她们在巴黎手牵手亲密的样子，恍如隔世。

　　忙完后，她照例往画室疾步走去。感情会让她不安，会让她大喜大悲，可是学习和成长会带给她一种安全感和力量感。她明白了南乔每天埋头苦读的原因，原来日复一日地成长，会这样的充实而愉悦。虽然闲暇的片刻，脑海中也会有一幕幕场景闪过，可她摇晃一下脑袋，接着投入战斗或创造，转眼便也全然忘记了。

　　傅丫格花了很多时间在画画上，越画，她越觉得自己不能只靠天赋，要不断训练、练习、学习。而越是学习，越觉得学无止境，越对自己不满意，也越体会到学习的魅力。

　　她坚持画画，坚持钻研大师的作品，模仿，练习，或沮丧或喜悦。

　　心似乎更沉静了。

　　她走到画室，刚铺好画布正要画画，手机屏幕亮了起来。本来她也并不想分神，可是屏幕上的字让她瞥到时不由微怔。

周周。

是城西福利院的那个孩子。

她忘了什么时候存过他的号码，但她还记得那孩子。

点开短信。周周竟然已经上了东林三中了，那是她的母校，傅丫格心里替他开心。周周在短信里说，学校免了他的学费，城西福利院也给了他一些生活费，可是现在，虽然他平日节约，钱却已经用完。他知道福利院没多少资金，不好意思再跟江姨要。现在没有钱吃饭了，想让傅丫格姐姐和南乔姐姐帮帮他，借他几百。

傅丫格回了周周一条短信：别担心生活费的事情，好好学习，姐姐周六来。

因她知道南乔手里并不宽裕，也从不拿赵樾一分钱，便没有和南乔提起这件事。周六，她自己坐车去了城西福利院。周周也回了城西福利院，傅丫格老远就看到他在门口等着。

周周长高不少，黑了，傅丫格险些没认出来。下车后，她把装着一千元的信封递给周周。周周低着头，有些惭愧："姐姐，我真的没办法了，你相信我，我没有乱花钱。"

傅丫格心头一酸，原想抱抱他，但看到他已经比自己还高了，便忍住了。

"周周，你怎么出来了。"熟悉的声音从福利院里传来，傅丫格抬头，看到许久不见的纪修远。纪修远看了看她，又看了眼周周和周周手里的信封，怔了一下。

"你好好学习，其他事情别担心。"

傅丫格的声音很温柔，带着某种宽慰的力量，周周点点头。

"姐姐先走了。"转身坐上原先那辆她让师傅等着她的出租，她看也没看纪修远，匆匆离去。

后视镜里，傅丫格看到纪修远和周周说着什么，而后纪修远抬头，怔怔地看向她离去的方向。她歪过头，不再多想，拿起手机，开始录窗外的景象，以各种角度进行尝试。去摄影社团后的日子里，不知不觉，她竟然爱上了通过小视频记录生活的方式，无论是拍摄、剪辑、配乐，都让她乐此不疲。她非常享受拍摄的过程。可惜她买不起好的相机和录像机，只能用手机拍。不过，作为业余新手，对她来说手机也够了。

傅丫格一到学校，又钻进了画室。

现在画画没有大一时那种喷涌而出的感觉了，她有点沮丧，却并不放弃练习。

门被推开的声音，傅丫格回头，看到刘教授走了进来，她愣住了。几周没在学校看到刘教授，他气色极差。脸色蜡黄，眼睛下有着深深的黑眼圈和眼袋，眼里还布满血丝。

"又在画画？"刘教授走近傅丫格，却见她画纸上只有寥寥几笔。

"唉，画不出来。刘教授，您精神看起来怎么不太好？"印象里，刘教授是个专注画画、为画痴狂、整天神采奕奕的人，难道是有人烧光了他的藏画吗，傅丫格心里琢磨。

"我父亲上周三去世了。"刘教授有些失神。

傅丫格不知该说什么好。

"我母亲去年就走了，现在，就我一个人了，还有我太太。"刘教授朝傅丫格笑笑，傅丫格却觉得那笑容比哭还难看。她曾经听舅舅说过，刘教授没要孩子，他真的只有妻子一个家人了。

"还有您的画呢！"她试图提点开心的事情。

"对了，画！你不说我差点忘了，我想向学校申请，再给你办一场画展。"刘教授说道。

"啊，您不觉得我画画退步了吗？"傅丫格惊讶道。

"你画画太过依赖激情，因此才会时好时坏。只要坚持训练，我相信你能利用好自己的天赋！优秀的作品从来不缺，缺少的是有特色的作品，而你正是那种有特色有风格的。"刘教授表扬她。

傅丫格难掩开心。

"等你再画一些，我在今年你画的画里挑一挑拿去展览。"刘教授拍拍她的肩，拿了几本书，便离开了。

刘教授走之后，傅丫格继续专注于手上的那幅画，直到天色暗了，她才画完。看了看新作品，总算有了一些满足感，她收拾好东西，从画室出来，楼道里倚着墙站着的竟是程城。

他们一起往外面走去。

"你在这儿多久了？"傅丫格讷讷地问道。

"不久，大概天黑后，经过楼下，看到画室灯亮着，就知道是你。这么晚了，我担心你一个人回家会害怕，在外面等等你。"

傅丫格怔怔看着他："那么多扇窗户，那么多盏灯，你怎么会知道我就在这个画室里？"

"我还能不知道你吗？"程城低头看着她笑。

听到这熟悉的话，傅丫格心头微酸。

"最近这段时间，你都不爱理我。"难得听到程城这样撒娇的语气。

"不是快期末了吗，我忙着学习，你一定也很忙。"傅丫格说。

"我怎么觉得你还在生我的气。"程城闷闷地说。

"我不会再去想过去的事情。南乔说得没错，我没理由要求你的过去是一张白纸。"傅丫格真心地说，"虽然，我可能还是会有点难受，但这段时间，已经好了很多。"

"傻瓜。"

程城看着夜色里傅丫格的脸，像白玉一样无瑕。她脸上纯真的神色，和第一次见面时一模一样。他握住傅丫格的肩，在这样的夜色下、校园里、杏花树边，温柔地吻着傅丫格。

傅丫格感受到他吻她时的小心翼翼与温柔，竟有股陌生的感觉。明明是熟悉的气息，但不熟悉的到底是什么呢，她自己也说不清。

第二十二章　东林雾色清

傅丫格的第二场画展，一直拖到了大四。

小时候，她只见过这所学校的春天。

如今，却已经经历了三个春夏与秋冬。这些草长莺飞、冬去春归、杏雨纷纷的时光里，傅丫格逐渐寻找到了她生活的步调。

艺术大楼的展厅一派热闹，学校不常办画展，这次举办，吸引了不少艺术系甚至外系的学生。人群里，有个扎马尾辫的姑娘，手里拿着一个摄像机，正在专注地对着眼前繁盛的景象录像。正是傅丫格。

手里的摄像机，是去年生日时，程城送给她的生日礼物。她实在喜欢。

她想将自己画展第一天的景象拍摄下来。因此她此刻正挪着小碎步，专注地看着摄像机。突然间，一张大脸出现在了摄像机的画面里。傅丫格吓一跳，抬头，看着眼前的人，没好气道："同学！我在录像啊！"再定睛一看，这不是纪修远么，他夹着一个厚厚的文件袋，还戴上了黑框眼镜，穿着简单的深棕色便服，傅丫格这才一时间没认出来。

"不好意思，吓到你了。"

"你不是毕业了么？"傅丫格明明记得他比自己大一级。如今，连她都大四了，怎么纪修远还在学校里？

"我留在本校读研。"纪修远目光凝聚在傅丫格的脸上。

"这样啊！你也来看我画展了，你有事吗，没事我要继续录像啦！"傅丫格捧着摄像机，并不想同他多说。

纪修远也不恼，问她："你怎么不去福利院了？"

傅丫格僵滞了一下。最初是因为秦皓东，让她很长一段时间失去了做这些事的动力。后来，等她和南乔的心情终于平复一些了，南乔也渐渐走出来了，又……

见她沉默，纪修远道："是因为周周的事情吗？"

傅丫格一边把玩着手里的摄像机，一边说："你也听说了吗？"

纪修远点头。

她怎么也没想到，自从两年前周周第一次问她要钱开始，这竟成了一个无底的深渊。高中时光离傅丫格并不远，她清楚生活费需要多少钱。周周前几次问她要钱，她并没有犹豫。只是越往后，越频繁，要的数额越大。她和南乔一说，两人都觉得事情不对，便去福利院问了江姨，才知道福利院给的生活费完全够用。

傅丫格从此再也没有给过周周钱。

本以为事情就这样了结了，但在她停止给钱的几个月后，周周接受了一个采访，狠狠泼了南乔一盆脏水。记者感兴趣的，只是身为赵樾女朋友的南乔，是否真的热心公益。周周却在采访的视频里哭诉，南乔和傅丫格从来不管他们，不关心他们，只是去走个过场，拿个证书，还会言语上羞辱他，说他是没爹生没娘教的孩子。

再后来，就是更多的采访。

傅丫格看到网上流传广泛的采访视频，内心百感交集，也不知这些网站和记者给了周周多少钱。"好人有好报"这句她小时候坚信不疑的话显得越来越滑稽，多少好事，带来的都是不好的后果。

事情发生后，虽然赵樾立刻公关，保护南乔，可南乔在网络上本来就不太好的名声自此以后更差了。好在南乔对这些网络流言越来越不以为意，反而还安慰傅丫格。可南乔越表现出她的宽容，傅丫格就越难以原谅自己愚蠢的善心。

那以后，傅丫格再没去过福利院了。

"我不想做公益了，公益带给我和南乔的，没一件好事。"傅丫格目色沉郁。

"你改变了我。"纪修远没头没脑地说了这么一句。

听到这话，傅丫格奇怪地看着他。

"嗯？"

"我当初是为了公益证书，才去福利院的。"纪修远说。傅丫格听到这话，想起了南乔当年的猜测，不由感慨南乔的聪明，同时她又有些纳闷，为什么他要告诉她这个。

"大二下学期我就拿到了我想要的公益证书，但我一直坚持到了今天。"

傅丫格轻笑一声："你不会想说是因为我吧。"

周围有些嘈杂，两人默契地肩并肩往外走去。

"有件难以启齿的事情。"纪修远犹豫片刻，还是说了出来，"我家境很普通，曾经穿戴的那些奢侈品，要么是我打工很久去买的，要么是假的。上大学之后，我认识了几个有钱的朋友，接触到这些。可能在这群朋友里，那些东西满足了我的自尊心。但也是这些让我偏离本心，忘记了真实的自己。"

听到一向捉摸不透的他袒露心声，傅丫格的心反而不太平静了。

"是你的出现让我反思了自己的生活和选择。现在的我，不再是当初的我了。"眼镜之下，他双目熠熠生辉。仔细一看，纪修远身上果真少了许多大二时的痞气，看起来踏实稳重了不少。

他把一直拿着的厚重文件袋递给傅丫格，示意她打开看看。她打开文件袋，是很多张稚气的画，画里，都是她和南乔。

看着稚气又熟悉的笔触，傅丫格的眼泪忍不住流了下来。

见她流泪，纪修远不由抬起手，轻轻抹去她的眼泪。傅丫格兀自看着那些画出神。她以为这么久过去了，她的心肠应该硬了很多，可是这一刻内心的感动和柔软，和当初误打误撞拆开南乔包裹时，仿佛并没有什么区别。

她神情恍惚地看着画，没注意到纪修远拭去她脸上的泪水，也没有注意到不远处，僵硬地站在那里看着他们的程城。

程城把手里的花束塞进一旁的垃圾桶里，转身走了。

"给我看这些，是想让我去福利院吗？"

"不是我，是这些孩子想让你去福利院看看他们，毕竟福利院现在焕然一新，也是多亏了你的……"纪修远神色黯淡了些，仿佛在对她说，又仿佛是在喃喃自语，"我想的是，你能回到我身边。"

傅丫格呆呆看着他，什么焕然一新？她不解，不过在听到他后面的话时，立刻忽略了前面那句她没太听得懂的话。

他和沈安疏分手了？

到他身边？这曾经是她梦寐以求了很久的事。可如今，她的内心只有出乎寻常的平静。

几年前那个自己，又怎么会相信此刻她的心静如水呢？

"我有男朋友。我很爱他。"她淡淡地说，脸上几乎没什么表情，"福利院的事，我会想想。"

纪修远涩涩一笑，不出所料，可他也只是想告诉她而已。

"那我进去录像，你也去忙吧。过去的都过去了，珍惜当下吧。"说完，傅丫格拿着摄像机和那一袋文件，重新朝展厅里走去。

看着她的背影，纪修远捂住自己的胸口，闷闷的疼，仿佛有什么很重要的东西失去了。或者，很早就失去了。

傅丫格拍摄完之后，看了看周围，程城不在，再看看手机，也没有程城的消息。明明约好了，他上完课就来看她画展的呀，有什么事耽误了吗？傅丫格给程城打了个电话。

"怎么还没来？"她问。

"临时有点事，来不了了。"程城说。

啊，这可是她画展的第一天呢。

"好吧。"傅丫格明显有些沮丧。

听出了她的沮丧，程城犹豫一下，说："我正好忙完了，现在就来找你。"

"好，我在门口等你！"傅丫格的声音，明显欣喜了起来。

傅丫格正站在台阶上东张西望，远远的，看到程城走来，她笑着小跑过去抱着他。

"人群中最帅的就是我男朋友了！"傅丫格笑嘻嘻地说。

程城笑着揉揉她的头发，亲了她一口。

虽然两人恋爱快两年了，但她脸上仍然泛着最初的羞涩与欢喜。看到她这副单纯的模样，程城适才犹疑的心此刻安定了下来。

"下午我陪你上课？"

傅丫格摇摇头。

"不好吧，大四，你也很忙了，不用总像以前那样陪我上课，你又不学美术。"说罢，傅丫格咯咯地笑。

"我哪里有你忙。"程城调侃。

这两年，傅丫格每天都夜以继日地学习、画画、摄影、摄像。专业和业余爱好一个都没落下。她开通了一个博客，把自己的画作、摄影作品和摄像作品都发在里面。时至今日，粉丝虽不过几千人，她却经营得井井有条。

傅丫格看起来还是和当初一样活泼爱笑。程城却知道，这样的活泼与张扬仅仅成了她的"皮肤"，内心深处，她越来越平静从容。比如，吵架的时候，她不会像最初那样跳起来，抓狂地指责他。她会安安静静地看着他，有时，也会默默地离去，留他一人不知所措，他甚至会烦闷这种失控的感觉。

他一次又一次地明白，傅丫格已经不再是那个喜怒形于色，能轻易被左右被掌控的女孩子了。他们的亲密，在林辰安出现的那个晚餐后，就隔上了一层薄膜，清清浅浅，却又实实在在地存在着。

"去吃饭？"傅丫格仰着头问他。

"今天去外面吃吧。"程城搂着她朝校门口走去。

"又去外面啊？怎么不去学校食堂，食堂很好啊，方便快捷省钱。"傅丫格摸了摸自己瘪瘪的钱包，嘟囔道。

"还没嫁给我，已经想着替我省钱了？"程城捏捏她的脸，笑嘻嘻打趣道。

"你想得美呢！而且这次该我请客啦。"

程城眉头一紧，淡淡的不悦浮上心头。

"傅丫格！"

谈恋爱以来，她总会把所有的钱算得清清楚楚。这让他内心有一种很奇怪的感觉。以前他交往的很多朋友，尤其是知道他家里情况的，总是理所当然地蹭吃蹭喝，虽然他并不在乎那些钱，但也有意无意地和这些朋友越走越远——他不希望朋友之间掺杂进另一种东西。可当傅丫格和他什么都算得清清楚楚的时候，他的心里又有另一种失落。

傅丫格笑嘻嘻地摇着他的胳膊。"好啦好啦，你想去外面吃，我就陪你一起去咯！"

"你到底知不知道我为什么生气？"程城瞪着她。

傅丫格一脸无辜。"你生气了吗？诶，我怎么没看出来。"

程城无奈。

两人出了校门，傅丫格牵着程城，往市中心相反的方向走去。傅丫格在小巷间熟练地穿梭着。

"我们不是去吃饭吗，你这是拉着我去哪里？"程城有些疑惑。

"吃饭呀！"傅丫格说，"我想带你去一家老巷里的小摊位吃，小时候，我和菲菲只要拿了零花钱，就会跑去那里吃！"

听到是她小时候爱去的地方，程城顿时有了兴致。她虽然零零碎碎地讲过很多次，可从来没有带他去过她成长的地方。

看着眼前的这些小巷子，程城已经觉得很稀奇了。他从小生长在金融街上的高楼大厦里，那是东林市地价最高的地方。程城从不知道，繁荣的边缘，也有这样朴素的地方。

"你看！"傅丫格指着不远处巷子右侧的一个小摊叫起来，只见那里摆了四张桌子在路边，还有一些塑料小椅子。其中一张桌子边已经坐了四五人。老板娘是个微胖的中年妇女，皮肤黝黑，两个脸蛋泛着高原红。看到傅丫格来，老板娘脸上笑成了一朵花，笑起来的时候，她眼睛眯成一条缝，看起来格外亲切。

"丫丫，好久不来了！"说着，老板娘上下打量着牵着傅丫格手的程城，露出了姨母般满意的微笑。

程城被她盯得有些不好意思起来，傅丫格却大大咧咧地拉着程城坐在一张空桌子边，说："阿姨，老样子，要双份的。再加一份煎饼、两份豆腐脑。"看老板娘一直盯着程城，傅丫格大方地介绍："这是我男朋友。"

老板娘乐得咧开嘴："好嘞！这小伙子，好眼光！"

程城扶额，忍俊不禁。

很快，老板娘就把吃的端了上来。

两碗浇着辣椒油的豆腐脑，一盘煎饼，还有两碗热气腾腾飘着菜花的面条。

"好不好吃！"傅丫格笑眯眯地看着他。

程城吃了一口面，味道果然好。他又尝了尝豆腐脑，他还从未吃过辣的豆腐脑，一口吃进去，只觉得又香又辣，味道格外好。

"真的很好吃。"

傅丫格笑嘻嘻地看着他，之前还担心程城会介意来这样的小摊，所以她总没想起来带程城来这里。没想到，他竟然还挺喜欢的。

"老板，来个煎饼。"

这声音，似曾相识。傅丫格和程城转头，身后站着的，竟是快两年不见叶博尘，他还是穿着在学校时总穿着的那一身衣服，只是旧了很多，神情间也没有了当初的开朗顽皮。

"学长？"看他这副模样，傅丫格仿佛被人泼了盆冷水，浑身冰凉。记忆里那个开朗活泼爱笑的年轻大男孩，和眼前这个潦倒落寞的人怎么都画不上等号。

叶博尘在看到程城和傅丫格的时候，嘴动了一下，终于什么都没说，头一低，转身便要离开。

程城大步上前，一把抓住了他的手臂。

"叶博尘！"程城把他拉到桌边，"你怎么回事？"

被程城拽到桌边，叶博尘不再躲闪，他看着两人，耸了耸肩，说："没怎么。"

"你没有回老家，留在东林了？"傅丫格试探地问。

"没。"叶博尘一脸落寞，"父母在老家给我找了工作，但我不想回去。"

傅丫格知道，很多大学生毕业之后都更想留在大城市发展，他们情愿放弃家乡舒适无压力的生活，哪怕在大城市中漂泊流浪，也心甘情愿。因为大城市的机会要多得多。对于叶博尘这样心高气傲的男孩，更是如此。

"怎么，同情我啊？"叶博尘嘴角上扬。

老板娘上前倒水，见几人认识，她问傅丫格："你认识这个小伙子啊？"

傅丫格怔了怔："是我大学学长。他常常来你这里吗？"

"你学长？哦，他经常来这边画画，小伙子画得不错。"老板娘似乎话中有话。

"我现在啊，就是网上说的那种漂一族。"叶博尘自嘲地一笑，"没找到过稳定的工作，无工可找时，就在街头画画为生。"

"那你现在呢，找到工作了吗？"程城问。

"大公司进不去，小公司又有种种问题。什么广告公司，服装设计、平面设计、室内设计都尝试过，要么待遇太差，要么专业无用武之地。"

"你女朋友呢？我记得你毕业前谈了一个女孩子，好像是东林人？"傅丫格问。

"我跟我女朋友求婚了，她父母让我在东林买套房。我父母都是工薪阶层，现在东林的房价不比十年前，我拿什么买？"

"那你们……"傅丫格一怔。

"分手了。"叶博尘看起来似乎若无其事。

"你现在住在哪里？"傅丫格眉头紧皱。

她知道，在这个城市生活，如果工作不稳定，食宿都是个问题。

"不怕你们笑话，蜗居在不到十平米的地下室，哈哈。我从小拼了命地读书，父母倾尽全力供我画画，读这么多年书，拼命地考好每一场试，就是想让自己有个可以为自己争气的未来。可是结果呢？"叶博尘甩了甩有些零乱的长发，"结果是我没脸见我爸妈了，我从小到大都是他们的骄傲。可现在，连份像样的工作都找不到，你说这人生还有什么意义？实在是没意义！"叶博尘冷笑。

程城和傅丫格都不知该说什么好。

"你们不用同情我，我相信，这是追寻梦想之路上必经的黑暗，叶博尘嘛，要脱离尘埃般的生活，就要遍历凡尘。我相信，黎明会到来，叶博尘终会超凡脱俗的，哈哈哈。"叶博尘站起身来，甩甩长发，声音突然异常高亢明朗，"保重，天真的姑娘，祝你幸福！"他拿起阿姨刚做好送来的煎饼，对着傅丫格挥挥手，也对程城咧嘴一笑，便离去了。

第二十三章 裛裛泛崇光

傍晚，傅丫格坐在画室里画画。太阳渐渐落山，画室里也只剩下她一个人。可是傅丫格一笔都画不出来。身边的垃圾桶里已经塞满了被她揉成一团扔进去的废掉的画纸。

叶博尘那句"天真的姑娘"还在她的心头挥之不去。

刘教授推门而入，走到了傅丫格身边，看到她对着一张空白的画纸发呆，问道："又画不出来了吗？"

傅丫格沮丧地点点头："这两年我很努力，可不知道为什么，画反而没有当年好。"她心中恐惧，怕重复父亲的职业命运。

刘教授坐在了傅丫格身边。

"谁说你画得没有以前好。你画功进步很大，曾经不擅长的油画、素描，都画得更好了。不论是构图、笔法，还是色彩的处理，虚实、光影等，也都更纯熟。"

"刘老师，两年前您对我说缺少的不是优秀的作品，而是有特色的作品，您说我的画是有特色的。可是现在，我的技法虽然越来越纯熟了，但当初的特色和风格仿佛也在消失。我对未来很迷茫，不知道自己能在绘画领域做出什么贡献。上一次，有个老师说我擅长临摹。听到那句话，我真的难受。我仿佛听他说的是，我的画越来越没有生命力，没有灵魂。我明明花了很多时间，仍然只有很少的时候，才能用画表达出我的情绪和所思所想。画画的过程，对我来说，也完全没有以前那么享受了。以前虽然会辛苦，劳累，头晕眼花，但是心里很享受。现在……"

"古往今来，哪一个画家的画空有技术，可我现在，却做不到把别的东西糅进去了。"说着说着，傅丫格的眼眶红了，"我尽力了。"

刘教授看着傅丫格面前干干净净的白色画纸，说出来的话，让傅丫格出乎意料："你会成为我最杰出的一个学生。"

听到这话，傅丫格内心反而酸涩不已。她从来都觉得自己是个最普通不过的人，尤其在几年的学习后，在无论怎样苦练都只能感受到自己的平庸后，她更是灰心。刘教授的话，虽然并未让她多出几分自信，可她却深深感动。再想到这两年，刘教授虽然不再是她的任课老师，却仍然花费了许多时间不计回报地辅导她，她时常觉得自己愧对于老师。她更恐惧，有一天，刘教授会觉得，他看错了人。

可，难道不就是看错了吗？

"我知道您对我寄予的希望。可是，说实话，我总有不好的预感，现在都这样了，我怕以后不一定能在绘画领域扎根，很可能工作都找不到。"

傅丫格想起了叶博尘。

刘教授淡然一笑："那又怎样呢？"

"如果这样，就辜负了老师花在我身上的心血。我大学四年，无数个在画室里的日日夜夜，这些艰难的路，也都辜负了。"傅丫格轻轻说。

"丫头，没有白走的路。我还从没有见过你这样的学生，无论多艰难的困境，也不管世俗怎样误导，你都能找准自己的方向，努力成长。或许这就是心境澄明。我是个痴迷画画和学术的人，教你不过尽了老师的义务，又同你臭味相投罢了。"

听到这儿，傅丫格心中的某种负担仿佛放下了，没有白走的路，也许她好好走好当下就行了。

晚上，程城照常来画室接傅丫格。一进门，却不见傅丫格坐着画画，而是拿着摄像机在拍窗外路灯下的偶尔走过的行人。

"你来啦，你看看我刚才在窗口录的一段。"见程城进来，傅丫格举起摄像机便要给他看。

程城在小小的画面里看着她录下的夜晚校园，画面的灵动与美，让他觉得不可思议。

"你看，这几个景都是黄金比例。"傅丫格的手指在屏幕上比画着螺旋圈，给他分析着，"但是我拍的时候都没有发现！"

"你真是个小天才。"傅丫格正在笑，却听到程城含笑的声音。

"哼！"傅丫格把摄像机往程城怀里一塞，跑下楼去。

程城在后面追着喊："慢点！路上有人。"

晚上校园里人并不多，傅丫格回头对程城说："我不会撞到别人的。"

程城捉住了她，手搭在她肩上："想什么呢，我是怕别人撞到你。我们在学校里散会儿步，我再送你回去吧。"

傅丫格直笑："好！"

两人走在夜色下的校园里。初秋的风，还带着几分夏末的暖意。树叶被卷落在地面上，路灯下，光影浮动。

"其实我一直都想问你，最开始，你怎么会喜欢我的？我不够漂亮，不够聪明，不够优秀，总是闯祸。"傅丫格扳着指头数着自己的问题。

"最开始啊，因为你可爱吧。"程城笑着说。

傅丫格瘪了瘪嘴，对这个答案显然不太满意："可我现在没有那时候可爱了，你也因此没有当时那么喜欢我了吗？"

"谁说你现在不可爱了？"

她又不是玩具，傅丫格有些莫名的心堵。

"我现在都在揪心毕业之后的事情。南乔已经开始实习了，还是头部金融公司的带薪实习，带她的老板很欣赏她。身边其他同学大多也都在准备考研。我有点不想继续读美术的研究生了，其他专业我又一窍不通。直接工作嘛，又怕找不到好工作。唉，总之一眼望去，一片漆黑。"傅丫格叹了口气，她又想起叶博尘了。

"要不，一毕业你就嫁给我吧。"程城含笑看她。

傅丫格的反应却不是程城想象中的欣喜："我说的，跟嫁不嫁给你，是两码事。"

"结婚后你可以工作，也可以不工作，不用活得太辛苦。我的小公主要无忧无虑。"

傅丫格的脸色却变得怪异了起来。

"所以说你有未来就可以了，我不需要有未来，是吗？"她语气不善。

程城愣住了。没想到傅丫格不但一点都不感动，竟还这样想他。

"你真是被你那位独立自强的好朋友影响不浅。"程城不由说道。

"你什么意思呢？"傅丫格声音骤然变冷，"如果我没有自己的热爱，不独立，没有自己的世界，我该怎么面对未来可能遇到的各种风浪，难道靠你吗？说实话，我觉得感情是最善变的事情了，我不怀疑你此刻对我的真心，可我不会把自己的未来赌在你身上。任何人都可能背叛我，只有自己的能力是稳定的，不会背叛我，能给我持久的稳定和安全感。你说得也没错，是南乔让我更深地领悟了这一切。她曾经对我说，爱一个人，就要和他并排站在一起。难道不对吗？"

"你不要总误解我。"

两人仿佛都陷入了自己的思绪里。

"那你毕业以后怎么办，你想过吗？"傅丫格打破了沉默。

"读完研究生，给我爸打工。以后可能会接手我爸的公司。"

傅丫格皱了皱眉："你热爱什么？"

"热爱？摄影吧。"

"你为什么不做自己热爱的事情呢？"

"我没有选择。"沉默了片刻，程城说道。

"你真的没有选择吗？"

"我身上被寄予着你不能理解的东西。我母亲姐妹二人，外公在当地也算数得上号的企业家，但后来，外公去世，因为没有儿子，家族企业被母亲的叔父霸占。母亲嫁给我父亲后，父亲也是历尽辛苦打拼出了一番事业，生意有了起色之后，父亲为了提携他的兄弟姐妹，也给了他们一定的股份。随着生意越来越大，其间的纠纷也越来越复杂。加上我还有个同父异母的哥哥，我们家的情况之复杂你可以想象，这也是我每个假期都不愿意回家的原因。我家里确实不缺钱，但正因为如此，我不能像你一样活得随心所欲。"程城目色深沉忧郁。

"所以，我多么喜欢你随心所欲、单纯自然的样子。"他又喃喃地说。这是程城第一次真正地敞开他的内心，却让傅丫格看到了一个完全不同的世界。

程城家庭这样的复杂，他竟然还有同父异母的哥哥，这让从小生活在简单三口之家的傅丫格简直无法想象。

"可是，为了家族，牺牲掉自己真正热爱的事情，真的对吗？反正，我是一定要选择追寻我热爱的事情的。虽然现在我还有些迷糊，甚至并不是很确定我热爱的事情是什么，但我知道，绝对不是家庭主妇。"

傅丫格语气柔和，却无比坚定，程城的脚仿佛被钉在了原地。他静静地站在那里，看着傅丫格低着头自顾自往前走的身影，只觉得她不理解自己。是啊，这种纷繁复杂的关系原本就超出了她简单的生活经验。

走了十几步后，傅丫格才发现身边没有人，她回头，看到几米外神色复杂的程城，朝他一笑："你不会生气了吧？"

程城走到了她身边："我只是害怕，有一天，我们会走散了。"

傅丫格仰着脸看着他笑："不会，我只是不想当个闲人。"

程城揉揉她的头发："那就做你自己喜欢做的事吧。"

傅丫格挽起了程城的胳膊，灯光把二人的影子拉得很长。

"周六我们去看电影吧。"程城邀请她。

"周六不行诶，我和南乔商量好了，要一起去城西福利院。"

"为什么？"是因为那个人吗？程城脑海里浮现出画展那天，纪修远为傅丫格擦眼泪的一幕，心中不觉凝重，可他的骄傲却让他难以张口询问。

"收到了一些孩子们画的画。"傅丫格嘴角有了丝丝笑意，但程城看在眼里，却有些不是滋味了起来。

周末，林北乔试探着约南乔去他和父亲的家里吃饭时，怎么都没想到，姐姐竟然同意了。更没有想到，南乔把傅丫格一起带了过去，林北乔原本以为她会带去的人是赵樾。

傅丫格倒是能猜到南乔为什么愿意回去吃饭。

秦皓东的新闻出来后，林南乔的爸爸林哲曾找到秦皓东痛打了他一顿。那次是傅丫格和南乔一起去警察局把林哲保释出来的。当南乔看到林哲红肿的眼睛、嘴角的瘀青和血迹时，傅丫格从南乔复杂的神色中看出，她心中的冰已经没有那么坚硬了。虽然父女间多年的隔阂并没有那么容易修复，可这一次，傅丫格看到了南乔的努力。

两人一起去过好几次蒲海市看望南乔的母亲。可傅丫格还从来没有去过南乔父亲家。

普通的两居室，简单，甚至还有些温馨。开门的是一个穿着深橘色薄毛衣的女人。看起来不过三十出头的模样，皮肤白皙，容貌秀丽，笑容亲切，怎么都和传说中的后妈对不上号。

"南乔，好久不见。"女人笑盈盈地说道。

南乔并不理会，拉着傅丫格径自走了进去。傅丫格被南乔拽着，转头尴尬地朝表情仍旧温和的女人笑了笑。

穆菲菲正坐在餐桌边和一个十岁左右的小女孩说话。林北乔的父亲也坐在桌旁，笑容可掬地和林北乔聊着什么。看到南乔和傅丫格一同进来，穆菲菲脸上的笑容淡了，她见林北乔起身朝门口走去，便也迅速地跟上前去，还一边挽住了林北乔的胳膊。

"你，你们……"傅丫格目瞪口呆。

林北乔局促地笑了笑："嗯，我们在一起了。"

南乔显然也很意外，表情复杂。

女人走到桌边，拉起那个十岁左右的女孩，温柔地说："田田，叫姐姐。"

女孩乖巧地对南乔和傅丫格喊了声姐姐。傅丫格朝田田笑了笑，拽了拽南乔的衣袖："你都没告诉我，你还有个妹妹。"

南乔看了傅丫格一眼，眼神古怪。不必说什么，傅丫格便领会到了她眼神里的意味，想来，南乔从不觉得眼前这小女孩是她的妹妹吧。

"我们吃饭吧。"这是女儿这几年来第一次到他家，林哲有些局促。

傅丫格坐立难安，尽管一桌菜都很好吃，可她却觉得味同嚼蜡。

穆菲菲仍旧陪着田田说话，给田田夹着菜。林哲看着穆菲菲的眼神，显然对这个未来的媳妇满意透顶。

"你和菲菲是表姐妹吧？"林哲问道，他记得曾经见过傅丫格一面。

傅丫格点点头。

"都是一家人啊。"林哲哈哈一笑。

傅丫格干笑两声，神情尴尬。

"南乔，你什么时候也把赵樾带回来给你爸爸看看呀，藏得跟宝贝似的，你爸可时常惦记呢。"尽管被南乔一再给冷脸，林哲妻子仍是笑盈盈地打趣道。

南乔低头不作声，只是吃着饭。

"不急，不急，网上看得到。你能找到这么优秀的人，爸爸替你高兴。"林哲近乎讨好地微笑着。

南乔看了他一眼，露出一抹有些生疏与不自然的笑，说："以后会有机会的。"

林哲眼睛一亮。

之前并未料到穆菲菲会来一起吃饭，这场合让傅丫格出奇地不自在，她看得出南乔也一样。也许，赵樾来的话，南乔能自在一点，氛围也能轻松一点。傅丫格低头给赵樾发了个定位。

几人有一搭没一搭地聊着天。

"你们什么时候在一起的？"南乔探究的眼神看着林北乔。

"有几个月了。"林北乔几乎有些慌乱地躲开她的注视。

南乔若有所思地点点头。她并不是计较曾经和穆菲菲的那点过节，只是她委实做不到傅丫格那样相信并包容穆菲菲，对弟弟的选择，她有些匪夷所思。据她所知，这一学期，穆菲菲并没有怎么缠着林北乔，难道，竟然是林北乔主动的？

"不懂你们。"

"你和赵樾才让人搞不懂。"穆菲菲笑道，笑容里也并没有什么恶意，"不过，林南乔，你真是很幸福。有傅丫格这样把你看得比亲姐妹还重要的朋友，还有赵樾这样的男朋友。"

傅丫格面色一滞，低头扒拉着饭，装作什么都没听到。

"是啊，我们南乔有福气。"林哲妻子接着穆菲菲的话说了句。

一阵敲门的声音。

林北乔开了门，只见赵樾站在门口，手上提了几个礼盒。

万万没想到他竟来了，南乔责备地看了一脸无辜的傅丫格一眼。

林哲有些激动地站了起来，他妻子看起来也极为震惊。谁也没有想到，赵樾这样只能在电视上看到的人真的来到了这个家里。

"南乔，来看伯父怎么不喊我一起？伯父，您好。"赵樾把礼盒递给林北乔，和林哲握了握手，寒暄几句，便走向南乔。

"来来，坐下来一起吃点吧。"林哲妻子在南乔旁边加了把椅子。林哲满脸欢喜。看到赵樾对南乔毫不掩饰的爱，之前生怕女儿沦为赵樾玩物的担忧尽数消散。

"嗯，谢谢。"赵樾在南乔身边坐了下来。

穆菲菲看着赵樾，内心百感交集。对她来说，赵樾是偶像级别的人，今天却和她坐在了一个饭桌上。而偶像目光里装满的人，却是和自己有过不少冲突的林南乔——自己男朋友的亲姐姐。生活真狗血呀！

"抱歉，第一次拜访太过仓促，今年暑假里我会带着我父母一起再来拜访，最好能和您还有南乔妈妈一起吃顿饭，商量一下我们的婚事。"赵樾平静地说道。

傅丫格和南乔都惊愕抬头，傅丫格的筷子直接掉到了桌上。

婚事?!

能这样信誓旦旦在林哲面前说，他显然不是开玩笑。

"这是你的意思，还是你父母的意思？"林哲惊讶地问道，颤抖的手泄露了他内心的激动。

"我爸妈都觉得南乔很优秀，他们也充分信任并且尊重我的选择。我的意思，就是我父母的意思。"赵樾淡淡一笑，搞定父母的方法，他早都想好了。

南乔脸色微红，有些责备地看了眼赵樾："说什么呢？"

赵樾朝林哲眨了眨眼："伯父，您女儿好像现在还不愿意嫁给我，您可一定要帮我好好劝劝她。"

林哲笑得极其开心，想不到网上看起来高冷的赵樾，私下却是这样随和。

"那可得看你的表现了。"傅丫格笑嘻嘻地说。

大家哈哈大笑，气氛轻松了不少。

赵樾是急匆匆开车来的。收到傅丫格那则无头无尾的消息时，差点以为南乔被欺负了。又因为毕竟是第一次见未来的岳父，不得不从储藏室挑了几个礼物连忙赶来。

回去路上，南乔靠在椅背上，问："怎么来我家了？"

"你好朋友希望你能炫一下男朋友呀。怎么，我给你丢脸了吗？"赵樾一笑。

"两个幼稚鬼。你这么忙，可以不用理她的。"

"为美女保驾护航，你焉知我不乐在其中？"

"谁要你保驾护航，好像我很弱小似的。"南乔哼了一声。

"知道你优秀、独立，但你也别独立到不给我表现的机会吧？"

"好吧好吧，给你留一席之地。"

赵樾含笑从后视镜里看着她，说："最爱你这个臭屁的样子。"

傅丫格掩着脸直笑："我的天，你们真肉麻。"

南乔也笑，半晌，她的脸转而严肃了起来，她看着傅丫格，犹豫地说："有个事情，我觉得我应该提醒你一下。"

"什么事啊？"

"昨天晚上，我在从图书馆回公寓的路上，碰到了程城。"

"那也不奇怪啊，他昨晚大概也在图书馆吧。"傅丫格不以为意。

沉默了一会儿，南乔缓缓说道："他身边，还有一个女生。"

傅丫格一愣。

"倒也没发生什么，只是我已经有好几次看到他们走在一起了而已。"南乔神色古怪，"只不过，那个女孩脸上满是喜欢程城的神情，看着倒有点像当年的你。"

"我不相信他会对不起我。"

"我也不相信，他们看着也没什么，最多就是那个女孩子单相思。只是大晚上还缠着程城，你小心被撬墙脚哦。"

"撬就撬吧。"能撬走的都是本来就在动摇的。

傅丫格合上双眼靠在了南乔肩上，南乔看了她一眼，她已经看不出傅丫格在想些什么了。

第二十四章　云开见月明

周六，傅丫格和南乔去了城西福利院。两年没来，这里的楼房已经焕然一新。不再是灰旧的白墙，墙壁都刷上了新漆。密密麻麻的绿色藤蔓沿着高墙爬下，散落在了地上，意趣盎然。院子里多出了许多玩具，有秋千，有滑梯，五颜六色，一些年纪小的孩子正上蹿下跳地玩闹着。是长大了些的旧面孔，以及一些陌生的新面孔。

走进门去，傅丫格更觉得这里里外外都经过了一次翻修。楼道、住所、办公室里的书桌椅柜，都换成了崭新的。江姨正在楼道里和一个小孩子聊天，曾经乌黑的鬓角多了几缕花白。

"你们来了啊！"看到傅丫格和南乔，江姨的脸色先是欣喜，而后又掺杂了几分惭愧。

傅丫格懂事地上前几步，握住了她的手，说："江姨，好久不见呀，这里环境好多了，真的太好了，替孩子们开心。"

"一直都没机会，今天我一定要替孩子们好好谢谢你。"

"谢我干什么？"傅丫格一脸疑惑。

"有这样欣欣向荣的景象，都多亏了你。还有南乔，也要谢谢你，周周那孩子这周末不回来，如果以后还有机会见面，我一定要让他好好地跟你们赔礼道歉。"

"没事，也是可怜的孩子。"想起周周，那个几次三番要钱还把南乔送上新闻的男孩，傅丫格知道自己其实从来都没有生过气，以前，她是难过，如今，是悲悯。

江姨叹了口气，眼圈有些红了。

"说到可怜的孩子，不知道你们还记不记得鱼儿。"

"是林鱼儿吗？就是那个说赚钱了以后要给这里所有孩子一人买一个芭比娃娃的小姑娘？"傅丫格莞尔一笑，这些记忆新鲜如昨。

"没错，就是她。"江姨面色凝重，欲言又止。

"她怎么了？"南乔隐隐有不好的预感。

"两个月前她在福利院里晕倒，我们把她送到医院，检查之后，是……是白血病。这孩子可怜，当初被父母抛下不管，如今又得了这病。"江姨叹息道。

"被父母抛下？"

"她母亲在上大学时认识了她爸爸——一个日本商人。谁知道怀孕后她爸爸又有了新欢，给了她妈妈一笔钱，就带着新欢回日本了。小鱼儿的妈妈把孩子丢给了保姆，自己也出国了，一去不返。保姆找不到她，最后，只好把孩子送到这儿来了。唉，可怜的孩子。"

傅丫格一下捏紧了南乔的手，呼吸也变得急促了起来："她现在病情怎么样？"

"医生说她被治愈的概率不超过百分之二十五。"

"在治疗吗？是好的医院、医生和技术吗？"傅丫格揪心。

"国家补助有限，好的医疗资源更争取不到。"江姨眼神黯淡，"你们有空的话，去医院看看她就够了。"

"哪家医院？我现在就要去看看她！"

"我带你们去吧。"纪修远推门而入。

"走。"傅丫格抓起包，拉着南乔便要出发。

出租车上，傅丫格低沉地说："她还那么小，还有那么多的事情等着她去经历，她还没有读书，还没有遇见她喜欢的男孩，还没有实现自己的梦想……"

"别难过了。"纪修远劝慰。

"上次在画展的时候，你为什么不告诉我？"傅丫格问他。

"我不想让你担心。"纪修远讷讷地说道。

"这么重要的事情，你怎么能不告诉我！"傅丫格又悲又愤，"我不相信治好的概率只有百分之二十五。"

纪修远沉默不语。

"先看看孩子，问一问医生到底是什么情况吧。"南乔脸色同样沉重。

傅丫格点头。

医院里，已经做过一次化疗的林鱼儿，脸色苍白，呼吸微弱。她和其他病患一起，在一间大大的房间里。几个人到的时候，林鱼儿正在睡觉。条纹的灰白色小病号服下的身躯，看起来羸弱不堪。她戴着毛线织就的白色帽子，一头乌黑的秀发已经剃光了。

看到这一幕，傅丫格眼泪直刷刷地落了下来。

那个活泼爱笑的小姑娘，此刻躺在床上，即便她闭着眼睛，表情仍然痛苦。

南乔和纪修远在病房外面和医生了解着最近的情况，傅丫格呆坐在林鱼儿的床边，静静地看了她一会儿，却见林鱼儿缓缓睁开眼睛，灰暗迷蒙的眼神在看到傅丫格的一瞬亮了起来。

"姐姐，你来看我了。"

傅丫格握住林鱼儿的小手，她的手是冰凉的。看到傅丫格眼睛红得跟兔子一样还在不停掉眼泪，林鱼儿却暖暖地笑了："姐姐别担心，江老师说我在医院睡几天就好了。"

"对不起，姐姐现在才来看你。"

"姐姐很忙，能来就已经很好了。"林鱼儿懂事的甜甜的笑容让傅丫格心头酸涩。

陪林鱼儿聊了会儿，她又睡着了。傅丫格脚步沉重，走了出去。

"医生说治疗的过程要耗费大量的时间和不菲的费用，林鱼儿的情况，福利院也承担不起多次昂贵的化疗和骨髓移植。这种医疗条件下，她的治愈率连百分之二十都不到。"纪修远声音沉重。

"我要帮她。"傅丫格恨极了这个数字。

"你怎么帮她？"

"把她转到更好的医院，接受最好的治疗。"她不信抗衡不了这捉弄人的命运。

"这个世界上，不幸的孩子太多了，你要一个一个去救吗？"纪修远问，"而且这不现实，你还只是个学生，白血病的化疗费和医药费对我们来说是一笔巨款。"

"她不仅仅是这个世界上的孩子，她是我的因缘世界里的孩子。我和她发生过故事，有过交集。她对我来说不一样，我做不到袖手旁观。"

"可你能做什么？"

"赶在下一次化疗前，拍摄一个公益短片，发起募捐。"傅丫格坚定地说。

四天三夜，不休不眠。

傅丫格带着摄影社团的几个朋友一起，扛着从学校租来的专业摄影机，不分昼夜地讨论、设计。

傅丫格规划了整个拍摄活动，南乔负责剧本设计，其他摄影社团来帮忙的朋友，也都各司其职。

他们成功做出了一个十几分钟的短片。

傅丫格连庆功午饭都来不及参加，随便吃了几口面包，便开始让朋友们传播这个短片。

事情没有她想象的那么容易，这条公益短片的关注度起初并不高。虽然有了一些熟人的捐款，可远远不够，更不够引起好的医疗机构的关注。

看到傅丫格为了宣传绞尽脑汁，南乔也十分揪心："我让赵樾帮忙宣传吧。"

"不行。赵樾宣传之后，所有人的关注点都是你。我不想让任何流言蜚语再伤害你。"

"这个无所谓。"

"我还有别的办法。"

"这几天你没和程城聊过吗？"

傅丫格一怔："他找过我。"开始拍摄之后，她晚上睡觉的时间都没有，更不要提和他打电话了。她只接过一次程城的电话，简单地说了说这件事情。摄影的工具也是程城替她从学校里借来的。只是忙碌起来之后的这几天，她便没见过程城了。

"你为什么不找他帮忙？"

"他帮不了我一辈子啊。以后当我有更多麻烦，更多困难，更多想帮助的人，更多想做的事情，难道次次都要找他帮忙吗？"傅丫格晃晃头，继续说，"我们谈正事吧。"

"傅丫格，你跟以前真的很不一样了。"南乔偏着头看她。

傅丫格疑惑："怎么不一样？"

南乔笑了笑，却不说话。她想起了昨天晚上，她和林北乔的对话。

"你为什么要和穆菲菲在一起？你以为我看不出来吗，你并不喜欢她。"

"姐，我很清醒。我们这样的家庭，父母靠不住，只能靠自己。我要的未来，只有穆菲菲能帮我更快地实现。"

"好的未来是自己给自己的，要靠自己的能力，不能为了所谓好的未来牺牲自己的幸福，也牺牲爱你的人的幸福。"

"幸福？"林北乔眼神中闪过一丝讥讽，"只有这样我才能最快地获得自由和我想要的幸福。再说，我可以满足穆菲菲的虚荣心，也会尽好另一半的责任，让她感到幸福。各取所需，这有什么不好的呢？"

"人生无捷径。"

林北乔轻笑一声，不以为意。

南乔心中一痛，竟不知如何劝他。她这才发现，漫长的岁月里，弟弟好像早已和她行走在两条不同的轨道上了。

倒是此刻，听了傅丫格的话，再想起昨晚和林北乔的那段对话，南乔比往日更加清楚地看到了为什么这两人注定走不到一起。

下午，傅丫格把短片发到了自己的微博上。

原本没抱什么希望，没想到晚间，正当傅丫格绞尽脑汁想着怎么宣传的时候，几个粉丝众多的大 V 转发了傅丫格拍摄的公益短片。关注度迅速地提高了。

从第二天开始，大量募捐者出现，甚至有公益机构联系傅丫格，说他们可以给林鱼儿转院，并负担治疗费用。

两天后，林鱼儿被转进了东林市最好的医院里。

傅丫格悬了很久的心终于放下了一些，也终于想起很久没和程城一起吃饭了。

"我看了短片，你拍得很专业。"程城接她去吃饭，开口就是赞扬。

傅丫格喜上眉梢，说："真的吗？"

"不仅是专业，你拍的画面很有美感，很感人。我非常骄傲！"

傅丫格也不知是真的，还是他在哄自己，小声嘀咕道："我也是想不出别的办法了。"

"上次电话里我就跟你说过，我可以资助她，也可以帮她转院。"程城无奈，"找我帮忙对你来说就那么难吗？"

"没有啦。如果走投无路，我一定会找你帮忙的。可你看，我现在也不是走投无路呀。"傅丫格嘻嘻一笑，可想到仍在病床上的林鱼儿，表情又沉郁了。

"该做的你都已经尽力做了，剩下的也别太担心。"程城看出来她脸色不好，知道她仍在担忧。

"嗯。"傅丫格点点头，"现在每天都有好多人去看望林鱼儿，给她送水果送鲜花送玩具，我就算想去，没准都排不上队呢。"她莞尔一笑。

"所以，好好吃饭，好好睡觉。"程城揉揉她的头发。

"嗯。对了，我表哥几个月后要回国了。"

程城不止一次听傅丫格提起过她的表哥穆萧萧，知道他们从小感情不错，问："他毕业了？"

"他比我大四岁，都工作两年多了。"

"原来你表哥在国外工作。"

"以前是的，不过之后他就要回国内工作了，他们总公司派了他来东林市的分公司。"提起穆萧萧，傅丫格的眼睛里有骄傲，也有一丝淡淡的忧虑。

穆萧萧在美国没有任何背景，却在短短两年内凭着出色的专业能力和领导能力迅速升职，今年被公司总部调派到了东林分公司做副总。

可是如今，每当傅丫格想起穆萧萧，一同浮现在脑海里的，总还有宋晨曼苍白的脸色，以及她失去的那个孩子。无论那个夜晚过去了多久，傅丫格心中都难以释怀，所有的细节都清晰如昨。包括舅舅抱着宋晨曼夺门而出时，穆萧萧眼中讥讽的笑意。

"你表哥很优秀。"

傅丫格点了点头，眼神却有些落寞了起来。

第二十五章　眼底无离恨

上午十点，穆萧萧捏着手里的钥匙，缓缓朝着东林大学的教师公寓顶层走去。这是上班的时间，他应该不会碰到穆明海。

这钥匙，是很多年前，母亲递到他手中的。母亲走后，他再也没有来过这里了。

打开门，把钥匙放在一旁的桌上。看到熟悉的房间，角角落落，仿佛还有孩提时的笑声，有母亲温柔的呼唤。如今母亲养的花花草草都不在了，这里变化很大，可他还是忍不住地想起了童年。

想起往事，穆萧萧表情不自觉变得温柔，他环顾四周，触摸着点点滴滴的记忆。

没想到，书房的门被从里推开，穆明海从里面走了出来。

"萧萧？"看到穆萧萧西装革履，俊朗的模样，穆明海一瞬间还以为看到了年轻时的自己。

"你回家了啊。"仿佛小时候那样，每次放学回家，身为父亲照常的问候。

适才还浮现在穆萧萧脸上的温柔，蓦地消失不见，他神色冷峻："拿东西。"

"东西我已经让人给你收拾好了，在那两个行李箱里。原本想直接送去你新家。"可是，穆萧萧并没有告诉穆明海他住在哪里。

穆明海走进里屋，把两个很大的行李箱一并推了出来。

穆萧萧拿过行李箱，转身就要走，穆明海一把拉住了他。

"放开。"穆萧萧语气里的不怒自威，让穆明海怔住了。印象里抱着他的腿哭闹的小男孩，已经长成了这样一个顶天立地的男人。

"坐下和我聊聊。"穆明海说。

"我不觉得我和你有什么好聊的。"穆萧萧不耐烦地甩开了父亲的手。

"前几天整理行李的时候，我发现一封你母亲写给你的信。"在穆萧萧走出门前，穆明海对着他的背影缓缓说道。

穆萧萧的背影瞬间僵住，他转身，伸出手，说："给我。"

"你先坐下，和我心平气和地聊一聊吧。"穆明海纹丝不动。

穆萧萧脸色一沉。但却慢慢地松开行李箱，坐到了沙发上。从怀里摸出一盒烟，点了一根，不顾穆明海震惊的神色，开始抽烟。

"你想说什么？"

"你什么时候学会抽烟了？"

"我妈走的那年。"

那一年，他学会的何止抽烟。

穆明海颓然坐在他斜对面的沙发上，神情黯淡："你一直觉得我娶你妈妈是因为她的家境。却不知道，我当年和你妈妈有多么相爱。"

穆萧萧冷冷一笑，看着窗外，目色悠远。

"她在我心中是一个非凡的女孩子。"

听到穆明海把母亲称为"女孩子"，穆萧萧侧头若有所思地看他。

"你母亲是你外公外婆唯一的女儿，一出生就是名门大家的天之骄女。而我小时候家里经济很紧张。和你母亲恋爱后，你外公外婆不愿意把她嫁给我，直到你母亲有了你。"

"你是想告诉我，我把我妈害了原来不止一次吗？"穆萧萧讥讽地看了穆明海一眼，"原来没结婚就搞大女人肚子，是你的专长。"

穆明海脸色瞬间青白，低吼："穆萧萧！"

"我哪句话说错了？"

"也许我和你母亲结婚本身就是个错误。也许，我们的观念本来就不同，结婚前看不出来，但结婚后，当生活不只是浪漫和事业的时候，这种差异才会显现出来。

"结婚前，我欣赏她的独立和理性。结婚之后，一天天的，你母亲身上的这种气质却成了我们之间巨大的隔阂。当无数个日子，当我回到家，面对冰锅冷灶、空无一人的房间，你知道我是什么感受吗？我不是怪你母亲。她着迷于自己的事业，沉浸在实验室和书堆里，这当然是好事，但当她的心中事业排在所有事情前面的时候，我觉得生活好像出问题了。现在想想，可能是我从小接受的观念太传统了，总希望一回家就有做好的饭，有爱人等着我。

"你母亲常常说，现代的中国，人们一边要求女性自由独立，一边要求她们做贤妻良母。中国的女性在精神上始终处于一种撕裂的状态，人们给了女性这样苛刻的要求，却没有教她们怎么去平衡。可能这也是我的问题。

"她是最自由独立的女性。这种气质，我曾经深深为之着迷。可是，当我也沉浸在数学的领域中，我们俩都沉浸在自己的世界中的时候，家庭就出了问题。你母亲忙起来的时候，有时甚至几天在实验室不回家，她说时间太宝贵了，她要用来做重要的事情。"

穆萧萧眉头紧锁，反驳道："初中的时候，每周末回家，母亲都会做一桌的饭菜！"多少次，周五晚上从学校回来，都能看到一大桌热乎乎香喷喷的饭菜，还有母亲温暖的笑容和怀抱。

"你母亲爱你们，也爱我们的家，我知道。但是，你母亲也很痛苦，她觉得在家庭和事业之间很难取得平衡。结婚前几年，她在家庭投入了很大的精力，后来你们上学之后，她发现因为家庭，她的学术受到影响的时候，她的痛苦只有我能感受得到。是的，她每个周末还会给你们做饭，但你们一走，她几乎就住在实验室了……"

穆萧萧惊愕地看着穆明海，半晌，说："我妈又不是厨娘，凭什么天天给你做饭？她那么忙，你作为丈夫难道不应该为我妈做些事吗？"

"我也后悔当时没有好好和她一起经营，但是，这里面的复杂，我说不清，我也是第一次经历婚姻，那时候我不知道该怎么做。在那种处境中，好像我们只能各忙各的，最后，走着走着，不知不觉就走远了。我很难过，却不知怎么去挽回。你知道夫妻两人无话可说的痛苦吗？不知从什么时候起，我和你母亲就成了这种状态。回家后，永远是各自做各自的事情。虽然我们不说什么，可是彼此都清楚，维持这个家庭的，早就已经不是我们俩人之间的爱了。"

"这就是你出轨的理由？"

"我们没有任何争执，没有任何冲突……我和你妈妈找不到任何离婚的理由。我那时想，或许这就是婚姻注定的结局。"穆明海叹了口气，"几年后，我遇见了宋晨曼。"

穆萧萧冷冷一笑："我不想听到这个名字！"

"哪怕你母亲有一点点的生气，我都会毫不犹豫地回到她身边，可是她没有。看到我和宋晨曼，她很平静，表情里都充满着一种尊严。"穆明海低下头，神情有些羞愧地说，"我们有默契的没有再提这件事情，她默认了我和宋晨曼的关系。"

穆萧萧不可置信地看着他。母亲居然默认了？

"她对你绝望了吧。我妈工作那么忙，你有没有真正地理解过她，关心过她？你只想着让我妈给你做饭洗衣，没有想过你应该给我妈做些什么。我妈为什么会对你绝望，还不是你这种大男子主义导致的？你好意思说你爱我妈吗？你为她做了什么？别再给自己找借口了，这样说，你不惭愧吗？"

"或许你说得对，我没有想过事业对你母亲意味着什么，我可能只想到我自己。"

"你为什么当初不和我妈离婚？真希望你们离婚，离了婚也许我妈就没有后面的不幸了！"

"婚姻背后是盘根错节的利益关系和种种纠缠。儿子，有一天你也会踏入婚姻，那时候，你就知道很多事情和关系，不是表面那么简单，也容不得感情用事。"

"那倒是，为了利益，委屈你了。"穆萧萧冷冷一笑，"我和你不一样，我有底线，也知廉耻。"

"宋晨曼流产，我心痛不已。可同样让我心痛的，是我儿子变成一个满心仇恨的人。我希望你幸福快乐，你母亲更希望你幸福快乐。"

"有你这样自私自利的父亲，我能幸福快乐？"

"我希望你不要拿上一辈人的事情折磨你自己，咳咳。"穆明海被他吐出的烟呛到，咳嗽了几声，悲哀地看着眼前吞云吐雾的儿子。

穆萧萧沉默不语。

穆明海起身，走到书房里，出来的时候手里拿了一个薄薄的信封。"这是你母亲的信。原本她想在你二十岁生日时给你。"

穆萧萧即刻从他的手里拿过信封，他打开，看着里面薄薄的几张纸，那是记忆中无比熟悉的字迹。

他看得极慢，一字一句，仿佛这是他和母亲相处的最后时光。

"儿子，与你相隔万里，妈妈时常想念着你。每当想你的时候，妈妈就会写这样一些信给你，可能你永远都看不到了，也可能有一天你会看到。

"看不到也罢了。

"如果能看到，大概看到信的那一天，你已长成大小伙子了，能理解妈妈今天给你说的这些话的意思了。

"对于一个女人来说，想要在这个世界上有所成就，比男人困难太多。整个世界都是如此，我不该怨谁，也许造物主本身就是不公平的。

"所以，一个女人，如果有一颗不甘平庸的心，在这个时代可能注定要付出太多。

"你爸爸是个好人，我们曾经相爱，但也一天天远离，不怪他，也不怪我。也许这就是世间万事的规律，兴衰成败，谁也躲不过……"

穆萧萧竭力忍耐，眼眶却仍然变得通红，一向冷峻的神色，此刻几乎有些脆弱到不堪一击。

穆萧萧看完了那封信。

他小心翼翼地把信纸放进了信封里，又将信封放在了行李箱中。

"如果你和宋晨曼结婚，"临走之前，穆萧萧转身，对穆明海说道，"我不会去搅局，但你们永远也别想得到我的祝福。"

穆萧萧拖着行李箱，放到了自己的公寓。随即，开车到了公司。

他的办公室在公司最顶层，那是三十多层的高楼。站在巨大的落地窗前，看着这个城市里的人群和车水马龙，小到不可思议，每一个生命，也脆弱到不可思议。

才毕业两年，他赚着比穆明海工资高好几倍的钱，成了公司里最年轻的副总裁，也成了所有人羡慕的对象。本来幸福得没有一丝瑕疵的人生在母亲去世的那一刻戛然而止。如今这一帆风顺的人生啊，年幼时和母亲吹的牛一点一点都实现，曾经遥不可及的梦想也一点点成真。可是，他最想与之分享的人，却永远地离开了。

高楼大厦之上，穆萧萧抬头，看着仿佛近在咫尺的蓝天白云，悲哀地觉得，自己不过是一个一无所有的孤儿。

敲门的声音。

"请进。"穆萧萧整理了一下情绪，看着门口。

助理抱着一堆文件走进来。

"穆总，这是需要签字的文件，请您过目。"

"好。"穆萧萧接过了那堆文件。

"对了，楼下有个女学生找您，说是您妹妹，要不要让她上来？"助理问道。

"是穆菲菲吗？"

"是一位姓傅的小姐。"

穆萧萧一怔，看了眼手机，有四个来自傅丫格的未接电话。

"你带她过来吧。"

"好。"

楼下，傅丫格正和经理争论得不可开交。

"穆总的妹妹昨天来找过他，根本不是你，你到底是谁？"

"我是他表妹，表妹！"

"听说我们见过穆总的妹妹，你就立马又改口说你是穆总表妹。"

周围几个围观的人窃窃私语。

"诶，你说她会不会是穆总在外面惹的风流债？"

"不会吧，穆总一张禁欲脸，再说，这姑娘一看也不是穆总的菜啊。"

傅丫格脸越来越黑，只觉得多说无益，穆萧萧的电话又打不通，她正要转身离去时，穆萧萧的助理及时地来了。"安秘书，穆总让我带这个女孩上去。"

安秘书狐疑地打量着傅丫格，却不再说什么。

傅丫格跟着穆萧萧的助理，一路到了穆萧萧的办公室里。看到傅丫格走进来，穆萧萧终于露出了有温度的微笑。

"丫丫，我刚才没注意看手机。"

"没事，听说你前几天回国了，一直想来看看，只是我们昨天才放寒假，所以拖到今天下午啦。"傅丫格坐在穆萧萧桌前，小腿一荡一荡，一副悠然的样子。

穆萧萧瞅着她笑话道："还长不大。"

"长大了！都开始找实习了！"傅丫格不服。

"找实习？研究生有什么打算，你准备考研了吗？或者去国外读研究生怎么样？"穆萧萧听到傅丫格在找实习，有些诧异。

"我爸妈哪有钱送我去国外读研究生啊？"

"哥哥养你啊！"穆萧萧一脸理所应当的宠爱。

"谢谢哥哥啦，不过不瞒你说，我不打算读研究生了。"

"不读研究生了？"穆萧萧诧异。

"我想尽快地投入工作中，那样成长会更快。"傅丫格坚定地说道。

"你说的也不是没有道理，工作几年再读 MBA 也可以。你喜欢什么就去尝试吧。实习的话，你是想找美术编辑类、设计类的工作，还是什么？有想法吗？我找朋友帮你问问。"

"不用了，我不想做美术类的工作。"说出这话，傅丫格有些不好意思。

穆萧萧不解地看着她，她不是最喜欢画画吗？

"不知道你有没有看过几个月前我拍的那个公益短片？"

"当然，我听说那个孩子身体有所好转。"看到那个短片的时候，穆萧萧还在美国，他也转发了，他不懂摄影，但为傅丫格的善良骄傲不已。

"是呀，虽然还在医院，可是她身体越来越好了。我嘛，也在那次拍摄之后，决定——"说到这里，傅丫格又不好意思地低下了头，"我想成为一个导演，可能你听起来觉得很好笑，我其实也不太好意思对别人说，但是我是认真的。"

穆萧萧惊讶道："你毕竟没有系统地学习过，这可不是闹着玩的。"

"这是我想了很久才决定的，没有闹着玩。"

"那你先尝试找找实习吧，我只能说，这真的太难了。或许毕业的时候，你的想法就变了。"穆萧萧不忍心直接打击她，说得委婉。

傅丫格早就知道穆萧萧认为她一定会碰壁、退缩，可她也不想解释。她会坚持和导演相关的工作，可她也知道在没有成绩的时候，她说什么都是没用的。

"哥，过年回家吧。"

穆萧萧脸色微变，躲闪道："忙，脱不开身。"

"舅舅很爱你，我们都爱你，一切不该是这样的。"傅丫格眼里充满忧伤，恳求道，"哥，过去的事情已经改变不了了，如果舅舅和宋老师在一起能幸福，那你……"

"别说了。"穆萧萧打断她，"我已经接受了父母婚姻的名存实亡，也不想再干涉他和宋晨曼的事情。可我永远无法接受他们间接害死我妈。这点执念，我总能有吧？"

傅丫格呆呆看着窗外，一言不发。她既心疼穆萧萧，又心疼舅舅和宋晨曼。

"哦，对了。有一个人，我想向你打听一下。"穆萧萧正色看着傅丫格。

"谁？"

"菲菲的男朋友林北乔。你知不知道穆菲菲已经说服了我的外公外婆，承担他们两人出国的所有费用，这让我不得不觉得，这男孩别有用心啊。还有，我似乎听说，他以前追过你？"

傅丫格握住水杯的手蓦地捏紧，说："我……我跟他不熟。不过他双胞胎姐姐是我最好的朋友，她是个很好很好的人。"

送走傅丫格很久了，穆萧萧仍然站在落地窗边，看着眼前铺天盖地的红云笼罩着遥远的地面，看着马路上微茫的人群和车辆，他突然发现，很多笃定的东西，他竟都看不清了。

穆萧萧的话，傅丫格还是放在了心上。

傅丫格坐车去了近郊外公外婆的家里，想看看两位老人家。一推门，却看到了过来的路上一直在她脑海里转悠的两人——穆菲菲和林北乔。他们和两位老人家坐在一起说说笑笑。

"丫丫回来了，快来。"

两位老人看到傅丫格，惊喜地挥手，招呼她到了沙发边，傅丫格尴尬地笑了笑。

穆菲菲朝傅丫格淡淡一笑："你来了。"如今，她见到傅丫格不再剑拔弩张，也不知时光是磨平抑或隐藏了她的棱角。

傅丫格笑得并不自然。

穆菲菲继续和两位老人聊着，傅丫格坐在一边，浑身不自在。好不容易等到外公外婆去睡午觉，只剩下三个人的时候，空气便更安静了。

"菲菲，你陪我出去买点水果？"傅丫格试探地问道。

看了眼林北乔，穆菲菲犹豫了一下，大概也明白傅丫格有话想和她说，她点了点头，说："走吧。"

沿着路边，傅丫格看到穆菲菲冷淡的脸，一肚子的话，突然有些难以出口。

"前两天，我和表哥聊了聊，他说你和林北乔要一起出国了。"傅丫格轻轻说道。

"嗯，去美国进修设计，通知书已经下来了。"

"表哥说，林北乔出国的费用，都是你外公外婆……"

"那是我外公外婆，不是你外公外婆，跟你有什么关系？"穆菲菲不耐烦地打断了傅丫格。

"菲菲。"

"你是不是见不得我好？"穆菲菲仰着头，似笑非笑。

傅丫格一瞬间竟不知该说些什么。

"我爱他，义无反顾地爱。"

"可是你们才恋爱不久，他就接受了你这样的帮助，这不应该。"

"你不会是想告诉我，他不是真的喜欢我，他喜欢的是你吧？别天真了，傅丫格。"穆菲菲冷冷一笑，说，"你什么都给不了他。"

"我没有这个意思，我只是担心你。"

"何必假惺惺？就算他和我在一起的初衷是我能给他带来更多机会和利益，这又有什么？这样的关系，比只有爱情的关系或婚姻稳固得多。你可以因为一个人长得好看而去爱他，可以因为一个人言谈幽默而去爱他，为什么就不能因为一个人能给你带来机会和利益而去爱他？这些东西，都是让一个人去喜欢另一个人的理由，有什么高下？就算林北乔最初是因为我的条件而选择和我在一起，又能说明什么？你选择程城，不也是看上他的条件吗？"

傅丫格被她堵得说不出话来。

半晌，她怔怔说道："我和程城之间只有爱情。"

"清醒一点吧，别自我欺骗了！好像自己多高尚似的！"穆菲菲鄙夷地看着傅丫格。

傅丫格百口莫辩。

"好吧，我祝福你们，真心的。其实从开始我都真心地希望你好。"傅丫格真诚地说。没等穆菲菲回话，她又喃喃道："有时候我真希望我们还没长大。"

"有时，我也希望。"穆菲菲的口气明显地缓和了很多，想起什么似的，她嘴角翘起一个浅浅的弧度。

"你说，我们能回去吗？"傅丫格抬眸，注视着穆菲菲，心中有一丝微弱的希冀。

穆菲菲看了她一眼，目光里有些说不清的意味，又抬起头看着周围的天空，好像是对傅丫格说，又好像是对自己说："天知道。"

傅丫格永远记得，舅妈葬礼上，她对穆菲菲的承诺，还有杏树下她们的快乐的回忆。

不知穆菲菲是不是还记得这一切。

生活总要向前。

傍晚离开外公外婆家的时候，傅丫格心情低落。和他们四个在一起，她仿佛才像那个外人。她坐车到了小区，朝着程城住的地方走去。

此时此刻，她只想要一个拥抱。

从电梯走出来，傅丫格朝着程城的公寓慢慢走着，一阵对话的声音，让她停住了脚步，拐角的地方，她探头看了一眼，程城家门外，站着一个穿白色羽绒服的短发女孩。那女孩的背影挡住了傅丫格的视线，傅丫格看不到程城的表情。饶是如此，傅丫格一步都已经不想往前走了。

"你一定是喜欢我的吧？你看，我叫澄澄，你叫程城，这是不是天赐的缘分呀！"

程城的沉默，让傅丫格心寒。

"我一直觉得，你是我的白马王子。我面试时明明结结巴巴，你却力排众议把我留了下来。别人欺负我，你就出现帮我解围。我被老师误会，你也找证据帮我澄清。我笨手笨脚搞砸了器材，也是你揽到了自己身上，出了那笔钱。你这么完美的人，还对我这么好，我真是幸福得要晕过去了！"短发女孩说到开心处，手舞足蹈了起来，"咯咯咯"地直笑。女孩说话的方式，让傅丫格莫名地感到熟悉，她突然想起南乔当时的话。

这个女孩，真的很像当初的她。

只是，傅丫格的手脚却一点点变得冰凉了起来。

"我很喜欢很喜欢很喜欢你，以后，你就是我的人了！"女孩声音快乐得都要飞扬起来。

沉默。

傅丫格有些疑惑这样的沉默，她又探出头看了一眼，却见女孩和程城正紧紧相拥。

一路，傅丫格跌跌撞撞地跑了下去。

又一次地落荒而逃了，她自己都有些鄙视自己。可她没有勇气多待一秒，空气中弥漫着的幸福和甜蜜的气息，让她窒息，也让她作呕。眼泪断了线一样，不停往下流。

程城丝毫没有察觉到傅丫格的到来，被抱住的时候，向来深沉也灵活的他有些呆住了，脑海中，一幕幕地，浮现出三年前，他在寒冷的大年三十的夜里，抱着傅丫格的景象。他想，那时候，他应该追上去的，他怎么能让她独自面对那些黑暗的事物，可他没有。

而那一天，是一切的开端。

一切都不能重来，他怎样也不能穿越回过去，保护好傅丫格了。只能眼睁睁地，看着傅丫格的盔甲一点一点地变厚，厚得连他也快感受不到温度了。

恍惚，只不过是十几秒而已。他反应过来时，推开了怀里的女孩，往后退了两步。

"赵澄澄，你知道我为什么帮了你几次吗？"

赵澄澄抬起头来，秀气的小脸上一派天真，问："难道不是因为你喜欢我吗？"

"因为你很像曾经的她。"

"她是谁？"赵澄澄神色黯淡了下来。

"我女朋友……你知道我有女朋友吗？"他和赵澄澄打交道并不多，话也没说过几句，更是没有提及过私事。

"你和傅丫格学姐的事情，我稍微打听一下，就知道了。"赵澄澄不以为意。

程城淡淡一笑，说："还是我想多了，你和她，也只是形似，你们还是不同。"以傅丫格的心性，怎么会在知道别人有女朋友的情况下，说出赵澄澄今天说的这些话。

"我和她长得明明不一样！"赵澄澄心里难受极了。

"我女朋友大一的时候，我还不够成熟，没有保护好她，让她经历了很多本来不用经历的痛苦。我一直很自责。在学生会面试的时候，你一紧张就结巴的样子和写在脸上的种种心情，让我想起了那时的她，所以才帮了你。我对你没有，也不会有任何感情，如果过去的一些举手之劳，让你产生了什么误解，我很抱歉。"

赵澄澄往后退了几步，震惊地看着他，想说什么，却知道说什么都是多余的自取其辱，她掩面而走。

程城轻轻关上了门。

傅丫格走到楼下，冬日里，空气格外寒冷。这样寒冷的空气，让她的心渐渐温凉而平静。

她究竟是怎么喜欢上程城的？这个问题，她从来没有想过。她以前觉得喜欢一个人并不需要理由，现在却觉得，喜欢一个人，当然有原因。

想起三年前，那时的她，脆弱得不堪一击。她太需要一根救命稻草，护自己周全。起初，她以为护自己周全的会是父母，可是父母都是普通人，多少的事情，他们都只是无能为力的局外人。后来，她把南乔当成了那根救命稻草。可是危险来临的时候，南乔连自己都保护不了，又有多少力量去保护她。后来，再后来，程城出现了。带着他的理性和坚定，他一次次护她，陪她左右。傅丫格本以为，程城会是他一生的寄托和依靠，她一直这么以为。

可从什么时候起，这种信念，渐渐地淡了？

是刚才她看到程城和那女孩抱在一起的时候吗？不是，或许很久以前，从林辰安出现在那场社团聚餐的时候起，她的认知就开始转变了。

唯一让她觉得幸运的是，这几年来，她慢慢觉得，自己并不需要别人来保护了。

渐渐消失在心里的是什么，她不清楚。

她只知道，那些东西流逝的时候，她不是不心痛的。

眼看毕业在即，她在职业上又做出了这样一个有些颠覆性的抉择。虽然表面坚定，可内心深处的迷茫和恐惧，她自己心知肚明。叶博尘在这个城市漂泊的场景时常出现在她的眼前，再过一年，她又会怎样呢？

她只能一遍一遍地告诉自己——

"傅丫格，你知道你需要什么，你知道的！"

第二十六章　灯火阑珊处

傅丫格开始投简历，传媒公司、演艺公司、广告公司，甚至是报社的相关岗位和实习，哪怕不能转正，她也挨个去投递。起点低不要紧，只要让她有机会拍摄视频、坚持这条路，就够了。

几天里，大多的求职信石沉大海，有几个小公司回了她邮件，委婉地表示尽管名校毕业，可她不是专业人才，因此无法予以考虑。

傅丫格心情越发沉重。

程城一个又一个的电话也让她烦闷。想起那天看到程城和那女孩抱着的样子，她实在做不到若无其事地笑脸相迎，更不想质问他什么，和他争执，只是一味地躲。

为了不让他再打电话，傅丫格给他发了一个字："忙。"

"你最近都很忙吗？"

"那我回我父母那里住段时间了。"

程城秒回。

傅丫格又回了他一个："好。"

爱去哪里就去哪里，即便在同一个小区，她也完全不想见他。

两个简洁的字，如同泼下两盆冷水。程城再没了动静。

只是程城的话提醒了傅丫格，她似乎也应该回去看看父母。这段时间一直忙于找实习工作，总担心回家之后效率变低，所以寒假放了一周多，她还一个人留在这里。

收拾了行李，拖着一个小箱子，傅丫格赶回了家。

家里简洁，干净，还是以往的样子。

母亲已经做好了饭，脸上漾着温柔的笑，正和父亲在聊天，父亲也笑眯眯的。这是傅丫格从小到大经常见到的场景。

父母是高中同学，后来父亲法国公派留学回来后，两人结了婚。

可惜的是，父母虽然都很有才气，但或许是因为个性耿直，并未谋到很高的职位，父亲在学校教了十来年美术之后，去了东林市一个普通的文化单位，如今工作清闲，大多时候在家画插画。母亲在家附近一个中学教书。好在他们对名利不太在意，这么多年，躲进小楼与世无争，倒也幸福温馨。

看到这一幕，小时候，她都会倍感温暖。

但此刻，她心情却说不出的复杂。

她起来在客厅走了几圈，站在了父亲的那幅画前，那幅她一出生就看到的古风画，画幅已有些泛黄，但画上的字依然清晰：南有乔木，不可休思；汉有游女，不可求思。

她又想起了那个法国少女的微笑。无数次地想开口问父亲，又无数次咽了下去。她不能一直当个孩子。

这个年代，人们在匆匆忙忙地寻寻觅觅，但最后都满脸迷茫。

傅丫格也充满迷茫。

"周末不回家就罢了，都放寒假了，一直不回来，这么不想见我跟你爸爸吗？"母亲的语气有些责备。

"我不是在找实习工作嘛，想忙完再回来。"傅丫格拉着母亲的手撒娇。

"找到了吗？"傅长鸣问。

傅丫格有点失落地摇了摇头。

"不是爸爸阻碍你的梦想，但导演这条路太不切实际了。要有资源，有运气，有统筹全局的能力，不是有艺术感就够的。为什么不踏踏实实地读研究生，或者做漫画编辑一类的工作，这些都更加简单、快乐。"傅长鸣忧虑地看着她。

"是啊，我和你爸爸都希望你活得轻松快乐一点。"

"可是如果我不能成为一个好导演，不能实现理想，我不会快乐。"傅丫格坐在饭桌旁，自顾自地吃着饭，神情异常坚定。

"你成为导演的概率小到几乎可以忽略不计。"傅长鸣泼冷水。

傅丫格低头不作声。若是以前，她还会跳起来辩驳，有什么是不可能的呢？可是这几天，石沉大海的求职信让她清晰地认识到，父亲的这句话并不是夸张。

多少优秀的导演系毕业生都没有机会，又怎么会轮到美术系毕业的她。

"你想做导演，是因为程城吗？我听说他是摄影社团的社长。"傅长鸣问。

"他只是一个把我领进摄影大门的人，换成任何一个人，都不会有区别。我想做导演不止是因为我热爱拍摄。爸爸，那种把自己心中的故事、自己身边的故事，融入我对艺术和美的理解，展现在屏幕上的感觉，让我很快乐也很有成就感。虽然这三年多的拍摄学习都是我业余完成的，我也没有受过系统的培训，可是我拍了那么多短片，设计过那么多故事和画面的融合，我知道我可以做到。我也知道你们觉得我任性，如果我走美术的路或许会稳妥、好走得多。可如果不尝试就放弃最想做的事情，那该多遗憾啊。"说完，傅丫格默默地低头吃饭，不敢看父母的脸色。

"世界上大多数人从事的工作都不是他们热爱的。"傅长鸣叹了口气，"梦想和现实从来都有不小的距离，人生本来就充满遗憾。"

"世界上大多数人从事的工作也不是他们本科学习的！"傅丫格小声顶了句嘴。

"遗憾当然会有，可是在这些重要的选择上，如果我不跟随自己的心，以后想起来，会后悔的，我不要自己后悔。"

傅长鸣看到她的态度柔软而坚定，仿佛看到了当年的自己。当年他为了学习画画，也和一心想让他在数理化方面发展的父母争执过。

"你自己决定，我只想让你知道，你的每一个选择都需要你自己去承担后果，我们无法代替你承担，所以无权替你选择。还是你妈妈的那句话，我们作为父母，仍然建议你选一条轻松一点的路。"

傅丫格低头看着碗里的米饭，眼泪吧嗒吧嗒往下落。

在这个研究生都有些泛滥的年代，傅丫格没有考研，找着跟专业不对口的工作，在任何人眼里，都是个疯狂的行为。可是父母的态度，竟然出乎意料地包容和温和。

父女一场，母女一场，朝夕相处的时间，短短十八九年而已。以后，会是漫长的聚少离多，和迟早会到来的告别。她以前只知道享受父母的爱，成年以后，这些爱却不知不觉化为沉重的压力与巨大的动力，让她在喘不过气的同时又充满着力量。

如果她不能成为一个让父母骄傲的人，不能做出一些让父母骄傲的事，不能让父母过上更好的生活，她又怎么能安心。

看着父母吃饭，傅丫格心中千回百转，心中的所思所想，却一个字都说不出口。她能想象得到，如果把这些想法告诉父母，他们会说些什么。

爸爸一定会说：我们已经很骄傲了。

妈妈一定会搂着她，说她是傻孩子。

可她毕竟不是个孩子了。

大年三十的晚上，傅丫格和父母到外公外婆家里的时候，又见到了穆明海和宋晨曼。

三年前的这时候，他们在这里失去了一个孩子。三年后的今天，他们拿着结婚证，站在外公外婆的面前，牢牢牵住了彼此的手。一家人都接受了宋晨曼。连穆菲菲也没说什么，她坐在桌边，低头一直摆弄着手指，目光幽深。

没有婚礼，有的只是一家人、一顿饭，傅丫格却有种想哭的感觉，她感动于眼前这一大家子久违的温暖，哪怕这温暖中掺着许多成年人的痛与忍耐。

唯一的遗憾是穆萧萧的缺席。

昨天和今天早上，傅丫格都发过短信给穆萧萧。她期待穆萧萧能带着祝福来，但是从头到尾他都没有出现。傅丫格执着地相信着，穆萧萧是因为曾经造成了小生命的无辜逝去，他没办法面对宋晨曼和舅舅，所以不愿意来。

大年三十，一家人守完岁，次日零点准时给傅丫格过生日。外婆端了碗长寿面给她，他们一起切着蛋糕。去年此刻，傅丫格收到程城十二点准点的短信。想到这里，她下意识地看了眼手机，程城的短信果然已经静静地躺在了她的手机屏幕上。她没有点开。

南乔打电话给她，她们聊了很多，却又仿佛什么都没聊，只是安安静静地享受了一会儿只有彼此的时光罢了。

傅丫格睡觉前，抱着和南乔通话中的手机，隐隐听到那头南乔的声音："二十二岁生日快乐！"

整个寒假，傅丫格都对程城避而不见。

她照常回复程城的信息，也照常接他的电话，可是态度冷淡。"忙""没空"成了她最常扔给程城的话。以这种方式伤害着程城的同时，她自己也被反作用力一次次伤害着。她爱程城，可每当听到程城的声音、看到程城的消息，都会想到那天见到的那个女孩，想起他们拥抱的样子，想起那个女孩的话，所有的爱便会转化为空洞的冷意。

傅丫格向来喜欢把所有的事情简单化，也向来拖沓。既然这个问题纠结，傅丫格果断地将其抛诸脑后。

无论走到哪里，她都带着随身的摄像机，到处拍摄。剪辑成各种片段和小视频，再拼拼凑凑。做出来的视频，有的俏皮，有的唯美，她都发布在微博上，流量也越来越高。

然而，苦等了一个假期，邮箱里除广告和垃圾邮件以外，静悄悄的，她等待的那个奇迹始终没有盼来。幸好，她对拍摄的热爱，丝毫没有因为找不到实习、工作而减少。只是偶尔想到未来，想到父亲的话，再想到石沉大海的求职信，她心中也会忧虑异常。

开学前几天，南乔和傅丫格回到了学校，南乔顺便带来了一个好消息。林鱼儿接受了骨髓移植后，已经基本康复了。

两人一起去了医院，独立的病房里，摆满了花束和芭比娃娃。看了傅丫格的公益短片后，很多网友都知道了林鱼儿喜欢芭比娃娃，来看她的时候，也喜欢给她带各种各样的芭比娃娃作为礼物。

看到傅丫格和南乔走进来，林鱼儿欢欣雀跃地朝她们喊："姐姐！你们终于来了！"

看到小女孩活蹦乱跳的样子，傅丫格心中激动，上去就是一个熊抱，南乔抿着嘴笑。

病房里的护士走了出去，为她们关上了门。

"这几个月受苦啦，那么多次化疗，肯定很痛吧。"傅丫格坐在床边，摸了摸林鱼儿瘦得只剩皮包骨头的肩膀，有些心疼。

"医生说再过几周你就能出院。出院后，姐姐带着你去吃大餐，去玩具店随便选。"

"姐姐，这些我都不要，你只要有空时记得来看看我就好。我都知道了，我身体能这么快变好是因为姐姐把我的故事讲给了好多人听，所以才有那么多人帮我。碰到你和南乔姐姐，我运气好好。"说着，林鱼儿凑上来亲了一口傅丫格的脸蛋，傅丫格莞尔一笑。

她们在病房里陪了林鱼儿一个上午，陪她吃完了午饭，给她讲故事。见林鱼儿逐渐困了，睡着了，两人才悄悄地合上门，走出医院。

到了医院门口，傅丫格和南乔看到了纪修远，他正拎着两袋水果，从出租车上下来，大步朝着医院大门走着。

"你们怎么在这里？"纪修远惊讶地看着两人。

"刚看完鱼儿，她已经睡着了。"南乔说道。

"哦，那我等一会儿把东西交给护士吧。"纪修远想了一下，说道，"我买了些医生说她可以吃的水果。"

看着纪修远，南乔有些感叹时间真是个神奇的东西，抹去了纪修远身上的浮躁和轻飘，他看起来越发沉稳。看着纪修远的目光始终有意无意地围绕着傅丫格，南乔暗暗叹气。如果三年前，他是今天的样子，他们……可惜相遇的时候，两个人都太不成熟。

"你是不是常常来看鱼儿呀？辛苦你了。"傅丫格对纪修远说道。

"应该的。"

"鱼儿出院的时候，可以告诉我和南乔吗？我们来接她一起回去，庆祝一下。"傅丫格对纪修远笑了笑。

纪修远抬头看她，有喜悦之色："没问题。"

程城从车上下来的时候，正看到纪修远和傅丫格站在医院门口言笑晏晏。他脚步顿了一下，仍是捧着手里的玫瑰花，一步一脚印朝他们站着的地方走去。

程城站在傅丫格面前，把花放在她的手里，含笑看着她，仿佛这段时间他们之间没有任何的矛盾，仿佛完全没有看到一边的纪修远。

傅丫格僵硬地接过花。

纪修远拎着袋子，沉默地走进了医院。

南乔也知趣地离开了。

医院门口，除了来来往往的行人，只剩下了很久不见的程城和傅丫格。

"这几天你怎么不接我电话？"程城习惯性地抬手，要揉揉她的头发，傅丫格却下意识地躲开。

程城手僵在了半空。

"傅丫格，到底是怎么回事？"声音沉沉，他很少直呼她的大名。

"你不明白吗？"

"我明白什么?! "

程城烦躁地把眼神从她的脸上挪开，眼前傅丫格这张面无表情的脸，和刚才她对着纪修远时的笑靥如花，形成了鲜明的对比。

"午饭吃了吗？"傅丫格转移了话题。

"还没。"

"你还记得我们第一次在外面吃饭吗？"

"嗯。"怎么会不记得。他吐在了她的身上，她让他把衣服洗干净，他要请她吃饭，而她却偷偷把钱付了。恍如隔世呢。

"你是不是，还欠我一顿那里的饭啊？"傅丫格眼里有了一丝淡淡的笑意。

　　程城也笑了："你总说那里贵，不去，今天想去了吗？"

　　他牵住傅丫格的手，朝吃饭的地方走去。

　　傅丫格的手僵住，没有知觉地被他牵着。握住她的这只无比熟悉的手，分明和以前一样的温度，她却感觉不到温暖。

　　点完餐后，两人面对面坐着，却有些无言以对。

　　聊了一会儿林鱼儿的事情，又聊了一会儿南乔和赵樾。话题终于在一段时间的沉默后，来到了两人的感情上。

　　"你还爱我吗？"傅丫格轻轻问。

　　"我当然爱你。"程城毫不犹豫地回答。

　　"你爱我什么？"

　　"说不清，大概是可爱？"程城怔了怔，爱她什么？从未想过这个问题，他自己也说不明白。

　　傅丫格低声笑了："程城，这两年多来，你是个很好的男朋友。可是我始终觉得，你并不了解真正的我，你其实并不知道我身上真正值得喜欢的是什么。"

　　程城心中一涩，到底是谁不了解谁呢？

　　"你想说什么？"

　　傅丫格不语。

　　程城又问她："我们能回到从前吗？"

　　傅丫格垂眸，拿着手里的热水杯晃啊晃，然后轻轻抿了口。

　　"我们分手吧。"她终于还是说了出来，故作不以为意的模样。

　　程城虽然一路都有不好的预感，却怎么都没想到，她平平淡淡说出的，竟然是分手。要知道，从在一起的第一天起，他就从没想过他们会分手。

　　"是因为纪修远吗？"程城忍着心中剧痛，问道。

　　傅丫格惊讶地看着他，问："你怎么会这么认为？"

　　程城低着头，他的自尊心，让他不允许自己质问，更不允许自己流泪。

　　良久，程城开口说："我们还可以当朋友吗？"

　　"当然。"傅丫格点了点头。

　　又是一阵令人窒息的沉默。

　　"毕业后，你有什么打算？"程城打破了沉默。

"我在找实习，找工作。我大概，不会再读书了。"傅丫格淡淡说道。

"美术编辑？"

"我找的都是和摄像有关的。"

"没想到，你最后做了我梦寐以求的工作。"

"还没有公司愿意要我呢。"傅丫格自嘲地笑了笑。

"还是很羡慕你的自由自在。"

"你呢，你要读研究生吗？"傅丫格问。她突然发现，他们已经很久没有这样心平气和地聊天了。

"我要去英国读研究生。"原本，他是打算带着傅丫格一起去的。

傅丫格怔了怔，她果然什么都不是，也从不在他未来的规划之中。他打算出国，却从未跟她提过只言片语。

她低头，安静地吃着饭。

回去的路上，两人又聊起了过往的一些片段，他们去过的游乐场，旅行过的城市，走过的街道，一起听过无数遍的那些歌。

他们走得很慢，傅丫格心中莫名希望这条路没有尽头，程城也是。

可还是到了傅丫格家的楼下，临别，都说了再见，程城看着她的背影，终于忍不住了。他叫住了她。

"傅丫格！"

"我本来是一个很骄傲的人，但是在你面前，我一点骄傲都没有了。我只想求你，你能留在我身边吗？"程城漂亮的眼睛此刻红得吓人。

傅丫格停住了，却没有转身，她的身体沉重得让她几乎窒息，仿佛一寸也无法挪动。可半晌后，她仍然翻出钥匙，往门里面走去，头也不回。

"如果有一天，你想回来找我。"程城看着傅丫格的背影，有些喃喃自语地说道，"我永远都在。"

说完这句话，程城转身，朝着相反的方向走去。

傅丫格颤抖着双肩，眼泪难以控制地流下来。跌跌撞撞地上楼，父母看到她这样，相视一眼，有些诧异，却都并没有说什么。傅丫格一言不发，走进卧室，瘫倒在床上，盯着天花板，眼泪从两侧眼角流下，她轻轻合上了双目。

就这样躺着吧，十天八天。

一阵手机铃声响了起来。傅丫格无精打采地拿起了电话。

"喂，你好。"

"您好，我是艺博传媒的人力资源部总监李婷。"

听到艺博传媒四个字，傅丫格猛地坐起来。这是三大娱乐巨头之一，多少人挤破头都进不去的公司。可她分明没有投递过这家公司的实习。这家公司的招聘要求上，清楚地写着不招本科生。

"您是傅丫格女士吗？"李婷在电话里连问了两遍，傅丫格才反应了过来。

"是的。"

"我们公司想邀请您周一上午十点，来东林市总部参加导演实习助理职位的面试。"

傅丫格目瞪口呆："可我没有投过简历呀。"

"是这样的，自从您的慈善宣传片拍出来之后，我们领导一直在关注您的微博。他说您在影片中设计出的呈现方式有艺术之美，又有一种独有的清新和清透感。他十分欣赏您观察世界的眼光和角度，也很欣赏您的美学天赋和美术功底。因此，想破例邀请您来公司面试一下这个实习岗位。如果表现出色考核通过的话，我们会予以留用。"

傅丫格激动地说不出话来。

"喂，您在听吗？"

"在在在！"

"请问您周一有时间吗？"

"当然有！"傅丫格捂着怦怦跳动的胸口。

第二十七章　尾声

一年半后。

小小的蒲海市，鲜有这样热闹的时候。

蒲海市最美的是海，海边最美的建筑，是一座新建起来的玻璃房子。

媒体记者都被隔在玻璃之外，玻璃之内，一场盛大的订婚典礼刚刚落幕。

宾客们正在宴席上吃着饭，谈笑风生。南乔父母和赵樾父母、倪风、程城、舒瑶、宋晨曼和穆明海……密密麻麻全是人。

南乔穿着白色的蕾丝纱裙，看起来优雅动人，她站在人群中言笑晏晏，温和了不少，眼角余光却一直在看门外。

订婚宴进行了一大半，也没看到她想等的那个人。

赵樾在她耳边轻轻说："她一定会来的。"

南乔点了点头。

想当初，刚上大学的时候，她以为傅丫格会永远喜欢美术，而她永远不会喜欢金融。没想到呀，四年多过去了，傅丫格并没有在画画的道路上走下去，她却已经成了她曾经实习公司正式的员工。有天赋，善决断，对数字和金融信息敏感，这些特色，都让南乔越走越顺利。她没有接受赵樾的庇护，越来越独立自信。

"我们本来没必要办这样大的订婚宴。"南乔对赵樾说道。

"我就是要把我能想到的最好的都给你"。

南乔低头，笑得温柔："你已经把最好的给我了啊。"

午后，订婚宴渐渐落幕，人也都走得差不多了，看着稀稀落落的人群，南乔眼中难掩失落。

突然间，她的眼睛亮了。

那个穿着白裙子跑来的女孩，高高的马尾辫已经成了干净清爽的短发。曾经有些肉肉的身材，如今已经十分纤细窈窕。只有脸上的表情和神态，还和多年前一样，有些天真，有些莽撞。

傅丫格一路小跑，直直倒在了南乔怀里，刹车没刹住，一下子把她压倒在了地上。惊得一旁的赵樾立刻去扶南乔，却见两个女孩子已经倒地，笑作一团。

"想死你了！"傅丫格咯咯咯直笑。

南乔眼里也都是笑意："傅丫格！快起来！"

傅丫格揪着南乔的白纱裙，没什么形象地爬了起来，脸有些泛红，眼里却是止不住的喜悦。

"唉，迟到了，对不起对不起，等过几个月你正式婚礼，我一定不会迟到的！"傅丫格手忙脚乱地把裙子整理了一下，连连道歉。

南乔被赵樾扶了起来，她无奈地看着傅丫格："不然呢，伴娘怎么能迟到？"

情绪稍微平复了些，傅丫格环顾四周，只见订婚宴的桌上，人早已走了大半，零零星星还剩寥寥几人。她看到了程城，看到了沈安疏。

沈安疏走到傅丫格面前，笑容平和地说："傅丫格，我想对你说一声谢谢。"

傅丫格听说了，沈安疏已经成了一个小学英语老师，如今看来，她一定很喜欢自己的工作。毕竟是大学同学，傅丫格真心替她开心。两人相视，会心一笑，很多事情，时光匆匆中，早已经不需要说清楚了。

程城穿着一身西装，系着暗色的领带，还从未见过他这样成熟的打扮。他的脸庞仍和曾经一样温和、清俊，一点变化都没有，可还是和记忆里那个总是一身休闲装的少年不一样了。

傅丫格大大方方地走了过去。

"嗨，程城。"

"好久不见。"他声音有些干涩。

"你研究生毕业了吧？"她听说英国的研究生只有一年。

程城点了点头。

"我还没去过英国呢，你一定经历了很多故事吧？"傅丫格笑嘻嘻地问道。

程城看着她无忧无虑的笑容，几乎有些想站起来，摇摇她的肩膀，问她到底有没有心。他哪里有什么故事，经历了许多故事的，明明是傅丫格。

他在英国的时候，在一个完全没有她的环境里，关于她的消息却还是四面八方地从网络传来。他忍不住去搜她的名字，忍不住去关注她参与执导的电影，忍不住一遍又一遍看针对她的所有采访。看着当初那个咋咋呼呼的女孩，在镜头面前，不局促，不腼腆，大大方方地谈着自己的新电影。看着她的幸运，看着她的勇敢。原来当人被抛入社会，竟然会在一年多内发生这样翻天覆地的变化。还是说，这本来就是她真实的样子？或许，可爱和莽撞本来就是她的皮肤。直到分开后好几个月，他还总是不由想起分手的那天她所说的"你并不了解真正的我""你并不知道我身上真正值得喜欢的是什么"。

他只把她当成天真可爱的小女孩。

可她引以为傲的却是自己的艺术天赋，是她在逆境中的隐忍与韧性，是平凡中的崇高与悲悯，是关键时刻的挺身而出与飞蛾扑火的勇气。

看着眼前快两年没有见过面的傅丫格，程城以为自己会有说不完的话的。可他只是沉默地站在那里，一句话也说不出来。

见他沉默不语，傅丫格自顾自地继续说道："那以后有机会我再听你讲吧，我去陪南乔啦。"

程城说不出口的话淹没了下去。他最终起身，整理了一下衣服，也整理妥帖了内心巨大的痛楚和悲切。

他微笑着同南乔赵樾告别，神色如常地离开了。

程城离开后，傅丫格脸上的笑意忽地黯淡了几分。

南乔看着傅丫格的脸色，摇头。

"两个嘴硬心软的人。"她拉着傅丫格的手，往外面走去，"走，跟我吹吹风去。"

南乔回头，朝赵樾眨眨眼睛，赵樾会心一笑："你们走吧，剩下的交给我处理。"

两个女孩子，手牵着手，慢慢走着。

"你获奖了！"虽然还没来得及看新闻，南乔却是笃定的口吻。

"是。"傅丫格浅笑，却并没有十分欣喜的神色。刚才，她正是因为参加东林市举办的颁奖典礼，而没赶上南乔的订婚宴。

两人从海边，走到了街上。

从安静的海风中，到了喧嚣的人群里。

路上，几个 LED 屏上，不约而同地放映着傅丫格首部电影《各奔东西》的宣传片。半个月前，这部电影上映，引起了巨大的反响。电影里的故事，触动了无数当代人敏感的神经。

"你做到了。"南乔笑着说，"最神奇的是，我竟然一点都不惊讶。"

"我运气好。"傅丫格低头有些不好意思地笑。

"我去影院看了你拍的电影，那些角色都好熟悉……只是，实在难以接受那样各奔东西的结局。"南乔脸上泛着苍白的忧伤。

"青春本来就是一场渐行渐远各奔东西的旅程。"傅丫格声音低了下来。

"这部电影里女主角的青春是这样，可你不是非得如此。"

"以前的恩恩怨怨已经离我远去了。做好自己，活在当下，就够了。"

"程城呢，他已经回国了。"

傅丫格神色一凝："你知道我的。赵澄澄的出现让我认识到，程城喜欢的本来就是那种天真可爱的傻白甜。当初的我，后来的她。可我早已经不是了，未来也更不会是，那不是我想成为的自己。"

"有些事，我觉得你有必要知道。"南乔缓缓说道，"那年，程城替所有人付了冬令营的费用。"

"你说什么?！"傅丫格不可置信地看着南乔。

"他知道你想去，却怕直接给钱伤你的自尊心，只好用这种方式。"

傅丫格脚步停在了原地，风一阵阵刮来，呼啦啦地划过她的皮肤，刺骨的疼。

"福利院的重建和装修，也是他找人做的。这事儿江姨、纪修远都知道，我想这是为了谁，我不说你也知道。你的公益短片，最初是几个大号转发，才越来越火，可那几个大号为何会同时转发你的微博，你难道真的想不明白吗？走到今天，你也知道自己很幸运，可你的幸运，有一半是因为遇见了程城。"

"我……"傅丫格嘴唇颤抖着说不出话来，她神色恍惚，紧紧握住了南乔的手臂。

"我猜还有许多他默默为你做了的事情。以他的性格，你并不会知道，甚至没有机会知道。比如你曾经自以为运气好中的彩票，比如你生日时抽奖抽到的摄像机。这些，真的是运气吗？至于那什么赵澄澄，我只听说，一年多前赵澄澄向程城表白后，程城再也没有跟她说过话了。"

听到这里，傅丫格紧紧咬住下唇，眼泪在眼眶里打转。

"我们都看得出来，程城是真的爱你，也很适合你。他性格内敛含蓄，不擅长表达感情，也不懂得为自己说话、解释，但这不是你欺负他的理由吧？在我们这些旁观者看来，他真的没做过任何对不起你的事情。他一直对你很好。"南乔看着她。

傅丫格哭了，哭得像一个小孩子一样。南乔很久没见过她这样哭了，南乔把傅丫格揽在怀里，轻轻拍着她的背。

"相爱不易，不要轻易错过。人生哪有那么多一年又一年，世界上又有几个程城？"南乔轻轻说道。

傅丫格最终没有回答南乔的问题。

她擦干了眼泪。

"也许一切都是命运的安排。现在我找到了热爱的事情，幸运地拥有了难得的机遇，可能，这样独自前行的生活，过久了就习惯了，习惯了也就喜欢上了。"

南乔抱着她，没有再说什么。

这就是生活——明知是错过，还是错过。

只是这感觉似曾相识，好像高中她和赵樾分手时，她也曾以为自己最终会独自一人。

可谁知道呢，谁知道未来会发生什么呢。

就像十八岁的林南乔也并不知道，几年后啊，赵樾又回到了她身边。

第二天，傅丫格像往常一样，起床，吃早餐。然后，开着车，驶出小区，投入巨大的人流中。但和往日不同的是，不知怎的，她走错了路，不知不觉开到了大学的门口。

眼前浮现出一幕又一幕大学时的人和故事，那些美好，记忆犹新，那些悲伤，却早已被她抛诸脑后。

经过校门口的她，仿佛又成了最初刚上大学时的样子。眼中燃起的是崭新的光芒，充满着的是对生活和未来的热爱与期待。

她很快地从校门口开过，朝着公司的方向奔去。

那首孩提时她最喜欢的诗歌，忽然在心头涌现：

我希望，

每一个时刻，

都像彩色蜡笔那样美丽。

我希望，
能在心爱的白纸上画画，
画出笨拙的自由，
画下一只永远不会
流泪的眼睛。

一片天空，
一片属于天空的羽毛和树叶，
一个淡绿的夜晚和苹果。

我想画下早晨，
画下露水，
所能看见的微笑。
画下所有最年轻的
没有痛苦的爱情。